El Balneario

GW01080985

Novela
Crimen y Misterio

Biografía

Manuel Vázquez Montalbán nació en Barcelona en 1939 y ha publicado libros de poemas, novelas y ensayos. Ha escrito canciones y ha estrenado obras de teatro. Creador de un personaje, Pepe Carvalho, protagonista de un ciclo que ha conseguido universalizarlo a partir de *Los mares del Sur* (Premio Planeta 1979 y Prix International de Littérature Policière 1981, París). Entre sus últimos libros cabe citar *Las alegres muchachas de Atzavara*, *Moscú de la Revolución*, *Galíndez* (Premio Nacional de Literatura y Premio Literario Europeo), *El laberinto griego*, *Autobiografía del general Franco*, *El estrangulador* (Premio de la Crítica), *Sabotaje olímpico*, *Roldán, ni vivo ni muerto*, *Pasionaria y los siete enanitos*, *El premio*, *Quinteto de Buenos Aires*, *O César o nada*, *Y Dios entró en La Habana*, *El hombre de mi vida* y *Erec y Enide*. Ha obtenido también el Premio Bunche de la Crítica de la R. F. de Alemania por *El Balneario*, el Premio Ciudad de Barcelona por *El delantero centro fue asesinado al atardecer* y el Premio Recalmare por *El pianista* y *Asesinato en el Comité Central*. En Italia se le concedió el Premio Raymond Chandler y en 1995 obtuvo el Premio Nacional de las Letras Españolas.

En 1997 fue galardonado con el premio de Proyección Internacional de la ciudad de Barcelona por su personaje Pepe Carvalho. En el año 2000 se le concedió el Premio Grinzane-Cavour al conjunto de su obra.

Manuel Vázquez Montalbán
El Balneario

Planeta

Este libro no podrá ser reproducido,
ni total ni parcialmente, sin el previo
permiso escrito del editor.
Todos los derechos reservados

© Manuel Vázquez Montalbán, 1986
© Editorial Planeta, S. A., 2002
   Còrsega, 273-279. 08008 Barcelona (España)

Diseño de la cubierta: Opal
Fotografía del autor: © María Espeus
Primera edición en esta presentación en Colección Booket: octubre de 2002

Depósito legal: B. 29.650-2002
ISBN: 84-08-04490-7
Impreso en: Litografía Rosés, S. A.
Encuadernado por: Litografía Rosés, S. A.
Printed in Spain - Impreso en España

Página web del autor: www.vespito.net/mvm

Desde mi condición de supremo hacedor de esta novela hago constar que cualquier parecido entre lugares, personajes y situaciones que en ella aparecen con lugares, personajes y situaciones reales es pura coincidencia azarosa o fruto de una lectura morbosa, de la que el autor sólo sería mínimamente responsable. Al mismo tiempo rindo un homenaje a los balnearios y clínicas de adelgazamiento que tanto hacen por ayudar a envejecer con dignidad a una inmensa minoría del género humano.

Finalmente, dedico esta novela a Francesc Padullés, la persona que después de Josep Solé Barberà y Rafael Borràs, cada uno de los dos por diferentes motivos, con más impaciencia espera las novelas de Carvalho.

Europa es como un balneario.
JAVIER PRADERA

—Los triglicéridos, un desastre. Desastre relacionado con la subida del azúcar; estar al otro lado de la frontera del colesterol malo, y a este lado del colesterol bueno. No hablemos de los lípidos. Si no se enmienda, es usted una bomba suicida de relojería.

—Sólo he venido a purificarme durante algunos días. Dos semanas de purificación me permitirán otros diez años de pecado.

—Que se cree usted eso. Cuando esté a punto de salir le haremos otro análisis de sangre y todos los índices peligrosos habrán bajado. Pero si vuelve a la mala vida, en tres meses va a estar otra vez al borde del abismo.

—Tenemos conceptos diferentes sobre la vida. ¿Qué opina usted del bacalao al pil-pil?

—¿Qué es eso?

—Un plato español. Vasco.

—El bacalao será fresco.

—No. Bacalao salado puesto en remojo, guisado con aceite, ajos, removiéndolo para que con la gelatina que desprende la piel se produzca una emulsión.

—Poco aceite.

—Mucho aceite.

—¡Qué horror!

El doctor Gastein aparta con las manos la tentación del plato imaginario. Parece un modelo masculino de delgada pulcritud consecuencia de la medicina vegetariana, enmarcado por la ventana abierta de par en par a la paz silente del jardín subtropical del valle del Sangre. Un microclima, se repite una y otra vez Carvalho cuando quiere explicarse el milagro de las jacarandas, los altos ficus e hibiscus, las plataneras, y sin embargo también está ahí el Mediterráneo, en los pinares, algarrobos y naranjos, en los laureles altos como torreones y los adelfos, a veces setos poderosos, otras esbeltos árboles con la coronilla floreada. Desde el ventanal del consultorio central se perciben las racionalidades sucesivas de las vegetaciones. El bosque antiguo que domina en la periferia de la finca y el jardín domesticado que rodea el edificio central y el arabizante pabellón de los barros. Y lo que desde aquí parecen señalizaciones para no perderse por el laberinto vegetal, en realidad son consignas sanitarias que los pobladores de El Balneario encuentran en cada cruce de senderos o al acecho sobre una fuentecilla de agua sulfurosa o a la entrada del gimnasio o de cualquier otra dependencia de la gran maquinaria de la salud.

Tu cuerpo te lo agradecerá.

No te aborrezcas a ti mismo. Cuida tu imagen.

Dios pone la vida. Tú has de aportar la salud.

Come para vivir, no vivas para comer.

Mastica incluso el agua.

Cada bocado debes masticarlo treinta y tres veces.

Tu cuerpo es tu mejor amigo.

La dieta: una moda para alargar la vida.

Lo que para otros puede ser una comida sana, para ti puede ser un veneno.

No hay dietas mágicas, pero tampoco hay píldoras mágicas.

Piensa como si estuvieras delgado y actúa como tal.

Dentro del frigorífico está tu peor enemigo.

Cuando comer es un vicio, deja de ser un placer.

La comida excesiva es una droga dura.

—¿Los rótulos? Es cierto, a algunos clientes les parecen un poco pueriles, sobre todo a los españoles. A los españoles siempre les da miedo parecer pueriles o que les traten como a niños. A nosotros los centroeuropeos nos importa menos, tal vez porque no tenemos complejo de inmaduros. Los españoles sí. No quisiera molestarle, pero los españoles tienen complejo de inmaduros, aunque no lo sean.

—¿Los rótulos son de usted?

—No. Están presentes en todas las sucursales de Faber and Faber y su adaptación aquí fue cosa de madame Fedorovna. Madame Fedorovna es muy apostólica. Yo creo que habría podido ser una gran monja, algo así como la madre Teresa de Calcuta.

—Una madre Teresa de Calcuta invertida. Para ricos gordos.

—En cierto sentido. Pero no todos los que vienen aquí son gordos, ni tampoco ricos. Usted no es gordo, pero acaso sea rico.

—Quizá.

—La gente se preocupa por su cuerpo. Cada vez más. Porque cada vez somos más sabios y más dueños de nuestro propio cuerpo.

—Excelente consigna. No la he visto en los rótulos.

—Hay que dejar algo para las consultas.

Y ríe Gastein tendiendo un puente de plata por el que pueda marcharse el penúltimo recelo de Carvalho.

—Me parece que está usted tenso.

—Alerta, simplemente.

—¿Por qué?

—No es normal, ni natural, que me encierre tres semanas en un balneario a pasar hambre.

—No pasará hambre.

—Con el cerebro sí.

—¡Ah, el cerebro!

Y se lleva el médico la mano a la cabeza, como si quisiera comprobar que sigue en su sitio. Gastein tiene la cabeza cana y el cráneo como dibujado para que destaque la melosidad del cabello sobre los parietales abultados. Moreno de sol y atlético pese a su avanzada sesentena, el médico tiene los movimientos jóvenes pero una mirada vieja, detrás de cristales oscurecidos en contacto con la luz. Cuando habla castellano sólo el arrastre de las erres y la mal ocultada impresión de que está hablando para niños en un idioma de niños denuncia su extranjería. Por la manera como repite las consignas que figuran en los carteles que jalonan la entrada en el valle del Sangre, diríase que son suyas o que las ha asumido como si fueran suyas, aunque en la retaguardia Carvalho presiente una segunda mirada, una segunda voz que Gastein tal vez emplee para las cosas que le son más imprescindibles que ser médico al servicio de ciudadanos económica y socialmente de primera, pero pobre y débil gente incapaz de luchar cotidianamente contra las tentaciones o dotados de un código genético desconectado de la moderna cultura del aspecto, posterior a los años de la reconstrucción mundial en la que también jugó su papel la recuperación desmedida de grasas, proteínas y vitaminas.

—¿Se ha sentido deprimido?

—Algo.

—Procure relacionarse con sus compañeros. La conversación ayuda a soportar el ayuno y además crea un estímulo, una relación de competencia para no violarlo.

—¿Violar el ayuno?

De pronto a Gastein le sale una risa incontrolada, como si estuviera revelando una de esas cosas que Carvalho adivina en su retaguardia.

—Se sorprendería usted del infantilismo de algunos de los clientes de la clínica. Vienen voluntariamente. Pagan cuantiosas facturas. Todo cuanto les proponemos es por su bien. Y en cambio aprovechan cualquier oportunidad para salir de aquí, acercarse a los pueblos más cercanos y comer lo que no deben. Además es peligroso. Puede sobrevenirles un colapso hepático, y comer en pleno ayuno es como poner una carga de goma dos en el estómago. El día de purga limpia el estómago de jugos gástricos y por eso no tienen ustedes tanta sensación de hambre; la tienen, pero es imaginativa, cultural, no dictada por los movimientos de los jugos del estómago. Pues bien, imagínese usted que a ese estómago desvalido, desprovisto de la función corrosiva de sus jugos, van a parar dos raciones de pescaíto frito o una tapita de jamón de Jabugo o de caña de lomo... Imagínese. Hay que ser muy insensato para hacerlo, pero el mundo está lleno de gente insensata. ¿No cree?

—Es una de las primeras conclusiones a las que se llega en mi profesión.

—¿A qué se dedica usted?

—Soy detective privado.

Gastein se enfunda una sonrisa irónica y silba impropiamente, piensa Carvalho. No tienes edad, ni aspecto de adulto silbador. Pero Gastein ha silbado.

—¿Algún trabajito por aquí cerca?

—No. Ya se lo he dicho, prescripción facultativa. Necesitaba dejar de beber, de comer, de fumar, a ver si consigo desengancharme de esas drogas.

—Su cuerpo se lo agradecerá. Su cuerpo es su mejor amigo.

Desvió la vista Carvalho hacia la ventana para contener la respuesta que le suscitaba la letanía moralizante. Allí estaba El Balneario. Un volumen colgado sobre la torrentera del río sangriento, encalada arquitectura herreriana, con los tejados de ocre sangre. Sobre los hombros del doctor Gastein cabalga la cúpula preárabe de lo que queda del viejo balneario que dio a Jara del Río un prestigio ya medieval, cuando los abderramanes, almanzores, almotamides y demás jomeinis se iban a curar los sarpullidos en sus aguas sulfurosas. Todavía está en uso el restaurado pabellón de cúpula lucernaria, asilo de viejos reumáticos lugareños con memoria, que acuden al menos un día cada año en peregrinación para tomar las aguas, los barros y perder las pupas del cuerpo y el alma en las bañeras de azulejos. Pero es ya un simple pretexto ético y estético rodeado por la rotundidad del nuevo balneario construido por Faber and Faber, hermanos, una pareja de vegetarianos suizos poseedores de una pequeña multinacional de la salud basada en el ayuno casi integral y la recuperación vegetariana del organismo. Pretexto para una memoria de la antigua salud, el viejo pabellón conserva clientela ritual, incluso precios rituales para estos viejos reumáticos locales que acuden a él como quien a una ceremonia expiatoria. Apenas se utiliza para los tratamientos de fango de la nueva clientela de ricos gordos o intoxicados por los malos hábitos de vida de la modernidad. Alemanes, suizos, franceses, belgas y también obesos españoles de la zona del dólar madrileño o del marco catalán. Recibimiento en un alegre comedor en olor a quesos frescos, hierbas aromáticas e infusiones de malta o hierbas medicinales. Días de fruta y arroz integral para empezar a soltar amarras, a continuación día de purga y congelación del culo obligado al duro banco de la taza sanitaria y los primeros asaltos del complejo de estupidez por la perspectiva de días y días sin otro alimento que una taza de caldo vegetal con perejil al mediodía y un vaso de zumo de frutas al anochecer. La obligación, desde luego moral, de beber al menos dos o tres litros de agua al día. Omnipresente el agua en formaciones de docenas de botellas presentes en todos los ámbitos del balneario, como si su simple presencia fuera el reclamo de su necesidad. Aguas para orinar mucho y que con los orines se vayan las grasas y otras toxinas que el cuerpo quema.

—Agua, mucha agua. Aproveche cualquier momento o

pretexto para beber agua. Acostúmbrese a relacionar ansiedades con agua. Si tiene hambre, beba agua. Si se deprime, beba agua. Si tiene nostalgia, beba agua. Si se trata de deseos sexuales, beba agua.

—¿Se tienen deseos sexuales?

—Cada cliente es un caso, pero sí, hay pulsiones sexuales, aunque el predominio de clientes con exceso de peso tiende a crear una atmósfera asexuada. Siempre hay excepciones y entonces se dispara la imaginación erótica.

—¿Hay promiscuidad en este convento para gordos?

—Insisto en que no son gordos todos los que están.

Gastein le señala el hígado, a distancia, con un dedo educado en el arte de señalar. Un dedo largo, dibujado por un escultor genético expresionista, contundente, fuerte, ligero y a la vez inapelable.

—Usted está aquí por culpa de su hígado. Ha bebido mucho.

—He vivido mucho.

—¿Vivir es beber?

—¿Por qué no?

—Mal le irá entre nosotros si no parte de una filosofía menos autodestructiva. Es posible autoengañar al cuerpo mientras se es joven, en el sentido biológico de la palabra. Usted sigue siendo joven, pero en el sentido estadístico. Es joven porque aún le quedan veinticinco o treinta años de esperanza de vida, en el sentido estadístico de la esperanza. Pero ya no se puede permitir demasiadas alegrías. Pregúntese a sí mismo: ¿Por qué estoy aquí? Y contéstese la verdad: Porque tengo miedo de mi cuerpo. Porque tengo miedo de mí mismo.

Y del miedo al desprecio. La entrega de la voluntad a cualquier agente salvador que los brujos propongan. Quizá las experiencias más excitantes, tan máximas como agridulces, reservadas a los ingresados sean los enemas, eufemismo que oculta la vieja práctica de la lavativa y el pesaje cada mañana, nada más levantarse, en bragas las damas y en calzoncillo slip los hombres. El enema retrotrae a tiempos de viejas amenazas infantiles, del descubrimiento del dolor: inyecciones, vacunas, cataplasmas, parches anticatárricos, lavativas. Y algo de ritual infantil y moral tiene el día del enema, avisado desde el amanecer por las enfermeras que señalan con la punta del bolígrafo la fatal indicación y miran al paciente como si su cara ya

14

empezara a ser un culo. Hoy le toca enema. Y allí está, en el lavabo, el depósito que contendrá el agua purificadora de las entrañas hécicas y la cánula que se abrirá paso implacable por la puerta estrecha que la naturaleza diseñó para ser exclusivamente de salida y que la medicina y la sexualidad han convertido en puerta batiente. Llegará la enfermera con una voz cantarina disuasora de terrores, manipulará en el lavabo mientras el paciente empieza a ofrecer el culo a la otredad con el ano tan cerrado como la imaginación y la dignidad de cara a la pared. Y la suerte estará echada cuando la mujer se acerque a la cama y se cierna como amenaza vista desde la perspectiva del insecto que va a ser enculado. Y ya está. Una rasposidad olvidada se asoma al laberinto de las putrefacciones finales y empieza a mearse en la intimidad del cuerpo con el pretexto de limpiarle de adherencias envejecidas. El tiempo pesa como una bolsa llena de agua sucia y el cerebro lucha con los esfínteres para evitar que se abran y enseñen la vergüenza fuera de tiempo y lugar. Sabedora de esta tensión dialéctica entre cerebro y culo, la enfermera avisa que va a retirarse, para evitarse salpicaduras que, de producirse, asumiría con una estricta profesionalidad, que prefiere no malgastar. Ya está. Y el paciente cierra los ojos y cierra al tiempo todos los agujeros del cuerpo como si buscase la esencialidad misma del orificio en la representación simbólica del punto. Ya está. Se retira la voz cantarina de la enfermera y sobre el lecho queda la violación, las tripas llenas de aguas mareadas en busca de una salida y en el cerebro la confirmación de la sospecha de que no somos nada, ratificada cuando tres, cuatro, cinco minutos después, las aguas encuentran el camino de salida y el paciente ha de correr hacia la taza sanitaria y vaciar el sur de su cuerpo y de su alma a medias repartido el espíritu entre aproximaciones a dolores de parto y al gusto que da liberarse de lo peor de uno mismo. Y si ésta es la experiencia más cuestionadora de la propia imagen, la más excitante es el pesaje de la mañana. Algo así como esperar la buena nota por el estricto cumplimiento de las normas establecidas. Perder peso los gordos y ganarlo los flacos. Mantener la presión sanguínea en sus límites. Sobre la báscula o con el torniquete en el brazo, el paciente espera la puntuación de la enfermera, educada en repetir cuantos entusiasmos hagan falta para premiar pérdidas o ganancias positivas, aunque sean miserables y no estén a la altura de la inversión de dinero y libre albedrío que ha hecho cada paciente. Los hay que salen de la sala de pesaje con la corona de laurel sobre las sienes y los hay que van directamente en busca de una cuerda para ahorcarse o, en su defecto, de un espejo ante el cual abofetearse y renegar del propio metabolismo, cuando no de la misma madre que lo parió, expresión más abundante en las manifestaciones de desesperación de los clientes nacionales que en los extranjeros, desde tiempo ha educados en la disciplina de que las cosas son como son, efectos de causas que ya no se pueden borrar de los códigos secretos que hacen los cuerpos y las almas.

—El control médico es indispensable y es el que da seriedad a nuestro tratamiento. Todo el plan de cura lo hacen nuestros médicos. Hay dos comprobaciones médicas por semana y cuantas consultas el paciente exija. Es indispensable un análisis de sangre a la entrada y otro a la salida, para comprobar los efectos de la cura.

Gastein es el cabeza del equipo médico. Por su veteranía y por su extranjería, aseguran los clientes españoles, en la sospecha de que Faber and Faber se fía más del personal especializado alemán o suizo que de los españoles. La aportación hispánica a la clínica es el paisaje, una tercera parte de los clientes y el personal subalterno: algunas enfermeras, masajistas, el profesor de gimnasia y el servicio. Las muchachas que hacen la limpieza, arreglan las habitaciones, abastecen de infusiones según un horario de precisión, han sido reclutadas en la serranía, por razones de cercanía al balneario y para crear una dependencia económica en la zona que elimine los restos de resentimiento ante la extranjerización de un lugar sin el cual el valle del Sangre perdería su principal carácter. También son de la serranía los empleados masculinos que atienden las calderas, la depuración de la inmensa piscina de aguas climatizadas, los trabajos del jardín subtropical, la restauración constante del gran complejo moderno y la conservación, como si de un edificio de interés artístico se tratara, del pabellón cupular para los baños de fango, que la empresa conserva más como un monumento al pasado que como un útil de salud asumible por la moderna tecnología. Sobre el follaje del parque descendente hacia las riberas del Sangre, el pabellón arabizante cumple su función en el collage de la multinacional como una ráfaga de guitarra española en cualquier sinfonía impresionista francesa titulable África. Es una concesión al exotismo y a la obsolescencia.

—Es curioso que hayan conservado la sección de barros del antiguo balneario.

Gastein levanta los ojos de la receta que está escribiendo y tarda en comprender la pregunta de Carvalho.

—Hay un acuerdo municipal vigente desde hace doscientos años según el cual los habitantes del pueblo y su comarca, hasta Bolinches, tienen derecho a utilizar las aguas sulfurosas, sea quien sea el propietario de la concesión. El caudal de las aguas ha disminuido y no permite una explotación a la vieja usanza, pero parte se utiliza para los usos de la clínica y parte para ese compromiso. Pero yo le añadí un motivo a los señores Faber cuando les convencí de que transigieran con el antiguo acuerdo. Todos los balnearios tienen una historia mágica o religiosa, como usted quiera. Los puntos de referencia mágicos no deben tocarse. Son en cierto sentido sagrados. ¿No le parece a usted?

Difícil establecer la edad del doctor. No sólo ahora, ennoblecido por la bata blanca de su liturgia, sino incluso cuando se viste de tenista y se somete al duro peloteo de la doctora Hoffman, la analista, o al bombardeo atómico de la poderosa madame Fedorovna, la regente de El Balneario en ausencia de los hermanos Faber, que complementa las tareas de dirección del gerente, señor Molinas, más jefe de personal que otra cosa. Madame Fedorovna es una rusa alta y cúbica, con cara de muñeca envejecida y una mirada entre lo dulce y lo turbio que prestan los ayunos frecuentes. Su función en la clínica se basa en aparecerse al lado de los ayunantes en el momento en que están ingiriendo el brebaje vegetal o el zumo de frutas, poner los ojos en blanco y decir: «¡Qué maravilla los productos naturales! ¿Ha pensado alguna vez, señor Carvalho, en lo maravilloso de una creación que sin violencia nos da todo cuanto necesitamos para vivir? Piense en la maravilla pequeña, pero al mismo tiempo extraordinaria, de un zumo de zanahoria como el que usted está tomando...» Y madame Fedorovna pide a su vez un zumo de zanahoria, lo paladea, chasquea la lengua contra el paladar en busca del sabor oscuro y terroso de la zanahoria y en su expresión está la sabiduría de una gran catadora en condiciones de decir la marca y la añada de la raíz. Incita a Carvalho a que siga bebiendo y le pide con la mirada que sus ojos expresen la alegría interior que proporciona dar salud al cuerpo y nada más que salud. *Su cuerpo se lo agradecerá*. Es a la vez un slogan, una consigna y un recurso sintáctico para vacíos de significación. Su cuerpo se lo agradecerá.

—Lo dudo, madame Fedorovna. Lo dudo.

—Tiene usted que recuperar la confianza en su cuerpo.

—Es un borde, señora, un auténtico borde.

Se desconcierta un tanto madame Fedorovna, pero finalmente comprende, se ríe y cataloga automáticamente a Carvalho entre los clientes cínicos pero simpáticos, a la larga buenos clientes, porque en toda ironía hay una imposibilidad de enmienda y por lo tanto los clientes irónicos son los que vuelven, porque más tarde o más temprano regresan a los vicios del alcohol, la carne y la molicie. Abandona a Carvalho con una sonrisa cómplice y se va a ver a otro paciente, a repetir la consagración del zumo de zanahoria y el intento de lavado de cerebro sobre los malos usos alimentarios.

—Madame Fedorovna habla de los zumos, las hierbas, las plantas, las patatas, el queso sin grasa... como si fueran elementos mágicos en posesión de las claves de la salud.

Gastein ha terminado la receta y se recuesta en el respaldo de la silla giratoria.

—Madame Fedorovna es una mujer con mucha fe. En el pasado tuvo una dolencia muy grave de la que se salió gracias a nuestros regímenes y no lo ha olvidado.

—Es rusa, ¿no?

—En un sentido amplio, general, sí. Pero en realidad es bielorrusa. No es lo mismo.

—¿Fugitiva del terror soviético?

—No tiene edad de ser lo que antes se llamaba un ruso blanco. Se marchó de la URSS después de la segunda guerra mundial, según creo. Pero tampoco estoy demasiado enterado de la historia del personal de esta casa. ¿Le interesa a usted mucho la vida de madame Fedorovna?

—Usted es centroeuropeo, por lo que parece, y allí están más acostumbrados a conocer de pronto a una madame Fedorovna. Para nosotros, en cambio, es más difícil y fatalmente nos suena o a personaje de novela rusa o de película norteamericana antisoviética.

Gastein tiende a Carvalho el pasaporte de El Balneario, una doble cartulina en la que consta su pase de entrada, sus pesajes diarios, la medicación, la comprobación de la presión sanguínea, los enemas que debe tomar, el total de días de ayuno, los de recuperación plena de las funciones digestivas y la salida, así como los masajes manuales, subacuáticos.

—¿Y el fango?

—¿Quiere usted fango? No lo creo necesario. No es usted reumático.

—Le confesaré que uno de los motivos más sólidos por los que he venido a este balneario ha sido por los fangos.

—Es lo que menos necesita.

—Nunca he sabido exactamente lo que necesitaba.

—Allá usted. No me cuesta nada añadir en su pasaporte que debe tomar dos o tres baños de fango a la semana.

—¿El fango es de aquí?

—No. Los polvos son alemanes, pero se amasa con la poca agua sulfurosa que aún nos queda. Puede usted tomar los fangos en las instalaciones modernas que están junto a la sauna y la sala de masajes o bien en la antigua sala del viejo balneario.

—¿El mismo fango, las mismas aguas?

—Sí. Pero distintas manos. Allí queda un retén de los antiguos masajistas del viejo balneario; son masajistas que conservamos hasta que se jubilen. Ya les falta poco.

—Tomaré los fangos en el viejo edificio y los demás masajes aquí. ¿Los masajes los dan hombres o mujeres?

—Los masajistas no tienen sexo.

El profesor de gimnasia ha explicado por enésima vez que la NASA ha estudiado la relación que existe entre la respiración acelerada del gimnasta y la oxigenación de la sangre, y al decirlo ha dirigido una significativa mirada al

19

rincón izquierdo de la sala donde el general Delvaux interrumpía agradecido su esfuerzo de oxigenación para atender las explicaciones del monitor. Todas las miradas de los gimnastas derrengados sobre las mantas, por los suelos, tienen un ojo en el reloj que anuncia diez minutos más de gimnasia y el otro en el general de la OTAN que ha tenido a bien elegir el balneario Faber and Faber Hermanos para una cura de colesterol, un hombre sesentón, delgado aunque de hinchado y puntiagudo estómago, con el pelo escaso entre el castaño y el pelirrojo, algo canoso en las patillas, como si llevara en la cabeza un conjunto estético irresoluto, a la manera de esos trajes marrones, indecisos sobre su propio color, impuesto por una mediocre cromática evidente en la existencia no sólo de algunos marrones, sino también de casi todos los grises y amarillos. Se acogían los gimnastas al indulto teórico del profesor y miraban con insistencia al general como entregándole la responsabilidad de que el profesor siguiera hablando y la gimnasia paralizada. El militar asentía aunque no entendía nada, pero era consciente de su protagonismo estratégico y de que el profesor relacionaba la OTAN con la NASA, pertenecientes ambas entidades a un universo de siglas transcendentales que estaban más allá del alcance del español medio.

—Frío. Frío. Yo coger frío.

Era un manifiesto, pero también una queja. Las miradas abandonaron al general de la OTAN y se fueron hacia mistress Simpson, setenta y cinco años de viuda americana y una voluntad gimnástica evidentemente a favor de un cuerpo en perpetua tensión dialéctica, la gimnasia y los masajes contra la resistencia pasiva de unas células entre el suicidio y la celulitis. Llevaba mistress Simpson el maquillaje de clase de gimnasia, cejas pintadas en sanguina y una suave malva en los labios, falla tectónica de arrugas convergentes, en el centro geológico de un rostro que parecía un plano sectorial de curvas de nivel hecho por un topógrafo minucioso.

—Se le pasará el frío, mistress Simpson.

Ha dicho cortante y truculento el profesor de gimnasia, y sus clientes temen lo peor. En efecto, lanza su fibroso cuerpo el monitor contra el suelo, como si quisiera desnarizarse en un simbólico acto de suicidio de su propia fotografía, pero antes de que la nariz se estrelle, las palmas de las manos se adhieren como ventosas al pavimento de losas de corcho barnizadas y los brazos se flexionan al tiempo que resisten y aguantan el peso del cuerpo, y una vez controlada la caída, el profesor se entrega a barrocos abdominales que necesitarían la estrategia de la araña y la fortaleza de las patas del pulpo. Se queda solo el profesor con la precisión de sus gestos, o casi solo, porque mistress Simpson le sigue a poca distancia cuantitativa y cualitativa, para pasmo de los otros pobladores del gimnasio, caídos sobre sus propios fracasos, anhelantes, con odio en las pupilas hacia los movimientos referenciales del profesor y la sorprendente resistencia de la vieja. Incluso el general Delvaux ha abandonado y contempla el pulso entre el monitor y la vieja dama como si fueran los ejercicios tácticos de un ejército vecino.

—La leche.

Se le escapa a don Ernesto Villavicencio, sesentón, brazicorto, tobillos de elefante y un corpachón de mozo de cuerda al servicio de un corazón de coronel jubilado del arma de Infantería. A pesar de que trata de situarse siempre cerca del general, aún no le ha revelado su parentesco profesional. En parte por la barrera del idioma, aunque Delvaux escucha con la expresión del que entiende cualquier idioma sin que le interese lo que le digan. Don Ernesto reparte sus sonrisas entre Delvaux y la suiza rubia y esbelta que sigue la gimnasia más pendiente del ajuste de su impecable maillot de bailarina que de las instrucciones del profesor. A su lado permanece, vigilante de todo y todos sus compañeros, poderoso, calvo, diríase que un ejecutivo atlético venido a menos por el whisky entre horas y las depresiones por balances negativos. Karl y Helen Frisch, la máxima atracción erótica de un balneario lleno de gentes en situación de pedir perdón en representación de su cuerpo: o gordos o reumáticos o drogadictos del tabaco y del alcohol o simplemente viejos temblorosamente dispuestos a envejecer y morir con la cara dignidad que proporcionaban los precios de la Faber and Faber. Helen Frisch se pasaba las manos por el maillot brillante, comprobando la consistencia de sus carnes largas y doradas por un reciente crucero americano: Vancouver, San Francisco, San Lucas, Panamá, La Antigua, Jamaica, y los ojos de su marido seguían las manos como si fueran sospechosas de invadir su propiedad. Si bien los ojos masculinos trataban de tropezar con el cuerpo, inexplicable en aquel contexto, de Helen, los femeninos hacían lo mismo con el de Karl. Es cierto que estaba algo gordo y casi calvo, pero gozaba de una rotundidad muscular pocas veces vista en aquel lugar y su taciturna depresión le daba un continente enigmático y patético, como si se tratara de un hombre que había recuperado la adolescencia a los cuarenta y cinco años. Más de uno de los clientes había sorprendido a Helen y Karl en ángulos perdidos del parque, abatida la cabeza de él sobre el regazo de ella y una ternura mecánica en las manos de la mujer sobrevolando la cabeza entregada y diríase que cortada, rozándola, a un ritmo secreto jalonado por una letanía de palabras consoladoras.

—Él estaba sollozando. Lloraba como un crío. Le chorreaban los ojos.

Iba agrandando el retrato de una desesperación Telmo Duñabeitia, industrial vasco con quince kilos de más y ganas de depurarse la sangre y la leche, añadía, porque vivir en el País Vasco no es vivir y el que no paga impuesto revolucionario es porque es imbécil o un tacaño, añadía Telmo al que le quisiera oír el franco retrato de quién era, qué tenía, qué quería. Demasiado joven para estar tan gordo, se decía manoseándose un estómago quizá excesivo, aunque el exceso de peso se lo repartía por un cuerpo macizo de descendiente de *aizkolari* que puso una serrería a tiempo e inició una dinastía que le pesaba a Duñabeitia como una montaña sagrada.

—Joder, cómo está esta tía.

Comentaba el vasco a propósito de la bella Helen, y se atrevió un día a preguntarle a la suiza el porqué de su estancia allí, ella que no lo necesitaba, que estaba tan bien, añadía el vasco contramotivos en un inglés fluido que le permitía vender contraplacado en medio mundo. La bella Helen se había echado a reír, bajó el tono de la voz para musitar que ella no necesitaba estar allí, pero Karl sí, Karl estaba pasando malos momentos, dijo en voz bajísima, pero no tantó como para que Karl no acudiera casi histérico a separar a su mujer de la amenaza vasca. Duñabeitia aprovechaba cualquier momento en que el profesor les diera la espalda, bien para parodiar la gimnasia, bien para tumbarse cara al techo y seguir el recorrido de pájaros que sólo él veía. De vez en cuando sus ojos negros recibían luces secretas interiores y las repartía entre los más próximos compañeros de expiación. Iba a proponer una jugarreta. Los que estaban dispuestos a secundarla le aguantaban la mirada, los que no, se adherían a las evoluciones del monitor para evitar incluso la sospecha de poder ser tentados por las absurdas propuestas del vasco. Por ejemplo, aflojar todos los elementos de la bicicleta fija y esperar a que algún incauto tratara de utilizarla, o en la rueda del pase de la pelota pesada, lanzarla de pronto contra el cogote del monitor sin ánimo de decapitarle, pero sí de descomponerle la figura de grácil pastor de un rebaño de vacas con pezuñas de plomo.

Y el que más cínicamente secundaba las propuestas del vasco era Juanito Sullivan Álvarez de Tolosa, señorito de Jerez que proponía ser llamado *Sullivan* a secas y que ponía su inmensa capacidad de tedio y befa al servicio de los ramalazos de conducta atípica del industrial. Doscientas, doscientas familias comen pochas gracias a mi empresa, repetía una y otra vez Duñabeitia cuando se emborrachaba de agua mineral o de infusión de hojas de arándano, y entre esas familias hay muchos fugitivos del sur, de vosotros, señoritos de mierda, Sullivan, que eres un señorito de mierda. De mierda pero con dos cojones, terminaba la conversación el andaluz perpetuamente al sol del valle junto a la piscina donde mistress Simpson batía todos los récords de resistencia y lentitud.

—Cómo nada esa tía. Parece mojama de sirena.

El interlocutor predilecto de Sullivan no era el vasco, ni el coronel retirado, sino el hombre del chandal, un elevado otoñal con bigotillo de ex funcionario franquista, siempre por delante o por detrás de su mujer, enjuta como un personaje femenino y castellano de novela nacionalista de los años cuarenta. El hombre del chandal se había encargado a sí mismo la misión de vigilar de cerca a Sánchez Bolín, un escritor gordo y taciturno al que sabía vinculado al Partido Comunista.

—¿Sabía usted que hay un comunista en el balneario?

Informó el hombre del chandal a la enfermera jefe y como se desentendiera frau Helda del asunto, recurrió a la jefa de entradas y llegó hasta el administrador general por delegación de los hermanos Faber, el señor Molinas.

—Las ideas de nuestros clientes no nos interesan.

—No, si no lo digo por nada. Pero un comunista es un comunista. Esté en pelota o en smoking.

23

Y además, luego comentaría en privado el hombre del chandal, no es un comunista más, sino de los de colmillo retorcido y a ver de dónde saca para pagar las facturas de este balneario. No era el coronel Villavicencio ajeno a la preocupación del hombre del chandal y acentuaba la pequeñez de sus ojos en busca de la idea que iluminara el porqué de la infiltración marxista en aquella plácida Babia de enfermos insuficientes. Pero saludaba discreta aunque educadamente a Sánchez Bolín cuando se lo encontraba en las escaleras del salón de estar o en la salita de espera del masaje, la sauna o la visita médica o a la entrada y salida del salón de televisión. Sánchez Bolín parecía permanecer al margen de la pequeña expectación causada por su estancia en el balneario y apenas si se prestaba a la conversación. A lo sumo acogía las frases amables y convencionales de los demás con una sonrisa acristalada y poco estimulante para la continuidad de la conversación, pero detectaba las vibraciones negativas del hombre del chandal y recibió algún aviso indirecto de que estaba lanzando una campaña de identificación de su persona. El confidente de Sánchez Bolín había sido el vasco y Sullivan a su lado había apostillado:

—Joder, ni que fuerais los rojeras contaminantes. Mi prima Chon era más comunista que la leche y yo seguía todos los pasos de Semana Santa con ella. Ahora se ha hecho socialista y tiene un cargo en la Junta de Andalucía. Un dinero, farda y se entretiene.

Sánchez Bolín contemplaba al profesor de gimnasia con la indignación del vencido y buscaba con sus ojos miopes otros gestos de desmayo o rebeldía entre los pobladores de la sala de gimnasia. Había punta de ironía en los ojos escépticos del hombre que tenía al lado, de apellido gallego creía recordar. Carvalho. Pero se escribe con *lh*, porque mi padre se hartó en cierta ocasión de ser español y pidió la nacionalidad portuguesa. No sé cómo lo hizo pero consiguió que en todos los papeles figuráramos como Carvalho. Las damas de la colonia encuentran a Carvalho casi tan pintoresco como el vasco y tan hermético como Sánchez Bolín. Especialmente doña Solita, la esposa del coronel Villavicencio, que sorprendió a Carvalho en el cenador al aire libre orientado hacia el sur sosteniendo un libro con la punta de los dedos de una mano, mientras con la otra le prendía fuego con un mechero.

—¿Te fijaste en el título? —le preguntó su marido.

No. No se había fijado en el título, pero le pareció que era un libro caro, no de esas series baratas que venden en los kioskos, de esas que recomienda la tele.

—Hay que retener el dato —se dijo a sí mismo el coronel, soñador durante toda su vida de una situación que pusiera a prueba sus congénitas condiciones de mando.

Había nacido demasiado tarde para hacer la guerra civil, y no había conseguido desanimarle una carrera burocrática, de ascensos normativos, por más diplomado que estuviera por el Estado Mayor.

—¿Y cuándo dimitió usted, mi general: cuando llegaron los socialistas al poder?

—Menos cachondeo, Sullivan, que te empaqueto. Yo no llegué a general. Me quedé en coronel y me retiré porque preferí seguir fabricando piensos compuestos a gusto que servir a disgusto en unos tiempos de destrucción de los valores por los que tanto hemos luchado.

Dos muchachas italianas militan juntas en todas las manifestaciones del balneario. Son altas, delgadísimas, oscuras, ojerosas, siguen un régimen especial para engordar y la gimnasia es para ellas más una convocatoria de huesos que de músculos, contrastadas por *las hermanas alemanas*, como las llama Carvalho, cuatro bávaras chaparras y cúbicas que parecen entregarse a los ejercicios con el alma ausente, como si aprovecharan los minutos que median entre meter y sacar una tarta de manzana del horno o cumplir las fases de una lavadora insuficientemente automatizada. Desde su terraza, Carvalho domina la habitación de una de las italianas, puede espiar su cansado cansancio, su languidez de esqueleto lento e indiferente que apenas abandona la horizontalidad del lecho para coger el teléfono al ralentí o ir a la terraza a contemplarse las uñas media hora, antes de decidirse a arreglárselas con un complejo juego de cirugía para manicuras. A veces, la otra italiana pasa por el jardín, con medio kilo de vitalidad más que su compatriota, y alza la cabeza hacia arriba para preguntarle invariablemente:

—*Silvana, che cosa fai?*

—*Niente.*

El profesor las acosa para que se muevan, les tira la pelota, les retiene los pies contra el suelo para que totalicen los movimientos abdominales. Inmutables, se limitan a acelerar la respiración y a soportar su destino de etíopes inapetentes.

—Debajo de esa grasa tiene usted una contextura de atleta.

Resucita así el profesor la moral de un joven de muchas carnes, fugitivo de algún relato manchego convencional, cejijunto aunque ojiabierto, con mucho pelo negro a manera de boina y boca sensual de descendiente de arrieros mamones de todo lo bueno, paticorto pero patirrecio y con un tórax de Sansón celtíbero. El manchego tiene una red de queserías, y sobre todas, la que tiene abierta en Madrid y da nombre a su alcurnia, Quesos Sánchez Pérez, Hermanos e Hijos, aunque las muertes e imposibilidades de hermanos e hijos le han dejado en la condición de único propietario del negocio. Excesivamente joven para tanta responsabilidad y riqueza, ninguno de los jefes naturales de la camada adelgazante le reconoce la jerarquía y el coronel le trata poco menos que como a un ordenanza todo terreno.

—Tomás. Mi padre me dijo una vez: «Hijo, no te fíes de los hombres que cuando se pegan pedos levantan el polvo del suelo.»

—Pues no le veo la gracia, coronel.

—Serás corto, tendero. Mi padre me prevenía contra los bajitos, leche, como tú.

—Pues ya me dirá usted, mi coronel, en España.

—Aquí cada día la gente es más alta. Con Franco aquí creció todo Dios y tú con más motivos, porque algún queso que otro te habrás comido, ¿o no comíais quesos para poder venderlos?

Se ruborizaba el quesero, sobre todo si estaba cerca una muchacha pequeñita y redonda que estaba haciendo régimen para adelgazar un poco y llegar a la Facultad de Medicina Tropical de Bruselas con menos complejos. Amalia se llamaba la chica, «... y mi madre es vasca», y al confesar la etnia de su madre, mezclaba orgullo de raza superior y temor ante cualquier posible identificación con el terrorismo vasco. La muchacha es leída y el quesero manchego es escribidor, según le ha confesado. Guarda muchos cuadernos con poemas ya no de adolescencia, sino poemas de los últimos años, para aliviar el estrés de llevar adelante tanto negocio desde que empezaron a morirse los tíos y los padres. En ocasiones se ve a la pareja buscando rincones subtropicales, más allá de la barrera visual del pabellón de los fangos, y lo hacen para que Tomás lea en voz de jardín poemas sobre la noche de Madrid y recuerdos de afanada infancia de hijo de quesería importante. Por primera vez Amalia tiene un poeta a su disposición y lo cultiva incluso en el gimnasio, colocando su esterilla junto a la del quesero y enviándole guiños de ánimo cuando al chico se le encienden las sangres y se revuelca en busca del ademán gimnástico correcto, sin conseguirlo, a pesar de los ánimos de Amalia y de que el profesor le repite una y otra vez:

—Debajo de esa grasa tiene usted una contextura de atleta.

En cuanto a Amalia, a pesar de su redondez aparente, tiene lo que el profesor llama «elasticidad interior» y se acerca a los cánones gimnásticos bajo el aplauso del mentor y algún que otro comentario ensalzador.

—Muy bien, Amalia. Duro con ese culo, Amalia. A por él.

Una de las recomendaciones más constantes y no siempre atendidas era que, de mañana, los pacientes se dejaran conducir a un paseo por las orillas del Sangre, más allá del salto del Niño Moro, cuando el río meandrea, fingiendo anchuras que sólo le permiten los tiempos de deshielo. Hay que elegir entre una pronta comprobación en la báscula de los gramos perdidos en un día de ayuno, las recomendaciones rutinarias de frau Helda a alguna de sus enfermeras y ese paseo que devuelve al balneario una hilera conventual cansada pero feliz por tan madrugadora depredación de los encantos gratuitos de la naturaleza. La expedición ha seguido la orilla del río a buen paso, tras la estela del profesor. En tiempos de mayor prosperidad, Faber and Faber disponía de un profesional para cada tarea asistencial, pero tras la crisis del petróleo, sin que nadie pudiera precisar qué secos canales energéticos dejaran de abastecer el próspero negocio de la salud, la gerencia de El Balneario ha ido prescindiendo del personal y concentrando en los supervivientes diferentes funciones. Así, el profesor de gimnasia es también el guía del primer paseo del alba y el dirigente de una vasta y dura excursión de domingo, monte arriba, en busca de cuatro horas de andadura por caminos que ni siquiera darían cabida a un buen carro. La excursión dominguera es una comprobación semanal de la tesis del doctor Gastein, según la cual el cuerpo humano es un motor torpe, lento inicialmente, pero que crea su propia motivación, y así los excursionistas empiezan reticentes, desganados y desde el bajo tono muscular van alcanzando progresivas cotas de superación excursionista y acaban volando sobre los peñascos, los unos en busca del placer del propio cansancio, los otros deseosos de acabar cuanto antes una excursión pesada. La reflexión de Carvalho sobre la necesidad de sacar el máximo partido a la inversión que representa una estancia en el balneario preside muchas decisiones sublimes de escaladores dispuestos a cansarse porque han pagado para ello. Han invertido en cansancio, en expiación de culpas por placeres prohibidos por algún código interno de su propio cuerpo y, más que masoquismo, la obsesión autodestructiva de los excursionistas traduce el alma burguesa de no gastarse ni un doblón sin recibir nada a cambio. Por más que pregone el profesor la necesidad de mantener un ritmo desde el principio al fin, mediada la caminata la vanguardia atlética fuerza el ritmo y se despega inexorablemente de la tropa más vieja o más gorda, aunque a veces entre la vanguardia figure algún peso pesado impulsado por la propia desesperación de acabar cuanto antes con el expediente o por la convicción íntima de que su propio peso es una convención cultural y que esa alma delgada que todos los gordos llevan dentro es al fin la que da sentido y mecánica a una marcha ligera. Es decir, algunos comprueban en vida esa sospecha de que una vez muertos, el alma se libera del cuerpo, levita por la habitación y presencia el amortajamiento y los pésames, sin que se sepa cuánto tiempo se le concede a tan crítico distanciamiento. Los gordos ágiles son los más temibles agentes destructores del ritmo de una excursión pensada para un sedentario medio o *sedentario tipo*, según frase afortunada de Gastein. Y aquel domingo el papel de gordo provocador lo desempeñó Tomás, el quesero, impulsado por el deseo de demostrarle a Amalia la juventud de sus

28

músculos ocultos y de llegar cuanto antes al balneario para sumergirse en la piscina caliente y sulfurosa. Como a Carvalho le molestaban las excursiones corporativas imaginativamente, forzó también el paso para dejar atrás cualquier posibilidad de identificarse con el rebaño y comprobó que se ponía a su estela el vasco, el matrimonio suizo y el coronel, que con los ojos cerrados y un braceo tan acompasado como su caminar demostraba una vieja cultura de marcha monte arriba. No estaba dispuesto en cambio el general Delvaux a hacer ningún esfuerzo por encima de sus deseos y disimuló su deserción interrogando al profesor sobre el nombre castellano de la variada flora de la comarca, sin que sirvieran las llamadas mudas o sonoras del ex coronel Villavicencio para que compitiera con los que abrían la marcha. Consciente de que la representación militar caía exclusivamente sobre sus espaldas, Villavicencio se pegó al pelotón de cabeza no sólo porque el cuerpo se lo pedía, sino también por si en su momento era necesario asumir el mando en el caso de que surgiera alguna complicación no prevista por los civiles. Media hora después, el cerro cárdeno al que aspiraba la expedición era coronado en primera posición por el joven comerciante, seguido a poca distancia por Carvalho, Helen y Karl y el coronel, que se reservó la última posición porque la mujer llevaba shorts y tenía unas piernas tan bien torneadas como el largo cuello y la cola de caballo dorada que lamía sus espaldas al vaivén de sus pasos ligeros y sabios. Desde la posición de Villavicencio, las piernas de Helen eran de una carnosidad dorada y contenida; en cambio, desde la adelantada posición de Carvalho, eran dos elementos indispensables para que los senos exactos se le movieran bajo la blusa de punto como dos frutos del trópico europeo, de ese trópico secreto que la cultura europea ha conseguido convertir en una abstracción. Y a veces la contemplación desde la retaguardia del coronel se encontraba con la contemplación desde la vanguardia de Carvalho y entre los dos dibujaban un deseo unitario y una cierta complicidad que sólo una mujer extranjera y dorada podría establecer entre Carvalho y un militar. Parecía el pelotón de cabeza ya definitivamente conformado cuando mistress Simpson forzó el paso desde el grupo seguidor en el que también figuraba el profesor de gimnasia y dejó clavados a sus acompañantes y sin capacidad de reacción. Subía la septuagenaria como una atleta checa en busca de un lugar en el podio y una ansiosa alarma cundió entre los avanzados, que forzaron a su vez la marcha para que mistress Simpson no tomara contacto con ellos. Pero la tenacidad de la vieja ya había decidido la cuestión y aprovechó el paro psicológico dictado por la llegada a la cumbre para darles alcance y no contenta con ello rebasarles e iniciar a buena marcha el descenso. Contribuyó a que tomara distancia la vacilación del excesivamente joven tendero, anclado en la duda sobre si debía disputar o no a la anciana la ilusión de ganar la carrera y la pasajera desgana atlética de Helen, empeñada en rehacer su cola de caballo, para lo que tuvo que descomponerla y dejar a sus acompañantes interesados por la lenta libertad con que sus cabellos dorados recuperaron la dimensión de su cabeza y le lamieron los pómulos de melocotón y el cuello de ave del paraíso. Pero asumida la vacilación del joven Tomás y ante la irritación con que Karl acosaba con sus ojos dentados las miradas del coronel y Carvalho sobre su mujer, Villavicencio se lanzó en persecución de la vieja y tras él todos los demás, sin que valieran las protestas de Helen porque se le había caído un pasador. Mistress Simpson ganaba distancia y les devolvía de vez en cuando su rostro especialmente maquillado para las excursiones domingueras: medias pestañas postizas, colorete beige sobre los pómulos y un fondo general color harina de arroz para el mapa físico de su cara. Una sonrisa de provocación ponía al descubierto sus lujosos dientes postizos, cuyo blanco contrastaba con el amarillo de sus ojos, y se diría que reía sarcásticamente por la sorpresa y el desconcierto de sus seguidores. Tal vez hubiera dado el coronel alcance a la evadida de no haberse torcido el tobillo al poner el pie sobre lo que creía roca firme y era sólo canto rodado en transición, y mientras se cagaba en diez y se apretaba el tobillo entre las manos, comprobó que sus compañeros de persecución pasaban por encima de su dolor y se lanzaban cual lebreles en pos de la vieja. Por si faltara algo, fue alcanzado el cojeante coronel por los *sedentarios tipo* y tuvo que soportar la filosofía gimnástica pragmática del profesor en todo lo que quedaba de camino, así como una serie de consejos que partían del supuesto de que sus tobillos ya no eran lo que quizá alguna vez habían sido.

30

—Yo me hacía diez kilómetros de marcha con un saco terrero sobre mis espaldas —proclamaba el coronel, mientras sus ojos perseguían la ya lejana lucha en la cabeza, donde codeaban los cuatro seguidores de mistress Simpson, apenas un punto de color lila en el horizonte de descenso.

Movía la vieja todo el cuerpo como si fuera una máquina que hubiera escapado a su propio control y a dos kilómetros del balneario volvió la cabeza para ver que sólo la amenazaban Carvalho y el vasco, seguidos a suficiente distancia por Helen y Karl, protagonistas de una discusión compatible con la continuidad de tan obsesa carrera. Segura de sus fuerzas, mistress Simpson mantuvo la marcha y trató de encontrar una frase a la vez condescendiente y triunfal con la que apabullar a sus seguidores cuando hubiera confirmado su derrota. Era el vasco el más empeñado en darle alcance y estimulaba a su compañero de persecución:

—¡No hay que dejarla ganar! Esa vieja mojama americana se va a cachondear de todos nosotros. Aún hay clases.

—Yo no corro por cuestiones patrióticas.

—No se plantee por qué corre y corra, que nos van a pasar la mano por la cara.

Pero la suerte parecía echada. Quinientos metros separaban a la viuda de su victoria cuando un alarido infra o suprahumano paralizó el resuello del valle. Se detuvo mistress Simpson, sus seguidores, los rezagados. Las únicas figuras en movimiento eran las de Helen y su marido. Ella trataba de retenerle. Él pugnaba por soltarse mientras gritaba como un indígena de países peligrosos, y ya desprendido de las manos de su mujer, inició una carrera de sprinter hacia la meta, rebasando a los dos hombres semiparalizados por la indecisión, y también fue tardía la reacción de mistress Simpson, que adivinó las verdaderas intenciones del suizo cuando fue rebasada por él y contempló su culo zigzagueante avanzando hacia la meta usurpada. Renegó la vieja y trató de reparar lo irreparable, porque ya Karl traspasaba la puerta del balneario, desaparecía de su vista y se recuperaba del esfuerzo cuando les recibió jadeante y triunfal, sin el menor interés por nada que no fuera esperar la llegada de la bella Helen, abrazarla y balbucear con los ojos risueños: «¡He ganado... he ganado!» «Mi héroe. Mi pequeño», decía la bella Helen mientras acariciaba la cabeza de su marido llena de venas insurgentes y de sudores blandos. El vasco dedicó al suizo una mirada desdeñosa y sólo mistress Simpson expresó su disgusto suficientemente. Le dijo a Karl «Suizo tenías que ser» al pasar por su lado y se encaminó al despacho de la dirección a protestar. Ni los demás ni ella misma sabían de qué.

—Y luego dirán que los españoles estamos chalados o que los vascos somos peligrosos, pero ya ha visto usted a ese suizo comportándose como un niñato histérico porque la vieja iba a ganar la carrera o porque usted y yo íbamos a llegar antes que él. Lo he comentado con la legión extranjera y todos estaban muy divertidos, todos menos mistress Simpson, claro, que ésa es otra, ésa es un Dillinger con faldas. Pero el coronel está indignado, como tiene que ser. Mire lo que le digo, y se lo dice un vasco que aunque paga impuesto revolucionario reconoce que los de ETA tienen más cojones que una estatua, y piensa que cuanto antes dejemos de ser un país ocupado por los españoles, mejor; pues bien, a pesar de todo, a mí el ex coronel ese me cae bien, me parece un *echao palante* de mucho calibre. Un tío que los tiene mejor puestos que una estatua. Cojo y todo se ha ido a por el suizo y le ha dicho que los españoles, donde no llegamos con la mano, llegamos con la punta de la espada y a buen entendedor pocas palabras bastan, ha añadido, aunque inútilmente porque he tratado de traducir la expresión al alemán, al francés y al inglés y no me ha salido. En justo castigo a esa niñería tendríamos que tirarnos a la suiza. ¿Qué le parece a usted la chavala? Yo un día de éstos le echo los tejos y me la llevo a tomar agua mineral en alguna boite de Bolinches. A ésa le pide el cuerpo guerra, aunque disimule con los arrumacos que dedica a ese gigante meón.

Son los minutos de conversación que preceden al inicio de la sesión de noche televisiva. Las comunidades se han dividido y los extranjeros o bien se encierran en la sala de audio-video para películas en lengua inglesa o bien juegan al bridge o se van más allá de las montañas, a Bolinches, a consumir las horas que quedan entre el zumo de frutas vespertino y la hora en que el balneario se cierra a cal y canto. Otras veces la gerencia ha programado una serie de actos socioculturales, especialmente pensados para que la colonia extranjera adquiera conocimientos sobre el alma profunda española, y a ese propósito se deben los zapateados que cada miércoles sorprenden desde el salón de arriba a los españoles entregados a los placeres de la televisión. Para esa transfusión cultural, la gerencia de El Balneario recurre casi siempre a Juanito de Utrera, *el Niño Camaleón*, bailarín que en su día cruzó el charco para bailar en las mejores salas de países cuyo nombre no precisaba y realizó innumerables circuitos europeos, dejando en todas partes una huella indeleble de las esencias del baile andaluz. Consciente de que actuaba para un público tan adinerado como selecto, Juanito de Utrera acudía a la cita semanal en compañía de un guitarrista cantaor que traducía al inglés, someramente, el contenido de las canciones que iba a interpretar.

> *I've walked very hard,*
> *I've walked very hard,*
> *but I didn't find a face like yours.*

Por la música, los escasos españoles que asistían a las reuniones de confraternización cultural dedujeron que se trataba de la sevillana con letrilla de García Lorca *lo traigo andado, lo traigo andado, cara como la tuya no la he encontrado*, en una versión tan simplificadora como eficaz, porque los foráneos llegaban a lo más profundo de la propuesta estética y lanzaban algún que otro olé e incluso mistress Simpson, como casi todos habían previsto, se echaba al ruedo y bailaba la danza macabra de Saint-Saëns en una supuesta versión a la andaluza. Pero mistress Simpson era la excepción, atribuida a su ingenua aunque anciana americaneidad, en un contexto de europeos tranquilos que asumían las muestras culturales de El Balneario como un capítulo necesario de su experiencia clínica y que además estaba incluido en el precio. Otra cosa era cuando la propuesta cultural de la gerencia se trataba de un mercadillo de artesanías diversas, expuesto en la recepción o en el salón del piano, del ayuno y del bridge, es decir, el salón donde se producían las manifestaciones sociales y al mismo tiempo donde acudían los ayunantes a beber su vaso de supervivencia, respaldados psicológicamente por un marco evocador del uso exclusivamente lingüístico de la boca. Cuando de mercadillo se trataba, el octavo sentido consumista modificaba incluso la estructura de los cuerpos que pasaban del obligado relajamiento del ayunante a una tensión de animal cazador de oportunidades, además pagadas con una de las monedas más amables de Europa. Bisutería y vestuario informal eran los objetos preferidos y el ámbito de exposición se convertía en pocos segundos en una bolsa donde las ofertas y las demandas provocaban a veces retenciones de líquidos que al día siguiente registraría la báscula. Mercado, y cultura en general, para los extranjeros, porque los españoles, recién asomados a la modernidad, desconfiaban de todo lo que no entendieran inmediatamente, bien y para bien. Todo lo que ponía en evidencia su pereza mental o su ignorancia bien vestida era «un palo», neosignificante prestado por los hijos de los asilados, pero que podía servir, por ejemplo, para sancionar una noche la película de Rossellini, fuera cual fuera, y un reportaje sobre el décimo aniversario de la caída de Saigón. Mientras los hombres se interesaban por el telediario, las mujeres intercambiaban recetas dietéticas que en el futuro les restarían tantos kilos como les sumarían placeres del paladar ahora vedados. Y daba pura lástima contemplar cómo la abundante publicidad de productos alimenticios era acogida con gemidos de impotencia y desesperación por parte de los ayunantes. El trauma del ayuno y de la presumible factura modificaba no obstante la reacción primitiva de lanzarse sobre el televisor para lamer las más amarillas mayonesas o las más fosilizadas galletas y era frecuente que tras la caída en la tentación de la autocompasión, se impusiera un tono de voz que incluía la expiación moral y el complejo de culpa, ampliado hasta el punto de tratar de completar la realidad con el deseo.

—Con lo que me gusta a mí la mayonesa y con lo que engorda.

—Hazla con aceite de maíz, que engorda menos, o con aceite de parafina, que no engorda nada.

—Pero el aceite de parafina es dañino para el cuerpo. Lo he leído en el *ABC*.

—Es malo si lo utilizas para freír, pero no para hacer mayonesa.

—¡Y esas galletas! ¡Has visto tú esas galletas!

—Pues están cargaditas, cargaditas de calorías. Yo me compro de esas dietéticas, que no tienen azúcar, y tan ricamente.

—Mira. ¡Mira qué anuncian!

Las en otras circunstancias consideradas despreciables sopas concentradas reunían el más hermoso technicolor que ni siquiera la Columbia Broadcasting consiguiera en sus mejores tiempos. Y era esa imagen de cocina elaborada la que lanzaba a los televidentes a un frenético intercambio de recetas, predominantemente vegetales, que en el futuro les harían tan felices como delgados y sanos. Las berenjenitas al estragón de doña Solita suscitaron que el salón de televisión se convirtiera en una aula llena de estudiantes femeninos bolígrafo Must de Cartier en ristre tomando apuntes: «Se ponen las berenjenas y los tomates cortados a trozos en una cacerola. Se les añade el zumo de un limón, dos aceitunas picadas y una cucharadita de estragón. Se cuecen a fuego lento y tapado durante una hora.» ¿Y eso es todo? Eso es todo. Pues poco alimento tiene la cosa. ¿Cómo que poco alimento tiene la cosa? La que así se extrañaba era una dama ex licenciada en farmacia que había conservado sus veleidades culturales de soltería para ocasiones como la que vivía. La berenjena tiene sodio, fósforo, calcio, magnesio, potasio, prótidos, vitamina C a manta, vitamina A, vitamina PP, vitamina B_1, vitamina B_2. No era de la misma opinión un caballero lento en sus exposiciones, pero que hablaba con la seguridad que le daba pasarse media vida entre Nueva York y Madrid por su negocio de antigüedades. La berenjena, opinó, es un mediocre alimento que, si bien es cierto que da pocas calorías, también da poca energía y es indigesto y tóxico para la fibra cardíaca. ¡Muy relativamente! ¡Muy relativamente! Argumentaba en retirada la ex farmacéutica y de pronto desencadenaba un fulminante ataque berenjena en ristre: No me negará usted que tiene propiedades diuréticas y laxantes. No. No lo negaba, pero las mismas propiedades diuréticas contiene por ejemplo el perejil y en cambio no tiene contraindicaciones. Mentar el perejil en El Balneario era una prueba o bien de extrema seguridad en la propia línea argumental o de temeridad máxima, porque el perejil unificaba los gustos de todos los caldos vegetales de los ayunantes y había quien rebautizaba El Balneario con el nombre de Villa Perejil. No hable usted del perejil. No hable usted del perejil. Era un clamor. Pero el caballero no estaba dispuesto a desdecirse y se entregó a una defensa e ilustración del perejil que partía de su misma modestia de forma y economía para llegar, por comparación referencial, a la afirmación de que pocos alimentos tan baratos son tan completos, rico como es en vitamina A, como ningún otro vegetal y no digamos en vitamina C, B_1, B_2 y K. Además, la cantidad de calcio que conlleva el perejil le proporciona un valor mineralizante y la relación calcio-fósforo, que en casi todas las demás verduras sólo alcanza el índice uno o dos, en el perejil llega a cuatro.

—Y además es uno de los pocos alimentos que carecen de contraindicaciones.

Ante tamaña ciencia, cejó el embate de la indignación y bien pronto flaquearon las voces críticas y hasta algunas recordaron argumentaciones en favor del perejil de madame Fedorovna en sus clases de reeducación dietética. No es que los españoles frecuentaran voluntariamente esas clases con entusiasmo, pero madame Fedorovna, buena conocedora de la psicología autóctona, tenía por costumbre marcar de cerca la colonia española en las horas anteriores a la charla hasta forzarles con su poderosa presencia a penetrar en el salón de conferencias, donde daba consejos regenerativos basados en prescindir de un noventa por ciento de lo que constituía lo más agradable de la memoria gastronómica española, más algunas fobias complementarias, como la que madame Fedorovna tenía contra el jamón dulce, superchería industrial y tóxica con la que venía sosteniendo un duro e implacable combate desde hacía lustros. Según madame Fedorovna, el jamón dulce era tan adulterable como la mortadela y lo era todo menos jamón, y sobre todas las cosas, colorantes y aromatizantes químicos que eran suficiente contraindicación frente a la única posible bondad del producto: su bajo índice calórico a comparación del desdeñable jamón serrano. La cara que ponía madame Fedorovna cuando se aplicaba a destruir el mito del jamón serrano reaparecía en las pesadillas de los asilados cuando soñaban en bocadillos de jamón, con tomate el pan en el caso de los catalanes y a palo seco el pan y el jamón en el resto de los españoles. Era quizá lo que menos perdonaban a madame Fedorovna, a la que le aceptaban incluso su reprobación de la tortilla de patatas como uno de los males dietéticos que más han contribuido a la ruina física de los españoles. No permanecían los hombres ajenos al mercadillo dietético de la tertulia, pero era lo suyo fijarse en lo que pasaba en el mundo y en España e incluso decir en voz alta su sanción ante las personas y los hechos. Eran frecuentes los sarcasmos cuando aparecían en la pantalla televisiva los gobernantes socialistas, y se le oyó gritar más que decir «Yo a ese tío lo fusilaría» al hombre del chandal cuando apareció en pantalla Marcelino Camacho, secretario general de Comisiones Obreras. Pero ninguna exclamación o toma de posición había superado la que el vasco recordaba haber oído en aquel mismo salón en octubre de 1982, cuando en ocasión de la victoria electoral de los socialistas y al aparecer en pantalla el que sería vicepresidente del gobierno, Alfonso Guerra, una dama alta y morena, amueblada con exquisitez así en las joyas como en el vestuario, se pusiera a gritar: «¡Afganistán! ¡Afganistán!» Como si temiera que de la gestión socialista pudiera derivarse una afganización de España. No bien se había dicho «Yo a ese tío lo fusilaría» en referencia a Marcelino Camacho, penetró en el salón de televisión el escritor Sánchez Bolín, por lo que se sospechó que hubiera podido oír el comentario más allá de la puerta, y hasta el hombre del chandal no quedó en paz y no le ayudó demasiado la inoportuna locuacidad del vasco, empeñado en retener la afirmación y contradecirla:

—Pues no sé yo por qué habría que fusilar a Camacho. Yo antes fusilaba a tanto hijodeputa que nos está subiendo los impuestos.

Eso. Eso. Hasta las damas se sumaron a la búsqueda de enemigos más evidentes que el secretario del sindicato filocomunista, sin que Sánchez Bolín les agradeciera el gesto, ni en esta vida ni en la otra, porque nada más comprobar que había poca predisposición para ver *Viaje a Italia*, de Rossellini, se llevó su sordera, su miopía y su comunistez a su habitación dejando una situación rota y desilusionada, y con la mosca tras la oreja al coronel Villavicencio, molesto por las atribuciones militares que se había autoatribuido el hombre del chandal. Molestia que retuvo en su interior mientras duró el concurso televisivo al que entregaron su curiosidad, pero que expresó cuando subía los escalones en pos de la ligereza de su esposa.

—Qué coño va a fusilar el rosco ese. Aquí el único que puede fusilar soy yo.

—No te enojes, Ernesto, que te sube la tensión.

—Que se suba lo que sea y adonde sea. Pero no se puede tolerar que los civiles se metan donde no les llaman y menos cuando son vascos, que no tendrían ni derecho a hablar, porque son más salvajes que los salvajes y matan por matar, como si fuera uno de esos deportes imbéciles que practican.

—Ernesto.

—¿Qué se puede pensar de unos tíos que se lo pasan de puta madre cortando troncos o levantando piedras?

—Ernesto.

—¡Que no lo vuelva a repetir en mi presencia, porque lo cuadro y le digo cuatro cosas bien dichas!

—Ernesto.

—Que a mí hay que conocerme.

El primer día Carvalho lo había pasado tomando posesión del lugar y de sus gentes, aunque íntimamente se preguntaba qué hacía él allí, hasta qué punto había acudido por el consejo del médico o atraído por la mitología de los balnearios, hospitales sin muros donde la muerte se sienta en sillones de mimbres historiados o de viejas forjas liberty cubiertas según una antigua lucha entre la herrumbre y la pintura blanca. Pero luego llegaron la purga, los dos primeros días a caldo vegetal y zumo de frutas y algo parecido a la depresión le puso a la orilla del teléfono, a punto estuvo de llamar a *Biscuter* o a Charo o a Fuster, pero no lo hizo porque dudaba en poder mantener un tono de voz entero. La soledad del ayunante es la peor de las soledades. Luego se sintió atrapado por la rutina del establecimiento, la expectación del pesaje, la gimnasia, la piscina e incluso le pidió hora al profesor de tenis para recuperar la memoria tenística que había abandonado en Estados Unidos. El profesor era un alemán lento, viejo y delgado, empeñado en que rememorizara los golpes pero con elegancia. Le conducía el brazo con sus manos, le empujaba los pies a suaves patadas para que se situara en su sitio.

—Esto es tenis, no squash ni ping-pong. Si corre usted mucho podrá devolver las pelotas, pero jugará sin elegancia. Y si juega sin elegancia no le invitarán en las mejores pistas.

No tuvo tiempo Carvalho de boquiabrirse. Secundó todos los consejos de Von Trotta y a los tres días de prácticas tenía un drive que no lo hubiera mejorado Nureyev y cogía las boleas con la fuerza de un Rod Laver, pero con la elegancia de Margot Fonteyn. En cambio, smashaba como un asesino, según le advirtió el profesor.

—Eso que usted da no es un golpe de tenis, es un intento de asesinato. Recuerde que si juega sin elegancia no será invitado en las mejores pistas.

—McEnroe juega sin elegancia y en cambio le invitan en las mejores pistas.

—Eso no es un tenista. Eso es un gamberro inexperto que brilla en tiempos en los que han desaparecido los grandes estilistas.

Y bailaba el tenis Von Trotta como si fuera la *Invitación al vals*. Se desesperaba el profesor cuando le tocaba jugar con ejecutivos cúbicos de Colonia o Düsseldorf, dispuestos a fusilarle a pelotazos, empeñados en convertir cada clase de tenis en una final de Forest Hill, y agradecía en cambio el tenis de Sullivan, elegante, elegante, quizá algo débil pero elegante. Del tenis al masaje subacuático, una inmersión en bañera de agua tibia y el brazo de una enfermera manejando una manguera trompa de elefante de la que salía un chorro de agua a presión con la fuerza relativizada por el agua estancada en la bañera. El chorro buscaba las adiposidades de Carvalho como un hurón enfurecido y Carvalho se maravillaba de que las aguas no quedaran llenas de virutas de carnes inútiles. Después del masaje se quedaba relajado dentro del agua, bajo el consejo de no levantarse de un impulso, sino poco a poco; de lo contrario se exponía a una lipotimia. Fue durante una de estas inmersiones relajantes cuando, a través de la entreabierta puerta que comunicaba con la sala de masajes vecina, oyó una conversación a malas voces entre dos mujeres. Primero reconoció la voz de madame Fedorovna y luego a través del resquicio de la puerta vio cómo pasaba mistress Simpson en retirada. No habían hablado en inglés, ni en alemán, sino en ruso, una nota más que añadir al conjunto de cualidades de la apabullante mistress Simpson. Alguna connotación de la conversación se interfería en su memoria como un ruido, algo que no sonaba concordantemente, y más tarde se dio cuenta de que lo sorprendente era el tono de reconvención que había en las palabras de la Fedorovna y la estridente defensiva de la atlética anciana. Si algo caracterizaba las relaciones dentro de El Balneario, era la corrección en las formas, el apriorismo de que nadie tenía que convencer de nada a nadie, ni mucho menos pedir explicaciones. Incluso si durante el pesaje frau Helda deducía que el paciente no había respetado el régimen por un brusco aumento de peso continuado, de sus labios no salía ninguna reprimenda, sino la propuesta de que se bebiera un litro y medio de infusión de pelo de panocha, un diurético que le haría perder el agua acumulada en el organismo. Inconcebible que mistress Simpson hubiera violado alguna norma lo suficiente como para indignar a madame Fedorovna, como no hubiera sido sorprendida devorando un jamón dulce o introduciendo fraudulentamente en El Balneario una tortilla de patatas. Por lo demás el comportamiento de la vieja americana siguió siendo el de siempre, una perpetua exhibición de la séptima juventud en la que vivía, así en el gimnasio como en la piscina, o en el simple acto de caminar como una bailarina ingrávida en el trance de acudir a una cita con Gene Kelly en torno al farol de las mejores películas de Stanley Donen.

Carvalho aprovechaba los masajes para hablar con las masajistas hasta tropezar con el muro de la discreción profesional con que defendían las intimidades de El Balneario. A Carvalho le intrigaba el contenido humano de la razón social Faber and Faber y la masajista manual le dijo que eran dos hermanos, próximos a la sesentena, que sólo acudían a la clínica dos veces al año con regularidad de semestre y cuando ocurría algo excepcional.

—¿Qué quiere decir algo excepcional?

Algunos intentos de robo. Especialmente uno importante durante el que se introdujo una furgoneta en el recinto, pero afortunadamente un cliente con insomnio que paseaba por el parque lo vio y, al acercarse, la furgoneta huyó. Muy importante iba a ser el robo para requerir una furgoneta y las especulaciones llegaron a presumir que querían robar el archivo de El Balneario por encargo de un grupo financiero que trataba de montar un establecimiento similar. Todas las recetas de cocina son secretas, informó la masajista bajando la voz. ¿De qué cocina? De todo. Desde el caldo vegetal que toman los ayunantes hasta todos los platos de regímenes hipocalóricos e hipercalóricos. El misticismo de la delgadez y la alimentación natural se había apoderado incluso del personal subalterno, no del peonaje, que seguía aferrado al paladar de su memoria, pero sí de los cuadros indígenas medios, que de vez en cuando incluso ayunaban no por solidaridad con los pacientes, sino para gozar de los beneficios de la desintoxicación y así estar más cerca de la comprensión de las experiencias de los clientes. Ayudaban a esa fe la calidad media de la clientela y las irregulares estancias en El Balneario de principales figuras del Gold Gotha de la aristocracia, el dinero y la inteligencia. Siempre se rumoreaba, por ejemplo, que Cristina Onassis estaba a punto de llegar y a veces llegaba. Otro cliente prometido era Orson Welles y hasta se recordaba una estancia de Audrey Hepburn para engordar unos cuantos kilos que resolvieran su problema de no lugar en un cine donde el cuerpo humano ha de ser, como nunca, fiel a unos valores standard de la belleza digerible. Inolvidable el recuerdo del desembarco de un jeque árabe con harén incluido y las dificultades que tuvo que superar el gerente para ofrecer una ala del edificio exclusivamente reservada a las mujeres del jeque. El príncipe sarraceno era un estudioso de las huellas del Islam en España y sabía que sus antepasados habían utilizado aquel lugar para sus baños purificadores y se emocionó ante las hechuras orientalizantes del pabellón superviviente. Tanto que prometió una donación especial para que se construyera una mezquita en el altozano del oeste, orientado hacia Bolinches y el Mediterráneo, dominador de la suave caída del río Sangre en el salto del Niño Moro.

—¿Mistress Simpson es una cliente habitual?

—Con ésta es la cuarta vez, al menos desde que yo estoy aquí.

—Es muy especial.

—Sí, muy especial.

—Tiene una vitalidad envidiable para su edad.

—Y usted que lo diga, porque esa mujer se conserva por encima de lo normal. A mí me ha dicho que cada día hace una tabla de gimnasia de una hora y yo con un cuarto de hora ya quedo para el arrastre.

—¿Es muy impertinente?

—Aquí nunca hay clientes impertinentes, señor —respondió la masajista a la impertinencia de Carvalho, boca abajo, con las carnes entregadas al manoseo enérgico y aséptico de la muchacha y el cerebro repartido entre la curiosidad por todo lo que aparecía en aquel escenario y un placer nuevo que traducía mejor que nada la cantidad de verdad que había en el slogan propuesto por todo el ámbito de El Balneario: el propio cuerpo es el mejor amigo del hombre.

Carvalho había redescubierto su cuerpo. De hecho vivía pendiente de él desde que se levantaba hasta que se acostaba. Nada más poner los pies en el suelo se iba a orinar para que la pérdida de las aguas nocturnas le permitiera rebajar peso de cara a la segunda estación del viacrucis narcisista: el pesaje. La gimnasia o el castigo del cuerpo pecador. La sauna que le succionaba las aguas inútiles y le abría los poros para que salieran los venenos acumulados por tanto orujo helado o por los excesos de salmis de pato a altas horas de la madrugada en compañía del gestor Fuster. Y los guisos constantes de *Biscuter*. Aquella fiebre de madre nutridora que tenía el fetillo, siempre proponiéndole platos que le dejaba sobre la mesa del despacho como ofrendas a un dios angustioso del Hambre. Carvalho se miraba el cuerpo en el espejo del cuarto de baño después de cada experiencia regenerativa. Pero ninguna para tener la sensación de lo que es y no es un cuerpo como un masaje manual, donde las manos del técnico denuncian lo que sobra y lo que falta, la flaccidez de lo que hay y la consistencia muscular perdida. Después de las iniciales depresiones penetraba en las venas una extraña euforia en parte debida al proceso depurativo, pero en parte también al lavado del cerebro tóxico de animal voraz y bebedor. Era como la limpieza de alma de un

42

espíritu recuperado a través de los ejercicios espirituales, limpieza que no culminará hasta el instante en que caiga de rodillas y pida perdón a Dios por todos los pecados cometidos. ¿Cuándo llegaría ese momento en que, de hinojos ante la magnificencia del valle del Sangre, él, Pepe Carvalho, emponzoñado por el bacalao al pil-pil, las pochas con almejas, las patatas con chorizo a la riojana, el brioche con foie-gras al tuétano, el arroz a la tinta de sepia, el pan con tomate alcahueta de tantas meriendas arbitrarias, el arroz con bacalao, el puding de merluza y mejillones de roca, última especialidad con la que aún pugnaba *Biscuter*, pediría perdón a los dioses de la Dietética? Y qué decir de la bebida. Cuando volvía la vista atrás, Carvalho se veía en la necesidad de atravesar un lago de orujo helado y después remontar un río de vinos blancos de entre horas, obsesiones periódicas por unos o por otros que le habían llevado a una última devoción por el Marqués de Griñón, no sabía si por la indudable calidad del vino o como intento de aproximación tangencial y platónica a la señora marquesa, de soltera Isabel Preysler, Lou von Salome filipina que al igual como su predecesora había coleccionado a Nietzsche, Rilke y Freud, ella traducía aquella tríada gloriosa a tiempos de posmodernidad y la dejaba en Julio Iglesias, el marqués de Griñón y un ministro de Economía que por ella dejó la familia y el control del Presupuesto General del Estado. Y no quería ya pasar el capítulo de tintos, aquellos tintos que veía en un fondo oscuro de sangre, sangriento, como sangriento y despellejado debía haber quedado su hígado después de aquel mal trato durante años y años. *El propio cuerpo es el mejor amigo del hombre*, se oyó decir a sí mismo Carvalho, no sin preocupación, porque a pesar de la evidente complacencia derivada del buen comportamiento, del ayuno y del ejercicio físico, algo le decía que en un lugar indeterminado de su cerebro estaban agazapados y aplazados los demonios neuróticos del hambre y la sed, y ese mensaje no le desagradaba. Es más, se dijo Carvalho ante el espejo, con el torso desnudo y un dedo apuntando hacia el lugar aproximado donde debía estar el hígado: *Por mí puedes reventar, hijo de puta*.

A pesar de su condición de pabellón superviviente, diríase que la arabizante casa de los fangos da sentido a todo el conjunto del balneario. Es su historia, su más antigua memoria y al mismo tiempo está situada en un hipotético centro radial del que salen los segmentos que van a delimitar el perímetro del edificio moderno y principal. De día el encalado blanco reverbera bajo el sol; de noche, cuando hay luna le dedica toda su luz para exaltar el volumen fantasmal de un edificio que tiene alma de ruina. Los clientes de la clínica descienden hacia él por un camino a veces escalonado que conduce hasta su puerta principal en herradura y los clientes del lugar entran por una puerta trasera que comunica a su vez con la puerta sur del parque, la que va a parar a una de las torrenteras más caudalosas que nutren el Sangre. Nada más traspasar la puerta principal de herradura aparece la fuente, imitación de la del Patio de los Leones de la Alhambra, fuente coronada por un niño meón de la que en otro tiempo manaba continuamente el agua caliente y sulfurosa que ahora depende de la llave de un grifo que dosifica su progresiva extinción. Estucados vegetales en las columnas y en los techos, azulejos en altos zócalos restaurados y a derecha e izquierda sendas galerías abovedadas en ladrillo, la de la derecha para las mujeres, la de la izquierda para los hombres. Pasillos con bancos de cemento y azulejo y puertas abiertas a las cabinas para los fangos, pequeños receptáculos de cinco metros cuadrados para una cama de cemento con colchoneta y abrevaderos por donde circula el agua sulfurosa que formará el barro con los polvos antirreumáticos de fabricación alemana. Poca la luz, olor a azufres, masajistas lugareños con pantalones cortos, que parecen calzoncillos, y camisetas relavadas. No hay en estos masajistas ni un asomo de impregnación de las formalidades exigibles al masajista moderno. Son viejos practicantes que colocan manotazos de barro caliente en los puntos de dolor del paciente y lo envuelven con sábanas amarillas por los azufres para dejarlo abandonado como una momia envuelta con sus propios excrementos. Consistencia de mierda sulfurosa de la tierra tienen los fangos y desde su postración amortajada el paciente cree sentir cómo le penetra en el cuerpo un extraño abono, frente a la bóveda de ladrillo lagrimeante por las humedades, en los ojos el peso de una luz escasa que alarga contornos de purgatorio a los hombres y a las cosas. En la entrega del cuerpo al poder de los fangos hay algo de creencia en la existencia de lo que no vemos y de recuperación de un contacto con lo bueno y lo malo según su vinculación con la tierra misma. Es el barro, el miserable barro del que según las Sagradas Escrituras estás hecho, el que viene a curarte las pupas y a deshacerte las herrumbres de las junturas de tu cuerpo. Pero Carvalho aún no es un reumático y había soñado otra situación bien diferente. Para él los baños de fango era sumergirse en una piscina de barro recién salido de las entrañas de un volcán calmado y en cambio la experiencia se reducía a ser enfangado por un albañil local al que sólo le faltaba la paleta para construir un muro rutinario de reumáticos y gotosos, adobes de carne que luego se le entregaban embarrados para que los limpiara al chorro de una manguera y les devolviera su condición de limpios desnudos, mates más que brillantes en la atmósfera amarilla de aquellas catacumbas. Y por doquier ruidos de aguas controladas o incontroladas, la sensación de que las aguas incontroladas venían de lejos e iban a parar a una segunda vida del viejo balneario, oculta a los bárbaros del norte que lo habían remendado y modificado para adaptarlo a la industria de la salud. No había una correspondencia exacta entre el volumen exterior del pabellón y las dependencias internas en funcionamiento, por lo que Carvalho dedujo que debía haber dependencias hibernadas.

—Hay una galería corta tapiada y una escalera que conduce a un sótano que no se usa; precisamente por ahí llegan las aguas sulfurosas y se dice que hay una mina abierta que lleva hasta bien dentro del cerro del Algarrobo. Le llaman cerro del Algarrobo, pero no porque haya uno solo, que bien lleno está.

El masajista local desconfía de todo residente del nuevo balneario que ha osado descender hasta una dependencia que, para los clientes foráneos, suele ser más parte del paisaje que instrumento de curación. En cambio se mueve a sus anchas entre la mayoría de ancianos rebozados en albornoz que esperan su turno. Son las suyas conversaciones de barbería y algo de albañil-barbero-esquilador en horas libres tiene el masajista que ha atendido a

Carvalho, superviviente de una vieja manera de depredar las medicinas de la tierra. Casi nunca en las conversaciones intervienen los clientes del nuevo balneario ni por su presencia ni como tema. Como si no existieran. Son contados los que escogen tomar los fangos en el viejo pabellón y a lo sumo se acercan a él, lo husmean, lo visitan como si acabaran de bajar de un autocar en un viaje turístico por un circuito de singularidades arqueológicas y geográficas a cubrir en un día. Por eso le sorprendió a Carvalho ver a mistress Simpson encaminarse hacia la galería de las mujeres, cubierta por una bata de nylon acolchada y subida sobre los tacones recios y altos de unas zapatillas con borla. Los gritos jocosos que la americana lanzaba a guisa de saludo rompían todas las lógicas del pabellón: se interrumpían las conversaciones de barbería, se paralizaban expectantes los y las masajistas, cada momia en su cama tenía noticia de que acababa de llegar un imprevisto visitante dispuesto a hacerse notar. La mayor parte de los indígenas consideraba que gritar así era impropio de una dama y más de una dama de tantos posibles. Si el dinero no sirve para tener educación, se preguntaban, ¿para qué sirve el dinero? Pues para pegarse la vida padre como esos de ahí arriba. ¿Qué vida padre se pegan? Les tratan peor que yo a mis cerdos. No pueden comer ni algarrobas. Les dan una agua sucia cada mediodía y un vaso de zumo de frutas de noche y han de pagar como Rockefellers. Y todo porque viven demasiado bien. Ya les pondría yo a hacer autopistas y se les quitarían todos los males. Los sacaría de los despachos y los pondría a hacer carreteras, joderían menos a los demás y no tendrían que hacer régimen. A Carvalho le llegaba la conversación en la posición de recién instalado en la mortaja de fango. Desde hacía muchos años se sentía por primera vez clasificado dentro de un grupo, él, que tanto había alardeado de ser un fronterizo, un outsider merodeador por las fronteras de todos los cotos cerrados de las conductas clasificables. Para los tertulianos de la catacumba él era igual que el general Delvaux o las hermanas alemanas o el señorito Sullivan o los representantes catalanes o los ejecutivos alemanes que cada mañana trataban de ensartar al pobre Von Trotta con sus pelotazos. ¿Y acaso no era cierto? No tenía su dinero pero entraba en su juego, tanto en la forma como en el fondo, a partir del momento en que trataba de envejecer con dignidad pagándose la vejez de un rico o al menos distrayendo el miedo a la decrepitud y a la muerte mediante juegos de balneario.

—Yo no me cambiaría por ellos.

—Pues usted no sabe lo que se dice. Esta gente lo pasan mal quince días, veinte, treinta, y ni siquiera lo pasan mal, porque según ellos hacen salud. Pero luego salen y vuelven a lo de siempre. A ser los mismos. A lo suyo.

También él volvería a ser él mismo. Volvería a su realidad aplazada. A la melancolía progresiva de Charo, encerrada con dos juguetes rotos y vitalicios, su oficio y sus relaciones con Carvalho. Y con *Biscuter*. Tendría que reeducar a *Biscuter* y orientarle hacia una cocina de bajas calorías.

—Usted haga salud, jefe, que yo mientras tanto estudiaré un libro que me he comprado para guisar cosas que vayan bien al cuerpo.

—No te pases, *Biscuter*. No hay que hacerle demasiadas concesiones.

—¿A quién?

¿A quién? A ésos, había contestado Carvalho, y dejó a *Biscuter* la responsabilidad de aislar a los enemigos entre el resto de humanidad sospechosa de hostil. Durante el viaje en coche hasta el valle del Sangre, discutió consigo mismo sobre la lógica de su comportamiento. No tenía otro miedo que la vejez desvalida y decrépita y larga y sin embargo gastaba parte de sus ahorros en una inversión en futura calidad de vejez que nadie le agradecería, ni siquiera él mismo. Casi todas las gentes del balneario creían en su propia salud, incluso en el uso social de su buena salud y en el buen gusto de no transmitir a sus hijos una presencia impresentable. Es ya lo único que les asusta, que les conmueve profundamente: el miedo a una posible traición de la propia biología.

—Un día me traeré una cazuela y me pondré a hacer un arroz picante con conejo y caracoles al lado mismo del parque del balneario. Para que se jodan esos muertos de hambre.

Ya estaba Carvalho con el albornoz puesto y por la entreabierta puerta veía al vengativo viejecillo que esperaba su turno de fangos.

—Sólo de oler el aroma se volverán locos.

—No te dejarán hacer eso.

—¿Quién me impide a mí guisar un arroz con conejo en el bosque?

—Yo. ¿Cómo se hace ese arroz, señor Luis?

—Pues lo más sencillo de este mundo. Un sofrito con lo que ha de tener un sofrito, conejo, una buena picada de ñoras, ajos y pimienta a medio moler y los caracoles ya cocidos añadidos a medio cocer el arroz, que han de quedar enteritos. Y pimentón. Nada de azafrán.

—Pues a mí el pimentón me repite.

—Pues échele azafrán, coño, que de ese detalle no depende el guiso.

—Y para la llaga, ¿qué?

—Para la llaga, Primperán antes del arrocito, y después del arrocito, bicarbonato; así lo vengo haciendo desde que me salió y me he metido muchos arroces picantes ya entre pecho y espalda.

—Y luego a los fangos porque no se aguanta usted en pie.

—Yo me aguanto en pie como siempre. Si tomo fangos es porque los tomaba mi padre y mi abuelo... Aquí todo el mundo ha tomado fangos desde los tiempos de los romanos y no era por el reuma, que entonces no había tanto reuma como ahora.

—¿Y usted qué sabe?

—El reuma es cosa moderna. Lo leí en un libro. Antes la gente se moría de un hachazo o de comer o de no comer. Pero no tenían tantas puñetas.

Reconocieron en Carvalho a uno de los del balneario y le dedicaron despedidas corteses y miradas de curiosidad. Carvalho se detuvo ante el viejecillo, puesto en pie para su turno, una columnita de huesos frágiles sobre la que se aguantaba la cabeza de un pájaro sin plumas.

—Perdone pero he oído su receta del arroz picante con conejo y quisiera preguntarle si lleva pimiento o no lleva.

—Es un arroz modesto, sin importancia.

Reía el viejo con los ojos cerrados para ocultar el recelo por si sus críticas habían sido escuchadas.

—Pero claro que puede añadirle pimiento, y si es asado y sin piel, mejor, rojo o verde. Y alguna verdura, preferentemente judía tierna, de la ancha, que tiene un sabor más áspero.

—Sabe usted comer, abuelo.

—A mí a comer no me enseñan ni los franceses, que son, dicen, los que más saben.

Se despidió Carvalho con la mano en alto, pero lo detuvo el reclamo del viejo.

—Joven. Si quiere que el arroz salga para chuparse los dedos, fría el hígado del conejo y lo añade a la picada de la ñora y el ajo.

Y le guiñó el ojo.

—Serás zorro. A nosotros nos callas el detalle y se lo sueltas al forastero.

—Me ha caído bien. A ése le gusta comer.

Carvalho se detuvo ante la fuente de la que manaba el agua sulfurosa y ante la mismísima mistress Simpson, que contemplaba embelesada algo que ella sólo veía.

—Esa agua es tan antigua como el mundo, mistress Simpson.

La vieja se volvió sorprendida quizá por el americano más que inglés que Carvalho había empleado para dirigírsele. Un rostro neutro con maquillaje sin duda adecuado para recibir baños de fango. Un rostro horroroso que parecía un mapa de desastres cubierto por una crema blanca y triste y una voz tan amable como fría que dijo:

—A mí el mundo dejó de interesarme hace cuarenta años.

Por fin fue junto a la piscina cuando el coronel Villavicencio se atrevió a revelar al general Delvaux su condición de militar, bueno, de ex militar, aunque mi general sabe, porque la conciencia del ejército es universal, que un militar es militar mientras vive. Que él se le revelara no quiere decir que el otro la asumiera inmediatamente, pareció hacerlo, sonrió y ya se iba hacia las escaleras para su diario ejercicio de gimnasia acuática cuando Duñabeitia advirtió que no había entendido nada por culpa del pésimo francés de Villavicencio y actuó de traductor. Delvaux escuchó atentamente, dio un paso atrás y exclamó:

—C'est extraordinaire!

Villavicencio, en cambio, le saludó militarmente a pesar de que ambos iban en traje de baño pantalón y luego le estrechó la mano efusivamente, embarazado por el final del secreto, pero íntimamente satisfecho.

—*C'est extraordinaire!* —repetía el belga poniendo por testigo a su mujer, una escuálida pelirroja descolorida que contempló a Villavicencio como si en su cabeza no entrara la evidencia de que aquello era un militar.

—A sus órdenes, mi general. Me considero siempre a punto para el servicio, a pesar de mi jubilación impuesta por unas circunstancias que han puesto a prueba mi talante patriótico.

Esta vez el vasco no se portó bien y traicionó la confianza de Villavicencio diciéndole a Delvaux que había dejado el ejército porque los socialistas querían quitarle la fábrica de piensos aplicándole la ley de incompatibilidades. Siguió considerando extraordinario el asunto Delvaux, saludó ambiguamente y se fue hacia la piscina, mientras Villavicencio interrogaba a Duñabeitia.

—¿Qué les has dicho de incompatibilidades? Mira que te he entendido.

—Le he dicho que los socialistas y tú erais incompatibles. Es que tú chico se lo has dicho tan retorcido que no podía entenderlo.

—Los militares estamos acostumbrados a hablar en clave.

—Pero las claves de Bélgica no son las mismas que las de España.

—Hablar en clave es un lenguaje universal en sí mismo.

—Chico, yo he hecho lo que he podido.

—No me fío. Aquí me traduces como te pasa por los cojones y en el País Vasco si me pillas me pegas un tiro.

Llegó tarde doña Solita para prohibir el comentario por el simple gesto de interrumpir la calceta y llevarse un dedo a los labios, pero el vasco no se dio por aludido y se tumbó con el pecho contra la tumbona para poder ver a la suiza echada sobre el césped con los pechos al sol y el marido al lado, a media asta. Villavicencio seguía elucubrando sobre lo interesante que sería un intercambio de opiniones y de información estratégica con el belga, pero no con éste como intérprete, que éste luego va y se lo cuenta todo a los de ETA. Calla, coronel, y déjame contemplar a esa maravilla, y usted perdone, señora Solita, pero hay cosas que no se pueden aguantar. Mire, mire, joven que para eso está la juventud y las mujeres en el fondo agradecemos que nos miren. Esperaba el vasco alguna reacción celtíbera del coronel, pero una vez más comprobó que cuando doña Solita sentenciaba, el coronel se ponía firmes mentalmente, como si se tratara de la orden de un superior jerárquico y, además, no se atrevía el militar en presencia de su mujer a mirar descaradamente a la suiza y lo hacía a hurtadillas y con mueca de no hay para tanto, aunque tuviera las pupilas incandescentes y el bigotillo bailante sobre una boca que no sabía qué hacer con la saliva que se iba acumulando. Sólo había tres horizontes posibles: el vegetal, las estalagmitas de botellas de agua mineral que crecían por doquier y la suiza. Al este de Helen enrojecían al sol las hermanas alemanas embutidas en tres maillots negros que les daban cierto aspecto de fichas de dominó vistas por el lomo y al oeste una variada gama de mujeres europeas que ofrecían al sol sus pechos huevo frito o pera en almíbar o pechos punching deshinchado. Los pechos huevo frito parecían esos huevos hechos a la plancha en cafeterías, huevos en los que la clara cuaja con una cierta tristeza blanda y la yema es víctima de la anacrónica maldición del Todo o Nada: o tiembla de crudez o ha cambiado de reino de tanto cocimiento. Los pechos pera necesitan al parecer el entramado de venas azules que compitan con la tentación del vencimiento, a manera de estructura interna vencida por la conspiración de las glándulas, y cuando las propietarias del peral se tumban frente a los soles, sus pechos parecen obras de pastelería desmoronada, como pudines donde se combinó mal la leche con el bizcocho. Y en cuanto a los pechos punching deshinchado, se ofrecen al sol a la espera del milagro del calor y de la primavera, y al vasco se le ocurre que aplicando los labios en los pezones y soplando, esos pechos volverían a ser lo que fueron y a los rostros de las bañistas alineadas al sol subiría una sonrisa de satisfacción y agradecimiento, ni siquiera necesaria la apertura de los ojos para reconocer al hábil soplador. Jugueteaba ahora el vasco con los vientres masculinos soleados y también estableció categorías fundamentales: vientre pepino de preñado masculino horizontal, vientre caído en persecución de los propios cojones y vientre cámara acorazada, en el que cabe todo. Reía doña Solita las clasificaciones del vasco, convenientemente adecentadas al desensimismarlas y ofrecerlas a la colonia española de adelgazantes y depurados.

—Pero qué cosas más graciosas dice este chico. Explíquese que me muero de risa.

—Pues, dejando a un lado mi teoría sobre los pechos, porque hay señoras y muy bien dotadas por cierto y centrándome en la de los vientres masculinos, diré que el menos agradecido es el de pepino preñado horizontal, porque al espectador le parece que de un momento a otro se va a producir el alumbramiento mediante un estallido. Es el vientre más agresivo. Luego el vientre caído, que parece una morrena de glaciar que se lo lleva todo por delante, es el más desagradable de aspecto; pero con no mirar, santas pascuas. El otro, el vientre cámara acorazada, es inevitable, porque su propietario parece un armario que le va desde la nuez hasta las partes, con perdón, y ahí dentro caben todas las vísceras, las joyas de la familia y hasta el dinero negro.

—Pero qué gracioso es este vasco, Ernesto.

—Muy gracioso el vasco, muy gracioso.

—En algo hay que matar el tiempo, porque yo soy muy activo y en cuanto se acaban los pesajes, los masajes, la gimnasia, la lavativa... en fin, todo este rollo, ya no sé qué hacer y me entra la depre. Y cuando me entra la depre me desconozco a mí mismo y me entregaría a cualquier aventura por descabellada que fuera. Hay quien supera las depresiones comprándose corbatas de seda italianas o tabletas de chocolate suizo, pero a mí me da por la megalomanía, y cuando me deprimo robaría un zepelín o planearía un atraco perfecto.

—¡Qué gracioso, pero qué gracioso! —insistía doña Solita, maravillada de que el vasco pudiera sorprenderla tanto.

—Y le diré más. A veces he planeado atracar mi propia fábrica y lo tengo todo muy bien estudiado. Hay que tener en cuenta ante todo los movimientos de mi hermana y de su hijo mayor, que son un poco imprevisibles, porque mi hermana es jefe de ventas y mi sobrino lleva las relaciones públicas. Pero hay un día al mes, normalmente un viernes, en que los dos tienen el horario controlado y en todo momento sé dónde están. Ese día doy un atraco y no se entera ni Dios. Cuando se enteran yo ya estoy a mil kilómetros y con toda la pasta en la cartera.

—¿Y luego qué haría?

—Pues volver y contarlo todo. Al fin y al cabo lo que me llevaría sería una miseria porque siempre tenemos la caja medio vacía, no vaya a producirse un atraco un día y a tener una desgracia. Con la inseguridad ciudadana que hay hoy en día.

—Entonces ¿por qué se atracaría usted a sí mismo?

—No lo sé, señora Solita, no me lo pregunte. Quizá para excitarme y al mismo tiempo no incurrir en un delito. Lo importante es asumir el desafío, realizar la operación. El resultado es lo de menos.

Llegaba Sullivan bostezando, arrastrando con elegancia la toalla, pero arrastrándola, y el albornoz tan cansado como el cuerpo.

—¿Ahora te levantas?

—Ahora.

—Pues si es la hora del caldo vegetal.

—Es que me fui anoche a Bolinches con un amigo que vino a visitarme y no veas. Volví a las tantas.

—Y... y te pusiste morao.

Lo ha dicho el vasco con un hilo de voz, con una sobreexcitación contenida y las vibraciones de esa sobreexcitación contagian a don Ernesto y hacen detener la calceta de doña Solita, por si la historia lo mereciera. Baja Sullivan la voz después de mirar a derecha e izquierda y musita:

—Cuatro pedacitos de jabugo y media dorada a la sal.

—¡La madre que te parió! ¡Media dorada a la sal! ¡Cómo se ha puesto el hijo de puta este mientras los demás nos morimos de hambre!

Había indignación en el vasco, no por la violación del tabú, sino por la desconsideración solidaria del señorito, que era muy suyo el señorito, repetía el vasco con la ira creciente, y así van las cosas en Andalucía, que luego nos mandáis a todos los ganapanes que os sobran para que les demos de comer en el País Vasco. Perplejo Sullivan ante la reacción y meditabundo el coronel que consideraba los pros y los contras de la situación, y si bien reconocía el derecho de Sullivan a intoxicarse con media dorada a la sal, no estaba lejos de la molesta sensación de estúpido hambriento que manifestaba el vasco.

—Pero no te pongas así. Otro día te fugas tú a Bolinches y te comes un jamón con chorreras, si quieres.

—Que no es eso, hombre. Es que lo que no se puede hacer, no se puede hacer, y si se puede hacer, no se puede contar.

—¿Pero no has sido tú el que me ha pedido que hablara?

—Y esta mañana en el pesaje ¿qué?

—No me he pesado.

—No se ha pesado. ¿Lo habéis oído? No se ha pesado.

Hacía aspavientos Sullivan para que el matrimonio asumiera lo racional de su conducta y tuvo que dar explicaciones a Colom y la pareja del tendero y la gordita elástica que se habían acercado ante los gruñidos del vasco.

—¿Y a cuánto te salió ese menú? —preguntó el joven tendero.

—¿Y no te ha dado algo aquí dentro? —interrogó el catalán.

—Estoy cojonudo. Eso del cólico hepático se lo inventan para tenernos en un puño, como los curas se inventaban que si te la pelabas se vaciaba la columna vertebral.

El vasco se había ido a quemar sus furias siguiendo con pasos medidores todo el amplio perímetro de la piscina. Llevaba las manos cogidas sobre el culo y hablaba solo.

—Pues vaya una le ha pillado a ése.

—Comprende, Sullivan, que aquí se está en tensión. El ayuno nos hace especialmente sensibles.

—Que es una criatura ese vasco, hombre, te lo digo yo.

—Lo que pasa es que aquí uno se aburre mucho si no le gusta hacer cosas prácticas o leer, y Duñabeitia se pasa el día elucubrando. Y eso no es bueno.

Ratificó el coronel la explicación aportada por su esposa y ni escuchó la exclamación de solidaridad con el vasco que salía de la boca de la jovencita. O la escuchó a medio oído, como el rumrum que debía atender por cortesía pero cuya remota argumentación no le convencía. Estaba encantada la joven con la espontaneidad del vasco. Había reaccionado sinceramente y eso era de agradecer en estos tiempos de tanta doblez en los que se dice lo que no se hace y se hace lo que no se dice.

—Aquí se habla mucho y se hace poco —redujo el coronel la argumentación de la muchacha, y como su afirmación no convocara la expectación que esperaba, achicó un ojo y masculló—: ¿Se entiende lo que digo?

—Pues no, la verdad.

Ametralló el coronel al joven quesero con una ráfaga de mirada negatoria.

—Pues está claro, chico. Cuando yo digo esto hay, es que esto hay, y si me quiero comer un jamón entero, me lo como y salga el sol por Antequera. Recluta, anda, vete a por el vasco y le dices que aquí le espero porque acabo de tener una idea que le va a iluminar el caletre.

Así hizo el quesero y se le vio forcejear dialécticamente con el vasco hasta que le convenció y se lo trajo con el ceño fruncido y la mirada sobre las losetas del canto de la piscina.

—Vasco, siéntate aquí que vuestro coronel ha urdido un plan que será recordado en este balneario por los siglos de los siglos.

—¿Qué chorrada se te ha ocurrido?

—Un atraco.

Guiñó el ojo el coronel en dirección a Colom, porque le constaba la seriedad de espíritu de los catalanes y quería que el catalán entrara en el juego. Rió brevemente el aludido y tras musitar varias veces «siempre está de broma, coronel, qué hombre, siempre está de broma», se apartó para no verse envuelto por la complicidad.

—Tú a tu calceta y nosotros a lo nuestro —ordenó el coronel a su mujer y obligó a Sullivan, al vasco y al quesero a acercársele para escuchar su plan de acción—. Necesito hombres bregados que no se arruguen ante las dificultades y que estén dispuestos a todo sacrificio premiado con un suficiente botín.

—Ésos somos nosotros —opinó Sullivan.

—Pero no somos los suficientes. Hay que contar con un quinto elemento a tenor de las distintas tareas que en mi condición de jefe de grupo debiera encomendaros. He hecho un rápido repaso de los efectivos humanos con los que contamos y llego a la conclusión de que los demás hombres de la colonia española o son muy viejos o son muy catalanes, es decir, muy suyos y poco de fiar ante planes donde priva la audacia y el factor sorpresa. Por eliminación le he echado la vista a ese que se llama Carvalho. Con ése se puede contar porque es un tío bregado y tiene experiencia. ¿Qué os parece como quinto elemento?

—Por mí, cojonudo, mi coronel.

Y se llevó Sullivan la mano a una hipotética visera.

—Pues tú has de trabajártelo para nuestra causa. La llamaremos «Operación Hipercalórica».

—Hipercalórica. Me gusta. Esto promete.

No le fue fácil a Sullivan, a pesar de su talante directo y poco acomplejado, sincerarse con Carvalho sobre los propósitos del coronel ya secundados sin reservas por el vasco, el quesero y él mismo. Merodeando, empezó hablando del tedium vitae y de las situaciones irracionales que a veces se creaban en los ámbitos cerrados. Cada cuatro puntos cardinales, adujo Sullivan, crean su propia cultura, una manera de ver, de pensar, de actuar. No le era tampoco fácil a Carvalho asumir a Sullivan como filósofo de la conciencia en su relación con la conducta, pero dejó hablar a la espera de que se desvelara lo que era misterio o simples ganas de pegar la hebra.

—El caso es que el coronel, que, aquí entre nosotros, con ese aspecto que tiene de cabo chusquero es un *echao palante*, se ha montado un rollo muy superior para el que necesita la colaboración de cuatro tíos sin piedad y sin escrúpulos. Y hemos pensado en usted como uno de esos cinco. Porque usted se aburre como todos nosotros.

—Ignoro cómo se aburren ustedes, pero, en efecto, reconozco que de vez en cuando me aburro.

—Se trata de una operación a la vez de castigo y de saqueo.

—¿Contra quién?

—Contra la razón social Faber and Faber. Es decir, contra la administración de este balneario y contra esta funesta filosofía represiva que nos aplican. Vamos a preparar un asalto nocturno a la cocina con el fin de apoderarnos de toda la manduca que encontremos.

—Será comida de régimen.

—En la cocina tienen de todo porque parte del personal no es vegetariano, y, además, tengan lo que tengan siempre será mejor que ese miserable caldo vegetal que nos dan. ¿Juega?

—Juego.

—A las doce, cuando termine la segunda hora de gimnasia, nos encontramos en el gimnasio. Sea puntual. El coronel ha dicho que la puntualidad es la base de toda operación militar.

Una profunda educación en el respeto al poder militar, atávica, suponía Carvalho, grabada en el subconsciente de un pueblo que había perdido sus luchas con los militares desde los tiempos de Viriato o, en su defecto, de Escipión el Africano, le obligó a estar pendiente toda la mañana de la hora exacta de la cita. En la monótona existencia del balneario eran de agradecer las expectativas que daban sentido al paso del tiempo más allá de las muescas de las botellas de agua vacías o de los tazones de caldo vegetal que le separaban del gran día del primer alimento sólido: una compota de manzana. La ansiedad porque llegaran las doce le hizo asistir distraído al encuentro normativo con Gastein y contestar sin concentración las preguntas que el doctor le hacía sobre su adaptación al ayuno y a la especial atmósfera de la clínica. Sin saber cómo se encontró con una «tabla de calculación» en las manos y tuvo que parar mayor atención en las explicaciones del médico.

—Conviene que empiece a mentalizarse para el período posterior al ayuno. En esta tabla de calculación encontrará las mediciones de proteínas, grasas, hidratos de carbono y calorías que tienen los alimentos más habituales para ustedes los españoles... omnívoros. Usted es catalán.

—Vivo y trabajo en Cataluña.

—Pues bien, todos los catalanes reaccionan fatal cuando se enteran de que cien gramos de butifarra equivalen a quinientas cuarenta y una calorías. ¿Sabía usted que un puñadito de nueces suman más de setecientas calorías? Y cien gramos de aceitunas rellenas ya son doscientas calorías.

—No siga. Me deprime.

—Dirá que soy un sádico, pero le conviene que haga cálculos... calcule... Usted no tiene exceso de grasa muscular, pero tiene colesterol. Cualquier alimentación hipercalórica produce aumento de grasas.

—Insisto, no siga. Me iré a roer mi pena en soledad.

—Y calcule... calcule...

Puesto a fantasear, Carvalho calculó un sabroso menú provocador mientras tomaba el sol tumbado en la terraza de su cuarto. Cincuenta gramos de caviar, setenta calorías. Una minucia. Un cogote de merluza a la sidra, cuatrocientas calorías. Una paella de marisco, setecientas calorías. Un poco de cuidado en las restantes comidas y quien se engorda es porque quiere. En cuanto a las grasas, era imprescindible la generosidad con el aceite en la paella, pero en el resto del menú el aceite era evitable o reducible. El porvenir gastronómico se prometía de color de rosa siempre y cuando no cayera en los excesos de un salmis de pato, que no le salía por menos de quinientas calorías, aunque ordeñara a la bestia de la mayor parte posible de sus grasas. Le pareció indignante que la naturaleza hubiera metido trescientas setenta y una calorías en cien gramos de arroz y que cien gramos del pan más apetitoso, el pan crujiente, sumaran hasta trescientas ochenta. En cambio, un miserable y repugnante huevo duro, ese tumor lunar blando, no llega a noventa calorías, bellaco manjar que sabía a impotencia imaginativa. Un buen foie-gras costaba casi seiscientas calorías y en cambio un asqueroso muslo de pollo de granja sólo te salía por ciento veinte. En estas distracciones estuvo a punto de llegar tarde a la cita con el coronel, pero cumplió con la hora y allí estaban los conjurados en torno de la primera autoridad militar de la plaza.

—Muy bien. Por ser la primera cita todo ha ido muy bien. Caballeros, soy hombre de pocas palabras y poco hay que decir y mucho que hacer hasta llegar al día D y la hora H. Un objetivo militar ante todo debe ser conocido y por lo tanto hemos de pasar por un período de observación, previa la recogida de información que ahora, ya, aquí, podamos reunir. Para empezar, tú, recluta...

—Tomás.

—Tomás, entérate de los movimientos generales de la casa. Hay que elegir la noche más adecuada. Golpear al enemigo cuando menos se lo espere.

—Para eso no hace falta que se movilice Tomás, mi coronel. Mañana por la noche es el día de la semana que dedican al baile social. Casi todo el mundo estará en el salón.

—Correcto, Sullivan. Serías un magnífico miembro del

Servicio de Información Militar. Ya tenemos el día D... Ahora es necesario concentrarnos en la hora, en el momento justo en que la cocina queda vacía o dotada de elementos de vigilancia mínimos que podamos neutralizar.

Sullivan, con seriedad de alumno aspirante a matrícula de honor, sacó una agenda del bolsillo del albornoz, un bolígrafo y empezó a tomar apuntes.

—La cocina queda a oscuras a las diez y media —aseguró tajantemente el vasco—. Siempre pido la misma habitación y desde la terraza veo todo el trajín del comedor y puedo ver si la cocina funciona o no funciona.

—¿Lo estáis viendo? ¿Veis la lógica apasionante del asunto? Ya tenemos el día y la hora. A ver, todos los relojes a punto... Ahora son las doce y cuarto. Mañana a las diez treinta en punto de la noche nos volvemos a encontrar aquí. Convendría cumplir un plan de observación del terreno en que vamos a movernos. La observación es la clave de la precisión de los movimientos posteriores. En una campaña militar como Dios manda tendríamos que excavar puntos de observación en torno al objetivo, pero aquí es imposible. Habrá que aprovechar los accidentes del terreno. Atención. La observación ha de ser permanente, disimulada, múltiple y general. Permanente, para que no escapen al conocimiento hechos que pueden suministrar valiosos informes. Disimulada, para que el enemigo no localice los observatorios y los neutralice con sus fuegos haciendo difícil o imposible la observación. Múltiple, para que un detalle cualquiera pueda ser visto por varios órganos a la vez, lo que aumenta la seguridad y permite la comprobación de los informes. General, es decir, organizada en todos los escalones para aumentar el rendimiento. ¿Queda claro?

—Una observación previa, mi coronel.

—Adelante, Sullivan, pero sin retórica. Al grano. Lo que bien se concibe, bien se expresa con palabras que acuden con presteza, como decía Victor Hugo.

—Mi coronel, has hablado de órganos; concretamente, repasando mis apuntes, veo que has dicho... «múltiple, para que un detalle cualquiera pueda ser visto por varios órganos a la vez, lo que aumenta la seguridad...», etc., etc. ¿A qué órganos te refieres, mi coronel?

—Sullivan, menos cachondeo que esto va en serio.

—Que no es cachondeo, Ernesto, que no es cachondeo. ¿A qué órganos te refieres?

Estalló el coronel en una cólera cordial, no exenta de rigor profesional:

—No me refiero al órgano de mear, que por ahí ibas tú, Sullivan, que te conozco. Órganos. Sí, órganos. Distintas personas o lo que sea con la función de observar lo mismo a partir de todo. ¿Me explico?

—Espléndidamente, mi coronel.

—Pues al asunto. Hay que merodear por los alrededores de la cocina todos: lo que dos ojos no ven, pueden verlo cuatro, y mañana daremos los últimos toques a la operación. ¿Alguna pregunta?

—Sí, mi coronel.

—Dime, vasco.

—¿Hemos de venir armados?

—Ya te gustaría a ti venir armado, me cago en diez, etarra, que eres un etarra apalancao. Rompan filas. Al salón, que están repartiendo el brebaje y no conviene que sospechen de nosotros.

Salieron de uno en uno, con exagerada gravedad en el rostro, tanta que al encontrarse Sullivan y el vasco en la escalera de subida al salón, mantuvieron el hieratismo facial apenas un segundo, para estallar luego en carcajadas que se disolvieron en lágrimas cálidas y cegadoras.

—¡La madre que lo parió y se lo ha tomado en serio!

Pasó Carvalho junto a los desternillados, seguido de cerca por Tomás, que trataba de ponerse a su altura para hacerle alguna consideración.

—Yo se lo he contado a la chica, a Amalia. La chica esa.

—Ya.

—¿Le parece mal?

—No.

—Se lo digo porque si la ve y le dice algo, que no se sorprenda.

Los ayunantes habían recogido sus tazones de caldo y se distribuían por las mesas como intentando que la substancia del ritual substituyera la sin substancia del brebaje. Espaciaban los sorbos, los unos por odio profundo a los sabores ofrecidos, otros para mantener la ilusión de una comida duradera y saciadora, algunos para sostener al mismo tiempo una conversación interesante sobre previsiones de viajes a Bolinches, compras e incluso perspectivas de futuro, cuando recuperaran el estatuto de omnívoros, aunque no se les escapaba que ya para siempre llevarían dentro del cuerpo el miedo a comer a gusto, el complejo de culpa por un placer que durante toda su educación se había disfrazado de simple necesidad. Amalia salió al encuentro de Tomás y Carvalho con una total sonrisa de satisfacción, pero consciente de la enjundia del proyecto; bajó la voz para preguntar:

—¿Todo a punto?

—Todo.

—Es fantástico. Me parece genial la idea. Van a descargar furias la mar. Va a ser como una catarsis, Tomás.

—No se lo comentes al coronel. No quiero que esté mucha gente en el ajo.

—Y ese coronel es una maravilla. Ni hecho de encargo. Os envidio. Yo me hubiera sumado, pero ya me di cuenta de que el coronel no quiere faldas en esto. Pero también eso concuerda con el tipo. Todo perfecto. Si hubiera aceptado faldas, me habría defraudado.

O sea que la chica tímida era oradora. Carvalho mantuvo una leve sonrisa de atención, pero tuvo que dividirla ante el alud de madame Fedorovna, que repartió amabilidades como una anfitriona de banquete.

—Beba. Beba a gusto. Pero despacito, despacito. Saboreando.

Carvalho trató de hacer de su sonrisa un mensaje cerrado, es decir, toda una conversación con despedida incluida, pero madame Fedorovna rebasaba todas las barreras, incluso la de la mudez, y se metió en su territorio físico cargada de intenciones pedagógicas.

—Hoy es un maravilloso caldo de patata y pepino. Lo más diurético que se puede tomar, y sabroso, consistente, y luego ese sabor de comino maravilloso. El comino es un gran aderezo y el que menos daño causa. Su función sobre el estómago no es corrosiva como la de la pimienta. ¿Le gusta a usted el comino, señor Carvalho?

—En su sitio justo, sí.

—¿Por ejemplo?

—En algunos potajes, con su calabaza, su patata, su hueso de jamón, garbanzos, bacalao... si se quiere, en lugar del tocino.

—Hueso de jamón.

Madame Fedorovna lo dijo como para sí, mientras buscaba en el desván de sus conocimientos botánicos la especie vegetal a la que pertenecía aquella criatura, y cuando comprobó que no era vegetal, sino que, como su nombre indicaba, se trataba de un hueso de jamón, exactamente un hueso de cerdo, dudó entre un mohín de asco que hubiera podido ofender a Carvalho y una risita de pícara complicidad que podría destruir la tarea concienzadora de días y días de persuasión ideológica. Así que optó por mantener una sonrisa de sorda, de no haberse enterado de nada, y sin abandonar el espacio vital de Carvalho buscó con los ojos otro asidero humano al que acercarse para proseguir su glosa del caldo de patata y zanahoria. Carvalho valoró aquella prodigiosa capacidad de contención y siguió el vuelo majestuoso de la mirada vieja y rubia en busca de nidos más propicios, preguntándose una vez más si los turbios grisores del blanco de los ojos eran buenos o malos síntomas de una buena o mala alimentación. Eran ojos de monja, blanco de ojo de monja, un blanco tan delimitable como el de los zapatos bicolores de los veranos de posguerra o el de los delantales almidonados de las enfermeras. Y fue en esa observación de los ojos de madame Fedorovna cuando vio que la pupila se reducía al mínimo, como acoplándose el achicarse de los ojos a la concentración de la mirada agresiva en un punto concreto de la sala. Al tiempo que los ojos de madame Fedorovna se volvían taladradores, sus labios se cerraban hasta dibujar una línea cruel, su boca suturada con fuerza para impedir la salida de malas palabras, peores alientos. Madame Fedorovna odiaba algo o a alguien que estaba en aquella sala y, bailarines, sus ojos volvían una y otra vez a la vieja mistress Simpson, aunque lentamente su cara recompusiera la sonrisa y de sus ojos saliera como una letanía, varias veces, el enunciado aplazado.

—Conque con hueso de jamón, ¿eh? Conque un hueso de jamón.

El primero en llegar fue Tomás y se cohibió cuando comprobó que Villavicencio era el único poblador del gimnasio. El coronel paseaba a lo largo del salón y de vez en cuando se detenía para sorprender en el gran espejo su propio gesto meditativo. Con un leve movimiento de una mano deshizo el intento de saludo militar del muchacho y prosiguió en sus cavilaciones sin duda motivadas por la acción que iba a emprenderse. Luego se filtró en el salón más que entró el vasco, deseoso de dar a la expedición todas las características formales requeridas, y tras él llegó Carvalho. El coronel miró el reloj críticamente cuando Sullivan se presentó con un cuarto de hora de retraso sobre el horario concertado.

—Me haces esto en una acción de guerra y te fusilo, Sullivan.

—A una acción de guerra yo ya ni me presento.

—Además, derrotismo. Eso equivale a un consejo de guerra sumarísimo y al pelotón por la vía más rápida. Bien. ¡Atención!

Se contuvo cuando iba a añadir ¡firmes!, pero no dejó de examinar críticamente a los allí reunidos, como si les pasara revista. Muy bien, Sullivan, muy bien esa camisa blanca para que nos vean desde el Kilimandjaro. Esa tripa, chico, con esa tripa más que rastrear vas a rodar. Y tú, vasco, quiero tenerte durante toda la operación a mi vista, no pienso darte la espalda ni un segundo. En cuanto a usted, el observador, vaya en retaguardia y advierta de cualquier circunstancia anómala que ocurra tras nuestras filas.

—Bien. No sé. No sé qué partido puedo sacar a este montón de paisanos paletos. Ante todo se me plantea un serio problema de casuística militar. ¿Qué componemos? ¿Una patrulla? ¿Un comando guerrilla o antiguerrilla? Habida cuenta, además, que se trata de un grupo de hombres desarmados, repito que *desarmados*, dispuestos a cumplir un objetivo militar.

—Con la venia —pidió Sullivan—. Se me ocurre que esto podría caracterizarse, digo yo, como un grupo de objetores de conciencia que han puesto como condición mínima el no pelar a nadie.

—¡En el frente no se ponen condiciones! Vamos a ver, ¿qué es una *patrulla*?

Se les revelaba a todos un nuevo Villavicencio didáctico que cuando quería subrayar la importancia de determinadas palabras las subía de tono progresivamente, como si quisiera despegarlas de la sintaxis y de la tierra.

—Se llama patrulla a toda pequeña fracción o núcleo de hombres que una unidad constituye o destaca para el desempeño de un cometido en relación con la propia unidad o el *enemigo*. Generalmente, una patrulla se compone de dos núcleos. Uno para el cumplimiento de la misión *específica* que la patrulla haya recibido. Otro encargado de la protección y seguridad de la propia patrulla. Bien. Hasta aquí ya hay *dificultades*, porque no tenemos los suficientes hombres como para crear esos dos núcleos. Pero no todas las dificultades se reducen a eso. ¿Qué misiones tiene la patrulla? A ver tú, vasco, sargento...

—Pero qué sargento ni qué...

—A partir de ahora serás el sargento. Dime. ¿Qué misiones debe cubrir una patrulla? ¿Ninguna? ¿Cero? Vaya suboficiales que hay hoy en día. Pues bien, una patrulla puede situarse a vanguardia de una pequeña unidad que realice determinados trabajos, reconocer un punto de terreno en vanguardia de la unidad en movimiento o establecida en defensiva, situarse en un punto del terreno a vanguardia o flanco de la unidad o posición, para observar y vigilar al adversario, descubrir la presencia o ausencia del enemigo...

—Perdona, mi general.

—Coronel, Sullivan, coronel...

—Y si la patrulla descubre la ausencia del enemigo ¿deja de ser patrulla?

—¿Qué leches dices?

—No es un problema gratuito. Recuerdo que en la Universidad, cuando yo estudiaba para *rojeras* con mi prima Chon, nos planteamos la contradicción metafísica que hay en el término «dictadura del proletariado». ¿Se puede hablar de dictadura del proletariado cuando de hecho la burguesía ha sido derrotada y casi aniquilada? Ergo, una patrulla sin enemigo, por ausencia del enemigo, como tú tan preclaramente has dicho, mi coronel, ¿es propiamente una patrulla?

—¡Una *patrulla* es una *patrulla* hasta que el jefe no diga lo contrario!

—Ahora lo veo todo más claro, mi coronel.

—Prosigamos, y no toleraré interrupciones que pueden poner en peligro por razones de tiempo nuestros objetivos imprescindibles. Decía que una patrulla puede descubrir la presencia o la ausencia del enemigo, observar al enemigo, abrir un paso en la zona de obstáculos y... —Les miró de uno en uno para alertarles sobre la importancia de lo que iba a comunicar—. ¡...y realizar *emboscadas*! He aquí la característica que puede ayudarnos a considerar que esto es una patrulla. Ahora bien, también hay que tener en cuenta que nos apropiamos de algunas de las características de las guerrillas y de las antiguerrillas. ¿De las guerrillas? Mantenimiento de la libertad de iniciativa mediante la movilidad, conocimiento del terreno, apoyo de la población y utilización de métodos tácticos apropiados. ¿De la contraguerrilla? Menos, pero alguna relación tenemos; por ejemplo, la coordinación entre acciones *civiles* y *militares*. Resumiendo, somos una *patrulla* en operación de *castigo*, eso que los norteamericanos, especialmente el cine, han popularizado bajo el nombre de *comando*.

—Somos un comando —exclamó Sullivan ilusionado.

—Por lo tanto, he establecido un plan en función del conocimiento del lugar de la acción y de los movimientos que la patrulla debe desempeñar por el terreno. Vamos a dar un golpe de mano y hay que distinguir dos fases: organización y ejecución. Contemplen este croquis.

Desarrolló una cartulina y la enganchó sobre el cristal del gimnasio con ayuda de papel autoadhesivo. Ante la patrulla quedó un galimatías de líneas continuas y discontinuas sobre un terreno táctico dibujado topográficamente. Bajo las líneas que descansaban en la figura dominante de un ángulo con el vértice en las cocinas de El Balneario, apareció un escrito pulcramente confeccionado con rotulador:

1. — Objetivo.
2. — Centinelas.
3. — Direcciones de la probable reacción enemiga.
4. — Punto de dislocación.
5. — Grupo de protección.
6. — Grupo de apoyo.
7. — Miembros del elemento de eliminación de centinelas.
8. — Grupo de ataque.
9. — Zona de reunión.

—¿Objetivo? La cocina, y concretamente la despensa de la cocina. Centinelas, podemos considerar como tales a la señora Encarnación y su marido y hasta puede incluirse su hijo si no se ha ido a Bolinches a hacer el golfo. Esperemos que no sea preciso neutralizarlos porque no adviertan la operación, pero si aparecen, deberán ser neutralizados. Dado la escasez de efectivos personales y armamentísticos, tú, vasco, serás la avanzadilla; tú, gordo, cubrirás el flanco izquierdo y a la vez serás el grupo de protección; tú, Sullivan, el derecho y serás a la vez grupo de apoyo; usted, detective, en la retaguardia viendo lo que nosotros no podamos ver por las especiales características del terreno. Especialmente vigile usted los ventanales del salón porque esta noche hay baile y cualquiera puede asomarse. Yo marcharé en el centro mismo de este ángulo y en cuanto el vasco me haga la señal avanzaré hacia el objetivo; es el momento para que los demás me secunden, pero sólo en ese *momento*. El vasco estornudará y querrá decir: camino abierto. Pero si hay centinelas deberá agitar un pañuelo blanco y yo avanzaré más rápidamente para ayudar a *neutralizarlos*. Ya sé que es muy heterodoxo, pero no hay más cera que la que arde. ¿Alguna pregunta?

—¿Podemos hacer prisioneros?

—¿Cómo debo entender tu pregunta, Sullivan?

—Mi coronel, has hablado de neutralizar al matrimonio encargado de los comedores y la cocina, pero ¿cómo? ¿Los pasamos por las armas o nos los llevamos?

—No seas memo, Sullivan. Si nos los llevamos será descubierta nuestra acción antes de lo necesario. Pero lamentablemente tampoco podemos pasarlos por las armas ni darles un golpe ni dejarlos maniatados. Distinguiremos pues una *neutralización teórica* de una *neutralización factual*. Según la neutralización teórica, zas, los ejecutamos. Según la factual, les pegamos cuatro gritos y les decimos que no molesten. Resumamos. Nuestros movimientos serán: aproximación, ataque, retirada, concentración y dispersión.

Carvalho intervino:

—Olvidaba, coronel, que hay un guarda jurado vigilando por el exterior de la finca. Lo normal es que no se meta dentro, pero si se mete nos toparemos con un centinela armado y que además no estará al tanto de nuestras intenciones reales. ¿Qué hacemos si el guarda jurado se presenta con la pistola?

—Pues le pegamos unas cuantas patadas en los cojones

y nos cagamos en sus muertos. También puede caerse la luna. Me conozco el paño de los racionalistas. Te van poniendo pegas *racionales* y lo que les pasa es que se mueren de miedo. Cuando hay demasiado cerebro es que hay pocos cojones. Entendido. Una vez cubierto el objetivo emprenderemos la retirada por orden inverso al de la llegada, es decir: el vasco, el gordo, Sullivan, el detective y yo saldré el último. Punto de concentración, la puerta del pabellón viejo. Hora límite... ¡a ver!, ¡coordinen los relojes! En el mío son las nueve y cuarenta y cinco.

—Una hora menos en Canarias —opinó Sullivan con una aparente serenidad facial que no pudo mantener hasta el final de su frase, y de la boca le salió una estampida de risas y salivas.

También el vasco era víctima de un ataque de risa y daba puñetazos sobre la pared para contenerse. El coronel les miraba despreciativamente y con un pie daba impacientes pataditas contra el suelo. En cuanto al muchacho, estaba preocupado por la reacción del coronel, y Carvalho trató de demostrar que no iba con él la situación. Acabado el ataque de hilaridad se dispusieron a abandonar el gimnasio según un orden convenido. El vasco salió al jardín y se hizo cargo de todos los puntos de referencia fundamentales. A la izquierda, en lo alto, el iluminado salón y las sombras chinescas de las parejas de bailarines. A la derecha, al final de la pendiente, el pabellón de los fangos, al frente, a unos cien metros, la piscina, y a la izquierda de la piscina, las dependencias de cocina y comedor.

—¡Me cago en la leche! —gritó el coronel en sordina—. ¿Nadie se ha acordado de traer algún colorante oscuro para la cara? ¡Si no pienso yo en todo! Esa camisa, Sullivan, te delata; quítatela. No habrá más remedio que ir agazapados hasta las adelfas y una vez allí, cuerpo a tierra por el césped, es casi un campo al descubierto y seríamos vulnerables bajo el fuego enemigo.

Se desplegó el comando formando un rombo y el vasco predicó con el ejemplo, agazapado, casi en cuclillas primero y luego, de pronto, nada más rebasar la línea de las adelfas, se tiró al suelo y avanzó reptando con la ayuda de los codos y las rodillas. Con desigual fortuna asumieron el ejercicio sus compañeros, y no fue el coronel el último en disimular su impotencia para el arrastrado y avanzar en cuclillas tras el adelantado que seguía serpenteando. Levantó el brazo el coronel para detener el avance, a la espera de que el vasco informara sobre el objetivo. Su estornudo reveló que había campo abierto y los cuatro restantes miembros de la patrulla fueron cerrando el territorio que les separaba hasta converger ante la puerta lateral de la cocina.

—¿Sin novedad, mi sargento?

—Sin novedad, mi coronel.

—¿Bajas?

—El radiotelegrafista nos ha abandonado.

—¿Por qué?

—Su mujer espera un niño, mi coronel.

—Se le formará consejo de guerra. Ahora tú, gordo, abre la puerta.

—Está cerrada.

—Pues por eso, ábrela.

—Es que está cerrada por dentro.

—¡Inútil! ¡Una buena guerra te haría falta! ¿Tú crees que se puede contestar así? ¡Está cerrada! No se puede parar una operación con la excusa de que la puerta está cerrada.

—¿Asumen ustedes la responsabilidad colectiva si me permite cortar el cristal?

—Asumido.

Carvalho sacó del bolsillo una navaja de distintos usos a la que había aplicado un cortacristales. Trazó un arco sobre el ángulo recto del cristal más próximo a la cerradura. No disponía de ventosa y advirtió que el cristal al caer iba a hacer algún ruido.

—Carraspea, vasco, a ver si disimulamos.

Carraspeó el vasco al tiempo que Carvalho presionaba el cristal para que cayera al otro lado y se hiciera añicos. No había sido demasiado convocador el ruido. Carvalho metió la mano, el brazo, hasta tocar con la punta de los dedos la llave metida en la cerradura, le dio la vuelta y la puerta se abrió por su propio peso. De uno en uno, advirtió el coronel. Estaban en el comedor, las mesas ya puestas para el desayuno de los pacientes que ya habían salido del ayuno. Pero no había nada comestible que no fueran botellitas de plástico de sacarina líquida y pequeños recipientes llenos de salvado, elemento fundamental para que los superadores del ayuno recuperaran las funciones intestinales.

—Aquí no hay nada que requisar. Pasemos a la cocina.

Más allá de la puerta batiente estaba la cocina y avanzaban hacia ella cuando se encendieron sus luces y automáticamente se echaron los cinco cuerpo a tierra. Alguien había entrado en la cocina desde el exterior, removía cacharros, abría y cerraba cajones. Y sus pasos se aproximaban al comedor, se abrió la puerta batiente y en décimas de segundo la luz se hizo sobre las mesas y sobre el comando. Nadie le puede negar a Villavicencio rapidez de reflejos. Se incorporó de un salto y exclamó:

—¡Manos arriba! ¡Dese usted por prisionero!

Le secundó en seguida el vasco y entre los dos se fueron a por el marido de doña Encarnación, que tardó en hacerse cargo de la situación o quizá nunca lo consiguiera porque, cuando empezó a sonreír al reconocer algún rostro, el coronel le empujó contra la pared, le obligó a poner las manos contra la nuca y le registró concienzudamente.

—Gordo. Neutraliza al prisionero. Amordázalo y átale las manos.

Pero ya Sullivan estaba haciendo una cuerda con servilletas y en segundos el resuello asustado del cautivo quedó sofocado por una serpentina de servilletas amarillas y sus muñecas atadas por tan polícromas ligaduras. Empujó el coronel las puertas de la cocina y pasaron a un paisaje de aceros y laminados. Una cocina limpia y aséptica con varios fogones centrales y perolas inmensas, pero sin la más mínima apariencia de algo que llevarse a la boca. Destapadas las perolas, estaban vacías y todas las esperanzas se concentraron primero en las alacenas de la despensa y en los dos grandes frigoríficos, pero las puertas estaban cerradas con candado. Eran candados de cierre electrónico y Carvalho declaró su impotencia para abrirlos.

—Traigan al prisionero.

Condujo el quesero al prisionero con muchos miramientos mientras le decía que no se preocupara, que todo era una broma; pero no estaba para bromas el coronel, ni el vasco.

—Mire usted, señor —le habló claramente el coronel—, le consideramos prisionero de guerra, pero dentro del capítulo de personal religioso o sanitario, por lo que si colabora le devolveremos a su país tan pronto sea posible. A pesar de que no lleva en el brazo izquierdo el brazal que indique su identidad.

—¡Pero cómo va a llevar este hombre un brazal si ni siquiera sabía que hubiera guerra!

—Calla, Sullivan, o te empaqueto. Las leyes y usos de guerra lo dicen bien claro: todo el personal llevará fijado en el brazo izquierdo un brazal, resistente a la humedad y provisto del signo distintivo (Cruz Roja, Media Luna Roja o León y Sol Rojo sobre fondo blanco) entregado y timbrado por la autoridad militar. También portará una tarjeta de identidad especial. Quítale la mordaza al prisionero. Le adviertes que no grite o se arrepentirá, de lo contrario, nada malo ha de sucederle. Usted reconoce que no lleva brazal como personal subalterno, sanitario o lo que sea. Por lo tanto podemos considerarlo un beligerante. Ahora bien, pelillos a la mar si usted nos explica cómo podemos abrir la despensa o el frigorífico.

—Pues muy mal lo veo, señor coronel, porque cada noche entregamos las llaves a la señora regente desde que hubo un robo de mermelada, en otoño.

—¡Maldita sea! ¿Y ahora qué?

El vasco lanzaba puñetazos al aire y no se conformaba con el fracaso de la expedición, abría y cerraba cajones, pugnaba con los candados.

—Adviértele que comprobaremos su afirmación y si nos ha mentido, será pasado por las armas.

—Aquí hay una manzana —informó la voz acobardada del quesero y todos los ojos reconocieron la evidencia de una manzana en un rincón de los mármoles para la manipulación de los cocineros.

Una. Una sola manzana. La manzana. La manzana esencial. Y hacia ella se lanzó el vasco para darle el primer bocado, y ya estaban los dientes de Sullivan sobre el fruto cuando se interpuso la mano del coronel.

—Este botín pertenece al Alto Mando y él dispondrá su correcta distribución. Esto ha sido un fiasco. Retirada. Apaguen las luces y llevémonos al prisionero, no fuera a dar la voz de alarma. Sullivan y tú, Tomás, cargad con el prisionero, dad la vuelta a la piscina y bajad luego al punto de reunión. Vasco, adelántate por si hay sorpresas y usted, detective, el último y ojo sobre todo a los del salón.

Una vez en el jardín percibieron incluso la música que se estaba bailando. Alguien había abierto las ventanas y sonaba un fox lento, *Tres monedas en la fuente* si Carvalho no recordaba mal. Siguió al coronel y llegó a su estela hasta las puertas del pabellón, donde ya les esperaba Duñabeitia. No llegaban los otros y el coronel se dejó caer sobre los escalones de descenso al pabellón.

—Os he estado observando y hay en todos vosotros material militar, vaya si lo hay. Y no hablo ya del valor en caliente, de lo que el teórico Villamartín llamaba *valor sanguíneo*, sino del *valor tenaz* y del *valor frío*. ¿Entendéis lo que digo? Os recitaré de memoria el texto tal como lo aprendí en la Academia: «Existe ese valor que podemos llamar *sanguíneo*, ese valor impetuoso, alegre, turbulento, aturdido, que se lanza hacia adelante sin mirar atrás, pero que rechazado quizá por una violenta reacción degenera posiblemente en terror, pánico. Existe el valor *tenaz*, el valor de posición, que si no avanza con ímpetu, tampoco hay valor humano que lo haga retroceder. Existe el valor que necesita *prepararse* para el peligro, con emociones graduables y que ante el peligro imprevisto se pierde. Hay el valor hijo del amor propio, pero necesita teatro y espectadores. Hay también el *valor frío*, del que se presenta en medio del peligro como extraño a él y parece que la muerte no figura como dato en sus cálculos. Ése es el valor del general que tiene toda su atención en su despacho mientras lee en el mapa que examina, sin ver el polvo que a sus pies levantan las balas; es el valor del oficial que observa minuciosamente la situación, direcciones y circunstancias de una fortificación o atrincheramiento, igual que si se encontrase en un campo de instrucción. Es el valor estoico de los grandes hombres.» Basta aquí la cita, y yo añado: ése era el valor de Franco. ¿Y ésos dónde se han metido?

A pesar de que ellos las habían apagado, se habían vuelto a encender las luces del comedor y de la cocina. Algo estaba ocurriendo allí y cerca, porque oyeron ruido de ramas y una respiración humana que salía del follaje. Sullivan quedó al descubierto y corrió hacia ellos para ofrecerles, a pesar de la oscuridad, su cara contrariada.

—Las chorradas, chorradas son. El gordo ese se ha escapado con el prisionero. Bueno, se ha escapado, se ha ido con él y me ha gritado que habíamos ido demasiado lejos. Ahora igual nos echan de la clínica.

—Nuestra operación será correctamente entendida y

en cuanto al gordo ese, en cuanto le pille le voy a recitar la cartilla. Yo no sé cómo suben estas nuevas generaciones. Se pitorrean de todo y no valoran nada de lo que tienen que valorar. Y eso que el chico no parecía de la nueva ola, pero se ve que los tiempos lo pudren todo.

Se oían voces procedentes de la cocina; se detuvo la música, de pronto se abrieron casi al mismo tiempo los ventanales del salón y los danzarines se asomaron en busca de un anunciado espectáculo. El comando miraba una vez hacia las ventanas, otra hacia las luces de la cocina, desde la que empezaba a avanzar el haz luminoso de una linterna.

—Detrás de esa linterna viene el tío de la pistola. Y eso sí que es una pistola de verdad. Nos van a tomar por ladrones y bien merecido que lo tenemos.

—Calla, vasco; a lo hecho, pecho. Cuando llegue a nuestra altura nos rendiremos y yo daré pública explicación de nuestro excelente ejercicio táctico.

—¡Alto! No se muevan. Llevo una pistola y está cargadísima.

—¡Queremos rendirnos con honor! Se presenta el coronel Villavicencio, del arma de Infantería, en misión especial, y éstos son mis hombres. Le recuerdo que según la Ley y Usos de Guerra sólo estamos obligados a declarar nuestro nombre y apellidos, empleo, fecha de nacimiento, número de matrícula e indicación correspondiente. Los interrogatorios se harán en una lengua que comprenda el prisionero y en ningún caso se podrá ejercer presión o tortura física o moral para obtener otros informes.

—Bueno, acabemos ya el cachondeo. Parece mentira, señores como ustedes comportándose como gamberros.

—En algo hay que entretener el espíritu, jefe.

Avanzó el vasco hacia el guarda jurado, al que seguía el prisionero capturado en la cocina, con un rodillo de amasar en una mano, y madame Fedorovna, con su indignada palidez disimulada por la penumbra. Pareció también como si el esqueleto del coronel perdiera la rigidez de que había estado revestido toda la noche y al relajarse Villavicencio se fue a por el guarda jurado, le dio la mano y le felicitó por la perfección de su acción.

—Ha jugado usted muy bien con el factor sorpresa.

—¿Han sido sólo ustedes? ¿Los cuatro que están aquí y el chico que vino a decírmelo?

—Sólo nosotros. Un comando a todas luces insuficiente para la envergadura de la operación.

—¿Y esa señora qué pinta aquí?

Los cuerpos se volvieron siguiendo la indicación del haz luminoso de la linterna, que descubrió a mistress Simpson pegada a la piel de la puerta del pabellón. Todos se inmovilizaron y enmudecieron, menos mistress Simpson, que recuperó el movimiento y pasó entre ellos de regreso al balneario sin dar ninguna explicación. A largas zancadas sobre zapatos de lona empapados, ateridos y gimientes.

Hasta podía hablarse de una muerte atlética en el caso de mistress Simpson. Su cuerpo apareció flotando sobre las aguas de la piscina, pero no era el suyo un cadáver abandonado a la voluntad de la muerte o de las postrimerías de la flotabilidad, sino que mantenía una cierta tensión muscular, como si desde el más allá quisiera enviar el último mensaje de autocontrol corporal. Lo descubrió el encargado de la limpieza de la piscina y dio aviso a madame Fedorovna y al gerente, pero a los pocos segundos la noticia se metió en la antesala de pesaje y llegó a tiempo incluso de coger a los que se predisponían al paseo mañanero por las orillas del Sangre. Por eso madame Fedorovna tuvo que soportar una concentración de clientes rodeando el cuerpo de mistress Simpson, sobre el que se inclinaba el doctor Gastein en una rutinaria comprobación de la muerte. Sólo los recién llegados parecían conmovidos o sorprendidos; los asilados más veteranos conocían los vicios deportivos de mistress Simpson y sabían que al amanecer muchos días se lanzaba a la piscina y nadaba sus mil metros estilo como aperitivo a todas las actividades que le esperaban durante la mañana. Un mareo. Una pérdida momentánea del conocimiento había sido sin duda la causa del accidente y sólo Carvalho creyó ver una intención especial en la persistencia de Gastein en mover suavemente la cabeza y el cuello de la víctima y en la seriedad añadida que gravaba sus facciones. Mantuvo

Gastein la mirada de madame Fedorovna como mandándole un mensaje que ella sola pudiera entender y se incorporó tras tapar la cabeza de la muerta con la manta que ya le cubría el cuerpo. Avanzó sin ver por el pasillo que le abrieron los curiosos y al pasar junto a Carvalho tardó en asimilar la observación propuesta que salió de los labios del detective:

—Fractura de la base del cráneo.

Cuando Gastein comprendió lo que Carvalho había dicho, le dedicó una expresión crítica y la pregunta:

—¿Es usted médico?

—No. Pero usted sí.

Los dos hombres aguantaron la mirada y Gastein inclinó la cabeza para proseguir su marcha mientras musitaba:

—Puede ser.

Carvalho guardó para sí la observación y durante toda la mañana funcionó al ralentí, como los restantes residentes, de corro en corro de conversación, rememoraciones de todas las hazañas deportivas de mistress Simpson y la venganza racional de sus vencidos, ahora argumentadores de que se veía venir, de que era imposible que una mujer a sus años pudiera desplegar tal cantidad y calidad de actividad. Hubo quien creó expectación teorizando sobre una forma de suicidio superenergético que practican muchos viejos. Por encima de sus insuficiencias y dolores, se lanzan a una hiperactividad que les llevará consciente, voluntariamente, al fallo final. Casi todos preferían morir víctimas de una frenética actividad que postrados en una cama; en cuestión de una hora, mistress Simpson ingresó en el libro del bien morir como un modelo de conducta. El coche patrulla de la policía apareció protocolariamente, como para cubrir el expediente y acompañar a la ambulancia que se llevaba el cuerpo de mistress Simpson y al señor Molina hacia el Instituto Anatómico Forense de Bolinches. La autopsia es inevitable en estos casos, razonó madame Fedorovna ante el corrillo de clientes que la interrogaba sobre el porvenir de los despojos de mistress Simpson y la necesidad de que se hiciera un oficio funerario en El Balneario. Madame Fedorovna manifestó ignorar la confesión religiosa a la que pertenecía la muerta, pero en el caso de que se considerara conveniente, se recurriría a un ritual ecléctico muy sencillo, muy funcional, que no pudiera herir la sensibilidad religiosa ni de las mayorías ni de las minorías. Podrían hacer un oficio de difuntos por el rito vegetariano, opinó Sullivan, y el vasco se tuvo que esconder tras un seto, muerto que estaba de risa o huyendo de los soplidos de indignación por la *falta de respeto* que traducía un comentario así en aquella situación. No niego, le dijo Villavicencio a Sullivan, que los señoritos andaluces a veces tenéis gracia, pero sois capaces de matar a vuestro padre por un chiste. ¿Y por qué no si el chiste es bueno? Mas no estaba Carvalho para atenciones marginales y notaba su interna musculatura tensa, como al acecho de acontecimientos que sólo él podía olfatear. Se sentó en el salón en una situación que le permitiera ver el movimiento en torno a los despachos de la dirección. La vuelta de Molinas taciturno. La llamada a consulta de madame Fedorovna y Gastein. Luego, del personal relacionado con la conservación o vigilancia del recinto, y el filtraje de alguna pregunta sobre la posibilidad de que alguien hubiera visto a mistress Simpson en los alrededores de la piscina nada más amanecer, para precisar, se dijo, la hora del accidente. Carvalho esperaba el ruido de la sirena de un coche de policía o, en su defecto, un ruido inconfundible de portezuelas al cerrarse y la aparición en el marco de la puerta de dos o tres hombres de ojos movedizos y andar parsimonioso. La autopsia se hará hoy mismo. Se está haciendo. Tratan de localizar a los parientes de mistress Simpson en Estados Unidos. Pero al caer la tarde aún no se habían producido acontecimientos y el hacer o no hacer habitual de El Balneario volvió a su rutina. Incluso se preveía una noche interesante porque en el video de lengua inglesa programaban *Dos en la carretera*, de Audrey Hepburn y Albert Finley, la primera ex cliente de la clínica y el segundo, a juzgar por su facilidad para engordar, más que probable cliente para el futuro. Por otra parte, la televisión iba a dar un partido eliminatorio de una competición europea entre un equipo español y otro belga, Madrid-Anderletch parecía ser, y hubo movimientos estratégicos previos y continuos para ocupar posiciones que permitieran una buena contemplación del partido, hasta el punto de que en aquella noche de duelo hubo empujones en las puertas de la sala de televisión y madame Fedorovna tuvo que colocar un televisor subalterno en el salón. Se produjo entonces una división de públicos según las geografías: los europeos se reunieron en torno del televisor del salón y los españoles alrededor del del cuarto específicamente televisivo. Ningún factor externo creó esta división. Fue un factor íntimo el que reunió a alemanes, suizos, franceses y belgas por un lado y a los españoles por otro. Las muchachas italianas desaparecían al atardecer. Estaban deprimidas y dormían horas y horas con los ojos cerrados en sus ojeras serenas y lacustres. Carvalho fue de la película al partido de fútbol, pero de vez en cuando subía hacia la recepción por si se producía lo que esperaba. Y ocurrió pasadas las once. No sonó la sirena, pero el ruido de las portezuelas fue casi un tópico que le hizo cerrar los ojos sobre su propia ironía y al abrirlos allí estaban, dos, adelantado el más poderoso, un joven pálido de vestir algo desaliñado y un andar parsimonioso con el que abría camino a su compañero, un corpachón lento con bigote caído y los ojos bailoteando sobre las personas y las cosas. Hubo inclinación respetuosa ante la recepcionista y una rápida introducción hacia el despacho de Molinas, una insólita aparición de Gastein, que nunca estaba en la clínica a aquellas horas, en compañía de madame Fedorovna. Tras unos minutos de puerta cerrada se abrió para dar paso a un Molinas abatido que iniciaba una marcha en fila india, seguido por los dos inspectores, situados a un metro de distancia, como protegiéndole la pésima sombra. Un bisbiseo con madame Fedorovna en el centro del salón dio paso a una serie de órdenes que la rusa se dio a sí misma y a la señorita de la recepción que hacía guardia hasta las doce. Partieron en distintas direcciones y Carvalho vio cómo en el centro del salón quedaban en silencio y distanciados los policías, Molina y Gastein, y al rato se abrieron puertas y empezaron a subir las escaleras los clientes, convocados todos para una reunión urgente en el salón de actos. Hasta las muchachas italianas fueron obligadas a salir de su letargo y llegaron rezagadas arreglándose el aspecto de animales cansados y somnolientos. El señor Molinas se situó en la posición en otras circunstancias ocupada por Juanito de Utrera, *el Niño Camaleón,* y se dirigió a los clientes en castellano, inglés, francés y alemán. El mensaje era breve. Era necesario aclarar algunas circunstancias sobre la muerte de mistress Simpson, y mientras seguían las diligencias policiales y judiciales, se rogaba que ningún cliente ni personal asistencial abandonara la clínica. Incluso los clientes que tenían fecha de partida para los dos próximos días debían quedarse, corriendo los gastos de su estancia extra a cargo de la empresa Faber and Faber. Insistió el señor Molinas en que se trataba de medidas rutinarias, que no se presuponían ninguna derivación alarmista de lo ocurrido y que se hubieran tomado igualmente en cualquier circunstancia parecida y en cualquier otro lugar, aclaración enigmática que presuponía una excepcionalidad a la circunstancia y el lugar por debajo de todas las sospechas. La policía, añadió Molinas, puede hacer preguntas a los clientes y les ruego que le den facilidades. Cuantas más facilidades se den, más pronto terminarán las diligencias. Tras un silencio general, un alemán preguntó si la prohibición de salir de El Balneario debía entenderse en su sentido más situacional: prohibido salir de las fronteras físicas del balneario. En efecto, aclaró Molinas, que llevaba la voz cantante, mañana, es de esperar que sólo mañana, nadie podrá salir de El Balneario y luego es posible que el límite físico se amplíe a toda la comarca, pero al menos durante dos o tres días debía preverse un intenso turno de interrogatorios. La aclaración movilizó a los más inquietos, que se fueron hacia los teléfonos para ponerse en contacto con consulados y embajadas. Molinas trató de contenerles y les rogó que volvieran a la sala de video o a ver el partido, que en atención al especial régimen alimenticio y al reposo requerido los señores inspectores habían aplazado los interrogatorios hasta el día siguiente y que no valía la pena alarmar inútilmente a los consulados. Que eso repercutiría en contra de los residentes porque se movilizaría la prensa y empezaría un asedio que nadie deseaba. Se produjo un pequeño revuelo de aeropuerto del que va a salir el último avión y deja en tierra a pasajeros con complejo de perder el último viaje posible, o de estación cuando el tren parte y deja en tierra a los fugitivos de un inconcreto terror, que corren y corren inútilmente hasta que el andén está a punto de desaparecer bajo sus pies. Para un grupo de airados clientes alemanes, al que se sumó el traficante de antigüedades enemigo de la berenjena, las decisiones tomadas eran intolerables, dañaban sus intereses y exigirían daños y reparaciones. Carvalho estudiaba la reacción del policía. Parecía desentenderse de lo que ocurría, con el cuerpo cargado sobre una pierna y la otra muelle, los hombros abandonados y la vista perdida en un pliegue de su propio pensamiento. Llegó un momento en que pareció cansarse de la situación y dijo algo que sólo oyó Molinas. El encargado entabló una preocupada conversación con el policía. Los gestos del funcionario estaban ahora cargados de decisión, de fuerza, le encarecía a Molinas que acabara con aquella situación o intervendría él. Le recalcó algo junto a la oreja que Molinas no tuvo más remedio que repetir en distintos idiomas:

—El inspector Serrano me pregunta que qué prefieren ustedes: ¿ser interrogados aquí, haciendo la vida normal, o en Bolinches, en las dependencias policiales?

Serrano sabía ya la respuesta. Ni se inmutó cuando las protestas se agudizaron como paso previo para que la mayoría impusiera la moderación y la necesidad de respetar las reglas más tolerables. El inspector se sumó a la retirada del grupo dirigente, sin mirar a nadie, reservando la mirada de cazador para cuando los tuviera a tiro de uno en uno. Nada más salir de la habitación se formaron grupos nacionales, el más numeroso el alemán, después el belga y a continuación el español, seguido de un sexteto francés, un quinteto suizo y las muchachas italianas. Molinas volvió y al observar la situación se dirigió al grupo de españoles y repitió varias veces: ayúdenme, ayúdenme, ayúdenme, sin dar más explicaciones y marchando sin transición hacia los otros corros, donde repartió sonrisas y seguridades. No, señores, no. Sería absurda una dispersión de iniciativas. Comprendo su nerviosismo, pero lo ideal es que la dirección de El Balneario sea el único intermediario válido entre los clientes y la policía. Además, comunicó, están a punto de llegar los señores Faber. A la vista de la situación han decidido venir urgentemente.

La noticia de la próxima llegada de los Faber tranquilizó a los alemanes y a los suizos; en cambio, intranquilizó aún más a los franceses y dejó indiferentes a los belgas, aunque la indiferencia de los belgas estaba quizá condicionada por la frialdad de su líder supuesto, el general Delvaux, que parecía estar por encima de los acontecimientos, como los héroes impasibles de la leyenda artúrica. La primera conexión internacional la estableció Villavicencio, quien, acompañado del vasco, se plantó ante Delvaux y le dijo:

—En estas horas extraordinarias es necesario que personas dotadas del sentido de la disciplina y con dotes de mando asumamos nuestras responsabilidades, para evitar la histeria de las masas y sus efectos irreparables.

En efecto, contestó Delvaux, mientras utilizaba toda la cabeza para subrayar su espíritu afirmativo, en efecto, es extraordinario, *c'est extraordinaire, c'est extraordinaire.* Quedo a la espera de las iniciativas de mi general, añadió Villavicencio, y dio media vuelta en redondo mientras el vasco lo traducía. Y en cuanto llegó al grupo de españoles dio el parte de su interpelación al belga y añadió: Había que hacerlo. Casi todo el mundo estaba de acuerdo en que había que hacerlo y sólo los catalanes se mostraron reticentes y hasta a alguno se le escapó decir en voz baja que todo aquello era una *poca soltada*, fórmula que llevaba hasta los límites de lo agresivo la sensación de que lo que había hecho Villavicencio era una tontería sin sentido. Pero no se confiaba mucho en el grupo en la posible colaboración de los catalanes, gentes demasiado ensimismadas que, según sabiduría general, siempre iban a lo suyo y ya habían nacido con la firme creencia, transmitida cromosómicamente de padres a hijos desde el siglo XVII, de que todos los habitantes del mundo más allá del río Ebro eran unos cantamañanas y los que habitaban más allá de los Pirineos unos mangantes.

Los hermanos Faber hicieron su entrada en El Balneario a media mañana. Marchaba delante el más alto, más gordo, más calvo, seguido del que parecía su reducción a escala. Se habían puesto la cara requerida por la excepcionalidad de la situación, pero tuvieron que acentuar el rictus de preocupación cuando comprobaron la conmoción que vivía el balneario. Casi nadie había acudido al pesaje y la vida social se repartía entre los pobladores de las tumbonas de la piscina, repartidos en tertulias nacionales, y los que merodeaban en torno de los despachos de la dirección, donde el inspector Serrano, su ayudante y una mecanógrafa tomaban declaraciones. La llegada de Hans y

Dietrich Faber interrumpió los interrogatorios y los dos policías se prestaron a escuchar las indicaciones críticas que muy suavemente emitían los labios gordos y brillantes de Hans Faber, basadas en su discrepancia contra la medida de encerrar a la gente dentro del balneario, como si todos los clientes fueran sospechosos de un posible crimen. Además, ni siquiera la hipótesis del crimen estaba demostrada y sólo se le ocurría la palabra precipitación cuando quería calificar lo que allí había sucedido. Serrano escuchaba con una atención excesiva y tardó en decidirse a contestar utilizando a Molinas como intérprete. Que la señora Simpson había sido asesinada era evidente, no sólo porque tuviera fractura de la base del cráneo, sino porque también en su cuerpo había otras señales de violencia que no era tiempo de especificar. Dada la situación de El Balneario, el caso se convertía casi en una variante del modelo del crimen dentro del cuarto cerrado y por lo tanto hasta que todos los pobladores de la casa no pudieran componer un cuadro aproximado de la situación de cada uno de ellos y de su conjunto en el momento del crimen, lo lógico era que quedaran a disposición de las diligencias policiales. ¿Cuarto cerrado? ¿Desde cuándo El Balneario era un cuarto cerrado? Es un espacio alejado de centros habitados, pero al que se llega fácilmente por la carretera o por los caminos de montaña. Cualquiera puede llegar, entrar y matar a mistress Simpson y luego esfumarse. El asesino podía estar ya a miles de kilómetros de distancia.

—Cada investigación responde a una tipología del caso y la tipología de este caso requiere que interroguemos a todos los que convivían aquí en el momento del crimen. Procuraré que el proceso se acelere.

Faber sacó de su boca una carta de la baraja enorme, en technicolor, brillante, definitiva, esta vez en castellano:

—Próximamente, señor Serrano, ¿se llama usted Serrano, no es cierto?, recibirá una llamada directa del ministro del Interior, con el que he hablado esta mañana antes de salir de Zurich. Como usted ya sabrá, entre nuestra clientela figuran varios ex ministros y altos cargos, incluso de la actual Administración del Estado. Espero que de una mutua colaboración salga el esplendor de la justicia y nuestro establecimiento lo menos dañado posible.

—Ya he hablado con el ministro —contestó Serrano,

dando tan poca importancia al hecho como a la teatralidad con que Faber había expuesto sus poderes políticos y administrativos—. El señor ministro aprueba las medidas que he tomado y dentro del espíritu con el que han sido tomadas.

Cerró los ojos Faber y ofreció su mano al policía.

—En ese caso no quiero interferirme en su trabajo. Cuanto antes acabe, mejor para todos.

Cambió de tono y de idioma para hablar con Molinas y el resto del personal directivo y encabezó una retirada del equipo hacia la sala de reuniones de la dirección. Faber dialogaba con su hermano y escuchaba sus respuestas como si le importaran. Dos habitaciones se cerraron. En una parlamentaba la dirección de la clínica, en la otra seguían los interrogatorios rutinarios de los residentes: su grado de conocimiento de mistress Simpson, la última vez que la vieron, cualquier revelación que ella hubiera hecho y que pudiera tener relación con el crimen, si llevaba joyas que no figuraran en el escaso inventario que la policía mostraba. Poco a poco circuló la noticia de que la habitación de mistress Simpson había aparecido revuelta y su caja de caudales del armario cerrada pero vacía. Había desaparecido el dinero de mistress Simpson, pero no sus tarjetas de crédito ni las joyas que llevaba encima cuando fue hallada en la piscina. El móvil del robo no concordaba con las circunstancias del asesinato. ¿Dónde? ¿En la habitación al ser sorprendido el ladrón por mistress Simpson? ¿Cómo había podido trasladar el asesino el cadáver desde una habitación situada en un primer piso, a cuatrocientos metros de la piscina, sin ser visto, ni hacer un ruido que hubiera podido despertar a alguien o alertar al vigilante jurado? Cábalas similares se tenían en todos los grupos dialogantes, y además de las italianas, el único personaje del balneario ajeno a cuanto ocurría era el marido de la suiza, aplastado por una íntima melancolía, sentado en un rincón del salón mientras su mujer picoteaba conversaciones con el grupo alemán o suizo. La enfermera Helda tuvo que restituir el ritual que daba sentido a la estancia en el balneario avisando a las víctimas de las lavativas de que estaba a punto de llegar su hora y madame Fedorovna obligó a la jefa de masajistas a reclamar mediante el teléfono los masajes emplazados. Se imponía la tendencia de normalizar la situación, sobre todo a la vista de la rapidez, facilidad de los interrogatorios y en la medida en que se debilitaba el recuerdo traumático de mistress Simpson, convertida en un cadáver aguado cubierto por una manta barata. Se dividía en dos la conciencia del balneario: en una de ellas era un balneario próximo pero lejano, objetivable incluso como un edificio en el paisaje, donde había ocurrido un crimen; en la otra seguía siendo el balneario de siempre, un centro de expiación relajada y a la larga placentera de los pecados cometidos contra el propio cuerpo. La mecánica interna del espíritu corporativo de casi todos los allí aislados les llevaba progresivamente a considerar el caso de mistress Simpson como un episodio de una serie televisiva dentro de la cual podían moverse como espectadores y como extras y estar en condiciones de enterarse del resultado antes que el resto del público del universo. La prensa española de la mañana daba la noticia como un accidente, sin especificar el nombre del establecimiento, y se especulaba entre los residentes con la posibilidad de que pudieran dar la noticia en la televisión e incluso que las cámaras de la televisión ya estuvieran a las puertas de El Balneario esperando la autorización de los hermanos Faber. Los interrogatorios no respondían a ningún orden lógico, ni alfabético, ni de numeración de habitaciones y se hacían siempre en presencia de Molinas, que actuaba como traductor. Pero para Carvalho tuvo especial significado al ser convocado el decimoquinto y el primero de entre los españoles. Lo había presentido y entró en el despacho dispuesto a mantener una postura de residente común, pero le bastó ver la sonrisa del policía del bigote para comprender que le iba a resultar difícil conseguirlo, y cuando el inspector Serrano le pidió a Molinas que abandonara la habitación, comprendió que sería imposible. Se resistió Molinas, pero Serrano adujo que el señor Carvalho era un caso especial y el gerente se avino a esta razón. Serrano estaba sentado al otro lado de una mesa gerencial y no le miraba, pero su acompañante no le quitaba ojo.

—Vaya. Quién iba a decir que nos encontraríamos aquí a un colega.

Se le escapó una breve risita a Serrano y cruzó una mirada risueña con su ayudante.

—Por el humo se sabe dónde está el fuego. Donde veas aparecer un detective privado, tate, hay gato encerrado.

¿Puede saberse qué hace un chico como usted en un sitio como éste?

—Salud. Hago salud.

—Tengo su expediente en la cabeza. Me lo acaban de leer desde Barcelona y me lo envían por teletipo. Es usted un buen profesional, pero tampoco parece que le vaya muy bien económicamente. Y esto es caro. Aquí es caro hasta el no comer. ¿Puede pagarse este no comer de lujo, señor Carvalho?

—En efecto, no tengo demasiado dinero, pero si quisiera tengo el suficiente, por ejemplo, para comprarme un abrigo de visón.

—¿Y para qué quieres tú...?

—De usted, por favor —cortó Carvalho al del bigote suavizando el tono tajante con una sonrisa.

—De usted, Paco, de usted. El señor Carvalho es un cliente más de la clínica. Pero es cierto: ¿para qué quiere usted un abrigo de visón?

—Caprichos más caros se han visto.

—O sea que está usted aquí por capricho.

—Caprichos. Manías. No quisiera equivocarme, pero usted tiene aspecto de buena salud y de hombre que bebe y come cantidad y bueno y sin embargo tiene buenísima salud.

—Acierta.

—Yo era igual que usted hace veinte años. Pero ahora debo cuidarme.

—Es el primer caso de huelebraguetas que conozco dispuesto a tirar el dinero en una casa de maniáticos como ésta.

Carvalho examinó al del bigote y le comentó a Serrano:

—En cambio su amigo tiene mal aspecto. Parece delgado, pero tiene la cadera ancha y bajo el vientre. De estar sentado demasiadas horas al día.

Cerró los ojos Serrano y el gesto frenó el avance de su compañero hacia Carvalho. Seguía con los ojos cerrados cuando preguntó:

—Hable con sinceridad. Más tarde o más temprano se sabrá, y mucho peor para usted. ¿Está aquí profesionalmente? ¿Sabía algo que indujera a pensar que a mistress Simpson le iba a pasar algo?

—No.

—Hábleme de lo de la otra noche.

—¿De qué?

—Del intento de robo en la cocina.

—Quien mejor podría explicárselo es el coronel Villavicencio. Era el jefe del comando.

—¿De qué comando?

—Del nuestro. No éramos los suficientes como para configurar una patrulla, por lo tanto decidimos ser un comando. No le preocupe lo de la otra noche. Fue una gamberrada sin más. Aquí nos aburrimos mucho y reprimimos la agresividad que no hemos conseguido dejar en la calle antes de entrar, hasta que encontramos una manera moderada de expresarla. Como en las cárceles o en los cuarteles.

—Ustedes montan una expedición nocturna para apoderarse de una manzana. Usted se suma a esa expedición por simple espíritu de gamberro. Resulta difícil de creer.

—Más difícil de creer es que la expedición la encabezara un coronel.

—Ex coronel.

—Un coronel siempre será un coronel y un policía siempre será un policía.

—Toma el filósofo.

—Tranquilo, Paco. El señor Carvalho fue contratado por alguien a la vista de los intentos de robo que se habían producido. Ése es el motivo real de su estancia aquí, ¿no?

—No. De los intentos de robo me enteré aquí. Estaba yo casi desnudo. Tumbado en una camilla y una masajista trataba de reconstruirme la espalda. Fue en ese trance cuando me informó de los intentos de robo. Además, si hubiera sido por la amenaza de robo sería la empresa quien me habría contratado. Pregunte a Molinas o a los señores Faber.

—Pienso hacerlo. ¡Y ay de usted si me ha mentido!

No tuvo tiempo de responder. Una discreta llamada en la puerta y ésta se abrió para enmarcar a Molinas descompuesto.

—Por favor, síganme y no hagan comentarios. Acabo de descubrir algo terrible...

No esperó respuesta y salió tambaleándose, aunque al avistar un grupo de residentes que se acercaban recuperó la compostura y caminó incluso con cierta alegría. Le seguían los dos inspectores y Carvalho se sumó a la expedición espontáneamente; nadie se dio cuenta aparente-

84

mente de ello. Molinas bajó hacia el jardín, tomó un sendero empedrado que conducía hacia la piscina, dio un rodeo para no pasar por la zona de los bañistas y fue a parar a la caseta donde estaban las máquinas depuradoras del agua. En la puerta de la caseta permanecía Gastein, definitivamente destruido, como un ángel de la guarda conocedor de que ya no guarda nada, y así obró: apartó su cuerpo y por la puerta entraron Molinas y sus tres seguidores. Era evidente que un cuerpo humano colgaba del tubo superior, el más poderoso, que comunicaba el desagüe principal de la piscina con la máquina filtradora. Jamás el cuerpo de un ahorcado compone una postura elegante, aunque haya habido ahorcados que han rogado a sus verdugos que procurasen por su aspecto una vez muertos. Pero en el caso del profesor de tenis, Carvalho estaba dispuesto a considerar la posibilidad de que su cadáver gozaba de un aspecto elegante, era un cadáver que habría sido invitado en las mejores novelas de crímenes por la compostura de su derrota frente a la ley de la gravedad e incluso eran de elogiar la brevedad y buen color del trozo de lengua que le asomaba por la boca. Fue en el momento de dar un vistazo alrededor para captar algún detalle indicativo cuando el policía del bigote se dio cuenta de que Carvalho estaba allí. Pareció que iba a saltar como un gato sobre el detective pero le contuvo su compañero reteniéndole por un brazo.

—Tranquilo, Paco, tranquilo. Yo ya sabía que venía con nosotros.

Adquirió Carvalho el compromiso de no revelar el descubrimiento y los contados clientes que aquella mañana reclamaron por la inasistencia de Von Trotta recibieron la explicación de que el profesor estaba indispuesto. Una furgoneta vino desde Bolinches a recoger el cuerpo por la puerta trasera del parque de la clínica. El inspector Serrano la vio partir mientras silbaba algo con los labios casi cerrados y removía las manos en los bolsillos de su pantalón. Los Faber se habían retirado a sus aposentos a mesarse los cabellos que les quedaban, Gastein intercambiaba opiniones con el forense escondidos en el gimnasio y Carvalho siguió a la sombra de los policías hasta que Serrano pareció cansarse de su presencia y le instó a marcharse con un movimiento de dedos.

—Ya puede irse. A estas horas ya no importa que el asunto se haya divulgado.

—Va a ser difícil contener a la gente aquí dentro. Esto parece una epidemia de crímenes.

—Vaya a que le den un masaje y déjenos en paz.

De vuelta al edificio central, Carvalho comprobó inmediatamente que las gentes habían salido de la pasividad de la mañana y recuperado la excitación de las mejores horas del día anterior, recién descubierto el cadáver de mistress Simpson. Ahora el de Von Trotta cerraba el caso, en opinión del señor Molinas, comunicada a una vanguardia de clientes. Una inexplicable, todavía inexplicable relación, unía a mistress Simpson con el profesor de tenis, alguna historia antigua y escabrosa que habría incitado al profesor a dar muerte a la mujer y luego a suicidarse. Cuando de los labios de Molinas salía la explicación empresarial, ya había llegado al valle del Sangre una dotación de la guardia civil para guardar todas las entradas, a la vez salidas posibles de El Balneario. Sí, está permitido telefonear, sobre todo desde que se instalara un equipo especial de interferencia en una furgoneta oculta entre los árboles del bosque fronterizo. Serrano había pedido una autopsia urgente y antes de la madrugada se sabría, pensó Carvalho, que Von Trotta también había sido asesinado, con lo que de nuevo cambiaría el talante general, y esto va a llenarse de policías de Madrid. No fue Villavicencio el iniciador de la especie de que podía tratarse de una provocación terrorista, dentro de la serie de acciones contra el turismo que ETA había desencadenado al borde del verano. Pero la necesidad del enemigo exterior primero se concretó en la posibilidad terrorista, tan amenazadora como exculpatoria de la comunidad. Era la explicación irracional más racional posible y se necesitaba una explicación irracional razonable y exculpatoria de la comunidad. Por la tarde ya todos se habían enterado del suicidio de Von Trotta y dio tiempo para que los espíritus se adecuaran a la nueva circunstancia y se hicieran planes para la noche: video, televisor, bridge, lectura, conversación, planes por comunidades nacionales, aún no disueltas, como si se mantuviera en alto un recelo de identidad frente a identidades sospechosas por el hecho de no ser la propia. Se aferraba la mayoría a la explicación empresarial, pero las especulaciones no cesaban, aunque los hermanos Faber acompañaron aquella noche a madame Fedorovna en su recorrido estimulante de los ayunantes. Menos habituados que la rusa al cometido, los Faber extremaban su amabilidad con los clientes por el método de emitir voces cantarinas, especialmente desagradables en castellano, un idioma poco apto para las cortesías excesivas. También exageraban el entusiasmo con el que descubrían a un cliente repetidor o la esperanza con la que instaban a perseverar a los primerizos, sobre todo a los que estaban a punto de dejar la clínica y salir a un mundo lleno de whisky etiqueta negra, reservas de borgoña y guisos sin otro objetivo que la obscenidad del placer. Era costumbre que al acabar el ayuno y empezar el corto período de readaptación a un régimen masticable, los asilados recibieran un diploma en el comedor convencional y se les encendiera una *chandelle* como premio simbólico a su perseverancia en el ayuno. Madame Fedorovna le tenía cogido el tranquillo al ritual, pero los Faber sólo lo practicaban en sus visitas excepcionales o de inspección y maltrataban las velitas con aproximaciones desajustadas de sus mecheros. Curiosamente, ningún cliente a lo largo de los muchos años de existencia de Faber and Faber en su sucursal española había protestado por el rito, exponiendo su verdadero estado de ánimo próximo al ridículo y la evidencia de que se asistía a una comedia mal interpretada. Aunque se sospechaba que sobre todo los centroeuropeos de cierta edad y los franceses aceptaban de buen grado la conmemoración e incluso guardaban para toda la vejez y la vida el diploma en que constaba su capacidad de ayuno. Junto al diploma se adjuntaba una tabla de calorías que durante unas cuantas semanas, las que duraban los buenos propósitos, se convertían en compañeras inseparables de los recién salidos de El Balneario, y ante cualquier propuesta alimenticia la sacaban del billetero, como si fuera un calendario de bolsillo o una máquina japonesa de calcular, y tras constatar que diez aceitunas rellenas superan las ciento veinte calorías, podían elegir tomarlas o no tomarlas con conocimiento de causa. Junto a las tablas calóricas se adjuntaban algunas recetas y un programa alimenticio semanal redactado desde la seguridad de que los clientes saldrían del establecimiento con el paladar tapiado hasta el fin de sus días y desprogramados para el *confit d'oie* o el cordero a la chilindrón. Madame Fedorovna había conseguido un comportamiento misionero pero relajado, del que carecían los hermanos Faber, que más parecían repartidores de propaganda de los Testigos de Jehová. Según el tablón de anuncios de las actividades semanales, aquella noche Gastein debía dar una conferencia sobre *Placer sensorial y alimentación racional*, pero sólo acudieron a la convocatoria las cuatro hermanas alemanas, que convirtieron la charla en una amena tertulia sobre el papel nutritivo de la patata y el bajo índice de calorías que las salchichas de Frankfurt tenían en relación con otros embutidos frescos de la misma intención. Eran muy partidarias las hermanas alemanas de las patatas y las salchichas y trataban de arrancarle al doctor su bendición para poder seguir comiéndolas una vez fuera de la clínica. Dependía de la cantidad, razonó Gastein, aunque las salchichas de Frankfurt requieren unos aditivos industriales para su conservación y el mantenimiento del colorido cuya toxicidad aún no está comprobada. Fue interrumpida la tertulia informal de Gastein por una urgente llamada a recepción. Carvalho se había dejado tragar por un sillón holoturia y se le había sentado al lado en un sillón gemelo Sánchez Bolín, deseoso de que le hiciera un resumen de la situación.

—Me paso todo el día en la habitación escribiendo.

—Se ha perdido una experiencia humana que pocas veces se presenta en la vida.

—Las experiencias humanas prefiero inventármelas.

—¿Escribe de la renta de lo que ha vivido?

—Escribo porque imagino todo lo que no he vivido. Por eso tengo tanta imaginación.

—Ya hay dos cadáveres.

—Intolerable. Ni siquiera las más estúpidas novelas policíacas se permiten hoy día sacar más de un cadáver. Ocurre como con las familias. Casi todas ya son de hijo único. Dos cadáveres sería literariamente casi inverosímil. Ahora bien, en la realidad pasa cada tontería. ¿No han matado todavía al hombre del chandal?

—Quizá sea el próximo.

—Avíseme cuando ocurra, si no le molesta.

Regresó el escritor a su habitación, pero apenas si se dio cuenta Carvalho de su desaparición. Estaba más pendiente del resultado de la brusca marcha de Gastein. El veredicto de la autopsia ya habría llegado y Gastein ya tendría plena certeza de que Von Trotta no se había ahorcado voluntariamente. Las dos personas más aisladas, menos relacionables tanto de la clientela como del personal auxiliar, habían sido eliminadas. De Von Trotta se decía que la dirección no sabía cómo sacárselo de encima. Su parsimonia tenística no era voluntad de elegancia, sino vejez, y habían abundado las quejas de los clientes poco estimulados por el peloteo elegante del viejo. Carvalho escuchaba los comentarios críticos que la selecta clientela dedicaba al personal a su servicio y esos comentarios pasarían por escrito a la dirección, con el propósito de que los incompetentes fueran expulsados. Fruto de la selección de las especies los fuertes dedicaban buena parte de sus energías a la búsqueda de débiles con el afán de exterminarlos, aterrorizados quizá ante la posible solidaridad de los débiles o de los incapaces o ante cualquier elemento de reflexión que pudiera cuestionar las capacidades que les habían convertido en fuertes y elegidos. Carvalho conservaba el pudor proletario de no juzgar demasiado duramente a los perdedores, pero vivía en un mundo de señoritos que practicaban varias veces a lo largo del día el juego de pedirle al césar que no tuviera piedad con los gladiadores caídos. En cualquier caso, por muchas críticas que hubiera provocado el viejo profesor o por muchos deseos que tuviera la dirección de sacárselo de encima, no parecían motivos suficientes para que bien los clientes, especialmente los ejecutivos de Düsseldorf y Colonia, o la dirección le hubieran estrangulado. Habida cuenta, además, de las mayores facilidades para despedir que la gerencia había conseguido en el último convenio colectivo, pactado en el clima psicológico de una situación límite, según la cual gravitaba sobre los trabajadores de El Balneario la amenaza de un reajuste de plantilla. La dificultad de despedir a Von Trotta, le había revelado el vasco, veterano cliente, a Carvalho, derivaba de haber estado vinculado a la empresa desde sus orígenes, hasta el punto de que se le suponía un lejano parentesco bien con los Faber, bien con la dirección ejecutiva o técnica.

Una hora después, el tiempo que tardaba un vehículo

en llegar desde Bolinches por una carretera de curvas, se presentaron en El Balneario cuatro guardas jurados que velarían durante toda la noche por el interior del recinto y el parque, provistos de transmisores de bolsillo. Serrano había propuesto la presencia directa de la guardia civil, pero los Faber la consideraban demasiado escandalosa. Marchó Carvalho a su habitación excitado y molesto por su condición de testigo pasivo de lo que estaba sucediendo y constató una vez más la tendencia al insomnio que condiciona el ayuno. Y en esta constatación sonó el teléfono y reconoció la voz de Molinas al servicio de una retahíla de disculpas previas a la propuesta de que se personara en el despacho de gerencia. Dormía el balneario con los pasillos en penumbra, dormían los racimos de botellas de agua mineral que jalonaban el avance de Carvalho hacia la recepción y del parque penetraba el dominante olor del romero, en competencia con el aroma del perejil que la clínica trataba de echar de sí misma durante las noches. En el despacho le esperaba un Molinas sin afeitar y arrugado y Serrano somnolientamente derrumbado en un sofá, pero con un ojo entreabierto fijo en Carvalho.

—Señor Carvalho, ha sido muy amable, disculpe esta llamada, a estas horas, pero la situación es grave. Muy grave. Obra en nuestro poder el informe forense sobre Von Trotta. Ha muerto por asfixia, sí, pero no ahorcado. Le han estrangulado.

Contagiada la voz, emitió la última palabra en estado de estrangulamiento.

—No parece sorprendido.

Se le había quitado bruscamente la somnolencia a Serrano y se había puesto en pie de un salto para delimitar un diálogo con Carvalho.

—No tengo una gran experiencia en ahorcados, pero a juzgar por el lugar elegido para colgarse me parece que es el último que habría elegido un ahorcado sincero. Demasiados tubos próximos. El cuerpo casi no podía balancearse.

Dirigió Serrano un dedo a la pechera de Carvalho y le dio varios toques.

—Muy observador. Usted aquí se lo pasa en grande. Le han montado un espectáculo que le va que ni pintado.

—¡Ah! Carvalho, quisiéramos pedirle un favor...

—Yo no.

90

—No, claro. Es un favor que le piden los hermanos Faber. Usted es un profesional y reúne a la vez condición de cliente de la clínica. Eso le permite contemplar lo que ocurre desde una perspectiva privilegiada y además estar al tanto de lo que se dice, se habla, se hace por parte de los residentes. Quisiéramos encargarle que nos ayudara durante las investigaciones, sin que se notara demasiado. No sé si me entiende.

—Que conste que es un encargo atípico y casi ilegal y del que yo no quiero enterarme.

Carvalho parecía contrariado.

—Comprenda usted, señor Molinas, que yo no puedo aceptar su propuesta teniendo en contra a la policía.

—Yo tampoco he dicho que esté en contra. Yo no quiero enterarme.

—Se darán los pasos necesarios para que la colaboración pueda existir, aunque queda muy claro que la dirección de la investigación está en manos del inspector Serrano.

—¿Se trata de un encargo profesional?

—Indudablemente. Habíamos pensado que podríamos establecer un canje. A cambio de sus servicios, por llamar de alguna manera a su colaboración, considérese usted un invitado de El Balneario.

—Las invitaciones prefiero que sean en un buen restaurante. No me complace que me inviten a ayunar. Les aplicaré mis tarifas y según los días que dure esta juerga aun les puede salir más barato.

—¡Quién piensa ahora en el dinero! Sea como usted quiera.

—Ante todo quiero que su compañero, el del bigote, sea más amable conmigo.

Serrano se encogió de hombros y volvió a su sofá y a su semisomnolencia.

—También necesito saber todo lo que hasta ahora ya sepan de mistress Simpson y Von Trotta.

—Hemos pedido un informe a la Interpol y a las respectivas embajadas. Podemos adelantarle que mistress Simpson utilizaba el apellido de viuda, no el suyo propio. Tampoco era realmente de origen americano. Tenía la nacionalidad, pero había nacido en Europa.

—Rueda el mundo y vuelve siempre a la vieja Europa. Europa es muy grande. ¿De dónde era mistress Simpson?

—Aquí empieza la confusión. Ella se autoatribuía ser de Polonia, pero no está claro. Fue un caso de nacionalidad declarada después de la segunda guerra mundial.

—Mistress Simpson hablaba el ruso.

—¿Cómo lo sabe usted?

—La oí hablar en ruso en cierta ocasión.

—Muchos polacos saben el ruso, por razones de vecindad, de ocupación, de influencia cultural.

—¿Y Von Trotta?

—Parece increíble, por los años que trabajó en El Balneario, pero sabemos menos de él que del último de nuestros clientes.

Se metió Carvalho en el bolsillo un pase especial que le permitiría ir y venir por El Balneario a cualquier hora, a salvo de las suspicacias de los vigilantes. Molinas le advirtió que a la mañana siguiente se instalaría un circuito cerrado de televisión provisional para ayudar a acelerar las investigaciones. Recorrió los pasillos de regreso a su habitación y al dar la vuelta a la esquina del definitivo acceso creyó ver y vio una forma humana en la puerta de una de las habitaciones. Era Helen, la suiza, cubierta con un pijama vaporoso de dos piezas, con el cuerpo entre la habitación y el pasillo, la puerta a manera de parapeto púdico y una sonrisa en los labios, la voz casi inaudible:

—¿Pasa algo?

—No. ¿Tiene insomnio?

—Sí. No puedo dormir. Y además mi marido está tan mal.

—¿Qué le pasa?

—Ha tenido un ataque de nervios y le han dado un sedante. Mire.

La puerta se abrió y Carvalho siguió a aquel cuerpo que olía a animal tibio. Sobre una de las dos camas de la habitación el gigante suizo dormía, pero aún quedaban lágrimas en sus ojeras y sobre las mejillas. Helen permanecía en pie pero como encogida, mirando al suelo.

—Tengo miedo.

—¿De qué?

—Están pasando cosas terribles.

Helen se le echó encima, se le abrazó y puso sus labios sobre los de él para retirarlos en seguida.

—No le beso porque durante el ayuno tenemos mal aliento.

—Yo siempre tengo un aliento excelente.

—Váyase. Váyase, por favor.

Salió un quejido de los labios del marido, como si soñara la simple posibilidad del adulterio, y Carvalho caminó hacia atrás para controlar visualmente a la pareja. Pero seguía dormido el hombre y ella parecía sobre todo preocupada por taparse con las manos la evidencia de los senos dorados y despiertos bajo la transparencia del pijama. Ya en su habitación, Carvalho decidió que el sueño, si quería, le viniera cuerpo a cuerpo y no en la vejada posición del durmiente desdeñado. Salió a la terraza y encendió un Cerdán, el primer puro que consumía desde que entró en la clínica, advertido por madame Fedorovna de la prohibición expresa de fumar que había dentro de El Balneario. Es una transgresión inferior a la del asesinato, aunque la punta del puro encendido ofrecía un blanco perfecto desde el amenazador entorno. Regularmente pasaban bajo la terraza los guardas jurados, en un continuo recorrido por el jardín hasta los límites del parque. Pero no sólo velan Carvalho y los guardas. En la puerta del consultorio que daba al jardín estaba Gastein, la bata blanca denunciada por la luna como un fuego fatuo. No se movía. Parecía meditar o contemplar obsesionado una lejanía que terminaba en el pabellón de los fangos. El cuerpo le pidió cama y Carvalho aceptó la llamada, y nada más caer sobre las sábanas se quedó dormido. Despertó con la sensación de que acababa de acostarse y algo urgente debía hacer, pero nada era urgente en El Balneario y repitió la conducta de todos los días: orinar, limpiarse los dientes, ponerse los calzoncillos, el albornoz y coger el pasaporte para que le registraran el peso y la presión y salir en busca del distribuidor del pasillo donde esperaban los residentes el pesaje a cargo de frau Helda, la enfermera de planta. Normalmente son situaciones tediosas y calmas en las que se pronuncian las palabras más justas de saludo y a lo sumo se comenta el tiempo, esas nubes que siempre llegan desde el oeste y crean la pasajera impresión de que no hará sol; o algún cliente extrovertido antes o después del pesaje expresa su angustia por si ha perdido o no ha perdido y se entrega al diagnóstico de los demás, como si de su opinión dependiera su pérdida o ganancia de peso. Pero hoy se habla y sobre todo se escucha la exposición de razones de un cliente alemán acostumbrado a ser escuchado. Explica la situación y la gravedad de una retención que no sólo daña sus intereses, sino que pone a prueba su salud. El ayuno por el sistema Faber requiere una disposición anímica de suprema tranquilidad. ¿Qué tranquilidad pueden tener amenazados por un criminal al acecho? ¿Qué confianza pueden tener en una policía indígena que ha demostrado ante toda Europa su ineficiencia en la lucha contra el terrorismo y que ahora lo resuelve todo convirtiendo El Balneario en un campo de concentración? Y si la explicación a todo lo ocurrido no es el terrorismo, sin duda se trata de hechos delictivos y hay que apuntar a los potencialmente más en situación de ser los delincuentes y nunca a una clientela caracterizada por su respetabilidad dentro y fuera del balneario. Permítanme que me presente, me llamo Klaus Shimmel y dirijo un negocio de papeles pintados, última evolución de una auténtica dinastía de industriales que se remonta a mi bisabuelo, el mejor encofrador de Essen. ¿Cuántos como yo hay aquí? Si cada uno de ustedes contara su historia quedaría reflejado el retablo de lo más sólido, solvente y digno de Europa, la Europa que trabaja y crece a pesar de las dificultades interiores y exteriores. ¿Merecemos ser tratados como borregos, a los que se les puede imponer una situación que nosotros no hemos hecho nada para que se produjera? El protagonismo del industrial de Essen le fue arrebatado por el marido de Helen. Escuchaba hasta entonces la perorata afirmando con la cabeza, pero ahora se dejaba llevar por un arrebato y asumía la voz cantante con una vehemencia próxima a la incoherencia. Estamos cercados, rodeados de miserables que quieren matarnos porque nos envidian, envidian todo lo que tenemos, nuestro dinero, nuestra cultura, nuestras mujeres, y nos lo quieren quitar. Basta ya de pasividad. Hay que forzar el cerco por los procedimientos que sean y volver a sentirnos seguros en nuestras casas. En pleno discurso del suizo, pasaron las muchachas de la limpieza cargadas con pirámides de ropa blanca y el orador las señaló acusadoramente: que busquen entre ellos, entre ésos, ahí deben de estar los asesinos, ¿qué motivos tenemos para matarnos entre nosotros? A pesar de que la vehemencia desautorizaba un tanto su lógica, el último argumento aportado fue asumido por la mayoría de los reunidos. Evidentemente, si mistress Simpson no había sido asesinada por el terrorismo político, no había otra causa posible que el terrorismo económico. Los terroristas políticos van de uniforme moral y estético, pero los terroristas económicos no, y mucho menos en un país atrasado y lleno de parados como España o Italia o Portugal. ¿Por qué no van hacia ahí las investigaciones? Las hermanas alemanas coreaban cuanto se decía con una disposición polifónica de ex niñas prodigio de la familia Trapp y una de ellas, la mayor, propuso crear una comisión que representara todas las comunidades extranjeras para ejercer presión ante la policía y la dirección. No estuvo de acuerdo el comerciante de Essen. Puesto que la iniciativa surgía del grupo alemán, al que se sumaba ardientemente nuestro amigo suizo, tenemos derecho a constituir una comisión propia y los demás ya se arreglarán. De hecho se había observado una conducta demasiado pasiva por parte de los franceses y los belgas y con los demás ni se podía contar. En éstas llegó Sullivan arrastrando su largo esqueleto y tardó en comprender lo que estaba sucediendo. Carvalho le hizo un resumen.

—Por la pureza de la raza hacia la inocencia congénita. Son alemanes y ricos y por lo tanto son inocentes. Pronto descubrirán lo mismo los franceses, los belgas y el cerco en torno a los delincuentes, a los asesinos, se irá estrechando.

—¿Asesinos? ¿Pero no lo armó todo el Von Trotta ese, el jodío viejo?

—No. Von Trotta también ha sido asesinado.

—Pues nosotros también tendremos algo que hacer.

—¿Quiénes somos nosotros?

—Pues los españoles. Como se pongan en plan nacionalista, a mí no me pasan la mano por la cara.

—Sospechan del personal de servicio.

—Por ahí se podría empezar, porque hay cada uno que parece recién llegado de la sierra con el trabuco plegable. ¿Y ese Serrano, el de la policía, ya sabe lo que se hace?

—Cree saberlo. Pero tiene más miedo que todos nosotros juntos a que el caso le venga ancho y a estas horas debe de tener toda clase de presiones empresariales, políticas y diplomáticas para que resuelva cuanto antes este galimatías.

—A ver si me fastidian la salida el sábado. Me parece que les busco un asesino y les digo: venga, ése al talego y a salir todos. Luego ya se arreglarán.

Le tocó el turno de pesaje a Carvalho y Helda le recibió con sus buenos días maliciosos de costumbre. A ver a ver ese peso. ¿Cuántos whiskies se ha bebido esta noche? Bueno. Bueno. Ha bajado poco, pero con este clima que se ha creado, el organismo no responde al tratamiento y los nervios retienen líquidos.

—Curioso el caso de Von Trotta.

—No me hable. No he podido dormir en toda la noche. Un acto absurdo. Aquel hombre tan, tan...

—Elegante.

—Elegante, ésa es la palabra.

—Pero ya se sabe que no fue Von Trotta. Ya se sabe que fue asesinado.

Helda apenas si se creyó en la obligación de demostrar sorpresa. Apenas un ladeo de cabeza y un ¿ah, sí? que no distrajo la atención con que atendía las convulsiones de la aguja registradora de la presión sanguínea de Carvalho.

—Le ha bajado mucho la mínima. Eso está bien. Está bien. No creo que usted sea un hipertenso crónico, pero llegó aquí en muy malas condiciones. Cuando salga vigílese la presión siempre que pueda, ahora hay unos aparatos en las farmacias que funcionan con monedas y te miden la presión perfectamente.

—¿Le constaba a usted que hubiera alguna relación entre Von Trotta y mistress Simpson?

—¿A mí? ¿Por qué? Von Trotta trabajaba aquí incluso desde antes de mi llegada y mistress Simpson creo que era el cuarto año que acudía a la clínica. Es todo tan absurdo. Tan inexplicable.

—¿Era una clienta difícil?

—Mistress Simpson era una clienta exigente, no difícil. La misma exigencia que tenía para consigo misma.

—Pero era algo conflictiva. Yo la he visto discutir con personal de la dirección.

—Había que saber llevarla. Aquí todas las personas son amables y afables hasta que no se demuestra lo contrario. De mañana, con el albornoz puesto, todos parecen iguales. Pero es un falso uniforme. Han aplazado sus problemas fuera de la clínica, sólo aplazado.

—¿Qué problemas?

—Los que no tienen una angustia real se la inventan, señor Carvalho. ¿No cree?

—Es posible.

Salió Carvalho con el pasaporte en regla y se encontró a Sánchez Bolín como único poblador de la antesala.

—¿Qué pasa aquí? ¿Han evacuado la clínica?

—Hace un momento estaba esto lleno.

—Pues cuando yo llegaba se marchaban todos en fila india conducidos por el loco ese, por el marido de la guapa. ¿Alguna novedad?

—Von Trotta ha sido asesinado.

—¿Quién es ése? ¿Tiene algo que ver con una directora de cine alemán?

—No creo. Es el profesor de tenis.

—Dios mío, el ahorcado. No le ha bastado con ahorcarse sino que además se ha hecho asesinar.

Se fue Sánchez Bolín a saber algo más sobre sí mismo, es decir, el peso que tenía aquella mañana, y Carvalho marchó hacia la dirección. Allí estaba la comisión alemana dirigida ora por el suizo, ora por el comerciante de Essen, aunque a medida que avanzaba el cerco la entereza del suizo se descomponía y a la vez le estallaba en estridencias histéricas. En cambio, el honrado comerciante de Essen demostraba un aplomado dominio de la situación que sus compatriotas le agradecían y empezaban a considerar al suizo más una molestia que una ayuda. Carvalho buscó a Helen en el grupo, pero no estaba. Se había quedado apartada, mordiéndose la punta de los dedos, contemplando a su marido obsesivamente, como si quisiera enviarle un telemensaje que él no recibía o no quería recibir. El tumulto alemán había conciencido a la totalidad del balneario y otros grupos se formaban a una respetable distancia, primero críticos del comportamiento de los alemanes, pero luego progresivamente comprensivos y cada vez más convencidos de que si hasta los alemanes, fríos y razonables, reaccionaban de aquella manera, era porque había un motivo evidente y era necesario tomar partido en el asunto. Molinas se asomó a la puerta y pidió que se formara una comisión que finalmente formaron el industrial, una de las hermanas alemanas y el tenista que había tratado de destruir a Von Trotta mañana tras mañana. La exclusión del grupo negociador fue demasiado para el suizo. Se apartó del grupo y empezó a vociferar insultos contra todos, a patalear, a lanzar puñetazos al aire y de pronto se dejó caer en el suelo retorciéndose y babeando. El ataque de epilepsia era evidente y en el corro de espectadores destacaba la presencia de una saltarina Helen, unas veces adelantándose de puntillas hacia el revolcado cuerpo de su marido, otras retrocediendo y buscando refugio entre los mirones. Carvalho trató de imponer su voz para que le trabaran la lengua, pero no fue obedecido, y cuando se disponía a echarse sobre el suizo con un cinturón de su propio albornoz en la mano, llegó corriendo Helda al frente de un pelotón sanitario en el que formaba parte Gastein y el más forzudo de los masajistas masculinos. Rodearon el cuerpo del suizo, le introdujeron un objeto metálico en la boca que no pudiera tragarse y que al mismo tiempo le impidiera morderse la lengua y mientras le sujetaban Helda le puso una inyección calmante en un culo blanco y en forma de pera lleno de granos y de cabalísticos recorridos vellosos. Cargaron luego el cuerpo en una camilla que marchó rauda hacia el ascensor rodeada del comando médico y de Helen. Carvalho aprovechó el revuelo para meterse en el despacho utilizado por la policía y allí estaba Serrano escuchando un programa radiofónico a través de un pequeño transistor de bolsillo.

Sí. Se había enterado de lo que había pasado allí fuera. Pero seguía atento al programa que trataba el tema de la lucha contra la droga y la organización policial española para hacerle frente. De vez en cuando, Serrano le guiñaba el ojo y musitaba: mentira, todo mentira. Con veinte duros de presupuesto quieren que les metas a Al Capone en la cárcel todos los días. Había una discrepancia total entre el lenguaje sabio, convencional, ceremonioso, empleado por los policías, los funcionarios del Ministerio del Interior, los psicólogos y el locutor que dirigía el programa y las chanzas que Serrano parecía dirigirse a sí mismo, Carvalho al margen. Se hastió el policía de escuchar cosas que no le convencían y cortó la voz del transistor.

—Chorradas. Discursos. Pamplinas. Yo he trabajado en lo de la droga durante tres o cuatro años y sé de qué va. Te rompes los cuernos para hacerles cosquillas, y eso, sólo les haces reír. Pero al menos vas tocando resultados, pequeños, inútiles, pero resultados y te llaman y te dicen: muy bien, Serrano, otro alijo como éste en este trimestre y se va a hablar de esta brigada. Y yo sabía cómo se comportaban todos. Los camellos. Los yonquis. Las putillas y los putos drogadictos... Me conocía el terreno como la palma de la mano. Estaba todo como ordenado. Cada cual se comportaba como se esperaba.

—Parece añorar aquellos tiempos.

—Sí. Un policía debe conocer sus propios límites y no debe ir más allá. Te dan una parcela y a trabajarla. El resto del mundo no depende de ti. Ni la suerte de la gente con la que te relacionas, para bien o para mal. Ya son lo que son y siempre serán lo que son, hagas lo que tú hagas. ¿Entiende? Por eso después de un interrogatorio un policía puede encender un cigarrillo tranquilamente y compartirlo con el peor de los asesinos. Después del interrogatorio los dos han cumplido y ya no deben temerse.

—¿Ni siquiera después de una paliza? ¿Usted cree que el apalizado no le odia?

—No. Depende del tipo. Yo ya no he cogido la época política, cuando cascaban a políticos. Yo sólo he tratado con chorizos y cuando les has dado dos hostias se han quedado con ellas. Sabían que había que dárselas. Bueno. No nos pongamos nostálgicos. ¿Qué pasa ahí?

—Esta gente no forma parte de sus reglas del juego, Serrano. ¿A usted nunca le han dicho: usted no sabe con quién está hablando?

—Sí.

—Pues empieza a ser un clamor en toda la clínica. Todos están empezando a decir: ustedes no saben con quiénes están hablando.

—Cumplo instrucciones y tengo una solución transitoria de compromiso para aplacar los ánimos. Pero quiero esperar un poco más, hasta que lleguen los informes internacionales de los dos fiambres. No vaya a ser peor el remedio que la enfermedad. Este lío no le interesa a nadie, amigo, pero el ministro no quiere una interpelación parlamentaria por culpa de una chapuza. Si los parlamentarios se metieran la lengua donde yo me sé, esto lo liquidaba yo en seis horas.

—¿Tiene usted el historial de todos los que estaban en la clínica la noche en que mataron a la vieja?

—El de los españoles, sí. El de los extranjeros, incompleto.

—¿Algo interesante?

—Hay algo de tela. Alguien a quien atribuir el *consumao*, si hace falta. Pero hay que esperar.

Volvió a conectar el transistor. La audiencia había terminado. Carvalho se fue a la recepción. Hasta allí llegaban las voces alteradas de la delegación alemana discutiendo con Molinas. Los belgas esperaban turno, pero Delvaux no estaba al frente de la delegación. Permanecía como en la retaguardia, respaldando la acción pero en la reserva, consciente del añadido de transcendencia que representaría poner todas sus estrellas en aquel tapete. Los españoles estaban reunidos en el salón de televisión, le informó madame Fedorovna, como diciendo: hasta ésos. Y allí estaban al completo, incluso Sánchez Bolín, atentos al discurso que estaba haciendo en catalán, Colom, un otoñal con el cabello teñido y las patillas cuidadosamente canas. Tenía bronceado anual de Club Natación Barcelona y un abdomen contenido por tres masajes semanales a lo largo de todo el año, uno manual, otro acuático y el tercero linfático. Trataba de decir, sin molestar a nadie como repetía una y otra vez, que con él la cosa no iba, que él no tenía por qué formar una banda con nadie. De la misma opinión eran la mayoría de los catalanes, así las mujeres obesas y solitarias como los hombres maduros y lustrosos que consideraban su estancia en El Balneario dos veces al año como sus únicas vacaciones, insistían, mis únicas vacaciones, con la voluntad de impresionar a los otros españoles, en su concepto poco dados al trabajo o, a lo sumo, no tan dados al trabajo como los catalanes, el tercer pueblo en el ranking de trabajadores del mundo, después de los japoneses y los norteamericanos.

—Sin molestar, ¿eh? Sin que nadie se moleste, ¿eh? Pero éstas son cosas que cada cual debe tener según su conveniencia. No es que yo no me sienta uno más de vosotros, ¿eh?, pero cada uno es cada uno y ¿qué vamos a sacar haciendo el *ximple*, perdón, el simple, manifestándonos como si fuéramos obreros de la construcción y empreñando al pobre señor Molinas, pobre hombre, que se le ha caído la casa encima? Y luego armando barullo no se gana nada. Hablando la gente se entiende, pero el que se pique, que se rasque, nadie le va a rascar si no lo hace él. Es un decir, ¿eh? Y yo respeto todas las posiciones, todas, ¿eh?

—Si no se trata de crear un movimiento subversivo, Colom, coño. Se trata de que todo Dios se ha organizado para acabar con esto cuanto antes y nosotros vamos a salir los últimos de misa.

—Pues saldremos los últimos, coronel, ¿qué más da? Y si ésos ganan algo armándola, pues ya nos beneficiaremos.

Una dama nacida en Madrid, pero criada en Toledo, como solía informar de buenas a primeras, se sacó sus pensamientos de la cornisa cantábrica de sus pechos y entre anhelantes suspiros se lanzó al rollo dialéctico:

—Pues yo no estoy de acuerdo contigo, Colom, pero es que nada de nada...

—Bueno. Yo no quiero imponerme a nadie, ¿eh?

—Pero es que nada, Colom, pero es que nada... y no es que yo... porque yo ni quito ni pongo rey... pero contigo, Colom, es que no estoy de acuerdo, pero en nada, en nada de nada de nada de nada...

De nada... de nada..., repitió un eco mayoritariamente femenino.

—Pero es que, Colom, yo a los catalanes no os entiendo.

—Ya lo sé, Sullivan, que somos muy nuestros... ya lo sé...

—¿Qué perdemos vacilando un rato? Vamos a por el Molinas o a por los Faber y les decimos: oiga, que no nos chupamos el dedo y si hacen concesiones a sus paisanos, también a nosotros. Descargas adrenalina. Te cagas en sus muertos y a tomarte el caldo vegetal o la lavativa, que para eso estamos. Pero ¿qué cuesta zarandearles un poco?

—Yo no estoy de acuerdo con el amigo catalán, pero tampoco contigo, Sullivan.

—Explícate, coronel.

—Él se pasa de prudencia, de eso que en Cataluña llaman *seni*.

—*Seny*.

—Bueno, *seni*, en castellano eso que tú dices se pronuncia *seni*, creo yo. Pero no nos vamos a liar en problemas lingüísticos, tengamos la fiesta en paz. Yo no estoy de acuerdo en que nos mordamos la lengua y ahí nos den todas las tortas. Pero tampoco en vacilar por vacilar. Un día se puede vacilar por vacilar, como la otra noche. Pero las cosas serias se toman seriamente, Sullivan, que ya no tienes veinte años.

—A mí me gustaría oír la opinión de este señor. —El hombre del chandal se había levantado y señalaba acusadoramente a Sánchez Bolín—. Supongo que un escritor tiene mucho que decir ante una situación como ésta.

Sánchez Bolín contemplaba al hombre del chandal como si fuera un enano mental, pero no lo era físicamente y optó por una respuesta dilatoria.

—Que yo sea escritor no quiere decir que tenga una opinión formada sobre lo que está pasando. Hasta que no aparezca un tercer cadáver yo considero que estamos en una situación todavía tolerable.

—Pero ¿de qué cadáver habla este señor? —gritó alarmada la señora criada en Toledo.

—Es una metáfora, señora —contestó Sánchez Bolín mirándole las tetas.

—No nos venga con metáforas, que la situación está que arde.

Villavicencio se levantó cabeceando, como si se viera obligado a asumir una actitud a su pesar.

—Pero es que parecemos niños. Discutiendo tonterías. Lo que se ha de hacer, se hace. Propongo que se forme una comisión que vaya a pedir explicaciones y me permito designar una representación plural de los oficios, funciones, ideologías y autonomías aquí presentes: tú, vasco, Colom, el detective, el escritor y yo.

—¡Olé tu espíritu democrático, Villavicencio! —jaleó Sullivan.

Sánchez Bolín se levantó, inclinó la cabeza y exclamó:

—Me inclino ante una propuesta pluralista del poder militar.

Aplaudió el vasco y Villavicencio fue muy felicitado, mientras devolvía cumplidos por el procedimiento de ir murmurando: es que a los militares hay que entendernos. No estaba muy conforme, en cambio, la dama que tan lanzadamente había expuesto su pensamiento, y ante su evidente disgusto y al ser requerida sobre la causa, atribuyó a la comisión un carácter machista, intolerable en los tiempos que corrían.

—Ernesto, eso está feo. Meted a alguna mujer que no somos de piedra —ordenó doña Solita levantando la vista por encima de sus gafas y de la calceta que había continuado haciendo durante toda la discusión.

—Es que somos unos mulos. Unos mulos. Perdone usted, señora, no sólo propongo que la incluyan en la comisión, sino que me inclino ante usted.

—No, si no es para tanto...

Completa la comisión, faltaba ponerse de acuerdo sobre las exigencias mínimas.

—Para empezar yo habría dado orden de arresto contra la piscina y la sala de calderas.

No sólo la comisión, sino el conjunto de la comunidad española se quedó boquiabierta.

—Según la costumbre militar, cuando algo o alguien causa daño o muerte a una persona, es inmediatamente arrestado, previo a consejo de guerra.

—¿Y qué ganamos arrestando a la piscina? ¿Y quién le hace un consejo de guerra a una piscina?

—Se trata de medidas simbólicas que imbuyen a la comunidad de la gravedad de lo sucedido. Cuando yo era un joven oficial pasamos por las armas a un burro que se había cargado al hijo de un brigada de una patada en el hígado.

Colom estaba arrepentido de haber transigido y aceptado formar parte de la comisión y comentaba por lo bajín que él no tenía cara de entrar en recepción pidiendo que arrestaran a la piscina. Llegó la crítica de Colom a oídos de Villavicencio.

—Me apuesto cinco mil duros, Colom, a que el general Delvaux ha pedido lo mismo.

—Tú, por si acaso, coronel, no lo propongas si no ves que ya lo ha propuesto Delvaux —propuso Sullivan y Villavicencio se avino, con lo que se debilitó la intranquilidad de Colom y se pasó a fijar un orden de peticiones de urgencia: información igual a la que recibieran los demás miembros de la comunidad, establecer un plazo de tiempo máximo para que se abrieran las puertas a todos por igual, garantías sobre la vigilancia externa e interna.

¿Y si dicen que no? Pues si dicen que no, hacemos una huelga de hambre, propuso el joven detallista de quesos.

—¿De qué? ¿Pero, chico, tú crees que aún se puede pasar más hambre de la que pasamos?

Se acordó que Colom llevara la voz cantante por la presunción de capacidad de diálogo y prudencia en los planteamientos que recibían los catalanes. En vano Colom pretextó que él en castellano se expresaba muy mal y se le notaba mucho el acento. Todos los acentos de España son españoles, le objetó el coronel, y partió la expedición, dudando el resto de la comunidad entre respaldar a sus comisionados hasta la puerta misma del despacho o quedarse en el salón de televisión a la espera del resultado. Iba a imponerse la primera propuesta cuando doña Solita advirtió que estaba a punto de empezar *Más vale prevenir* y que hoy el programa versaba precisamente sobre el problema de los niños gordos. Ay, pues eso me interesa a mí, exclamó la oriunda de Madrid pero criada en Toledo, y quiso dejar su puesto en la comisión a otra de las mujeres. Negativa general y asunción por parte de la mujer de las responsabilidades contraídas, pero a cambio de que le hicieran un relato pormenorizado de cuanto se aconsejara en el programa.

—Tengo un niño, el mediano, que parece un fatibomba y no quiero que la criatura tenga que pasar por todo lo que he pasado yo.

Los buenos ánimos de la expedición española flaquearon en cuanto, llegada al primer campamento de la base de la recepción, pudieron comprobar cómo la delegación belga aún no había sido recibida porque sus miembros se habían dividido en flamencos y valones y de una discusión inicial sobre la necesidad de expresarse en los dos idiomas, aunque Molinas no entendiera el flamenco, se pasó a una discusión verbal airada en la que flamencos y valones acabaron hablando cada cual su idioma, haciendo los unos como si no entendieran a los otros. De las voces airadas e incomunicantes se pasaron a las acciones manuales, reducidas a algún empujón y al paseo provocador de las manos por delante de las caras, cuando la delegación valona decidió tomar la iniciativa y pasar a la audiencia sin esperar el acuerdo de los flamencos. Villavicencio contemplaba cuanto ocurría y no lo comprendía, pese a las explicaciones del vasco desde el punto de vista interesado de que en todas partes cuecen habas. Y una vez entendido el grave problema escisionista belga, Villavicencio siguió sin entender por qué el general Delvaux no intervenía, imponiendo su calidad de militar que estaba por encima de las divisiones fratricidas. En efecto, Delvaux había sido invitado a pronunciarse pero rehusó discretamente el compromiso, aduciendo con poquísimas palabras que la cuestión le implicaba pero le rebasaba y que cualquier gesto suyo podía implicar a la institución que representaba: el Tratado de la Organización del Atlántico Norte. Sin una consulta con el mando y habida cuenta de que cuanto sucedía era en un país extranjero, un desliz por su parte podía poner en entredicho el prestigio de la organización. Resolvió aquel divorcio el propio Molinas, saliendo a parlamentar en lengua francesa con los valones y en alemán con los flamencos, lamentando muy vivamente no poder hablarles en su lengua. Es el justiprecio que hay que pagar por una lengua oprimida, le contestó la más levantisca de las flamencas. Desde la posición española no se podía escuchar el cuchicheo tranquilizador de Molinas, que no pareció convencer a nadie pero sí detuvo de momento la escalada de la agresividad. Elevó los ojos al cielo Molinas, para luego cerrarlos como aprovechando al máximo la recién recibida fortaleza divina, cuando vio que se le acercaban los españoles. No agradó al resto de la comisión el tono con el que Colom empezó su exposición, demasiado disculpatorio; pero en cuanto le expuso los tres puntos mínimos para toda posible negociación, Molinas casi se enterneció y les dio las gracias por su comprensión. Aceptó las tres peticiones y Colom se inclinó ante él repetidamente, sorprendido y satisfecho por la facilidad de su gestión, y ya culeaba el catalán tratando de llevarse tras de sí a la comisión cuando la voz de Duñabeitia contuvo el movimiento de retirada.

—Un momento. Me sorprende, Molinas, que usted acepte tan rápidamente. ¿Qué le han pedido los otros?

—Aquí entre nosotros y contando con su discreción y con la ayuda que debemos prestarnos entre paisanos, se han pedido locuras. Por ejemplo, derecho de llevar armas y que la cuarentena se aplique sobre todo al personal auxiliar: las chicas de la limpieza y del servicio, es decir, las mecánicas, los jardineros, el personal auxiliar que cuida de las instalaciones técnicas, etcétera. Cacheo diario de todas las habitaciones del personal subalterno...

—La segunda petición no me parece ninguna tontería —comentó Sullivan ante la comunidad española en pleno cuando regresó la expedición—. Aunque sean compatriotas nuestros, no por eso les vamos a sacar las castañas del fuego. Es lógico pensar que los crímenes vengan de por ahí. Por ejemplo, lo he pensado durante horas y todo cuadra, se encaprichan con algo que tenía mistress Simpson, se lo roban, los descubre, la matan, Von Trotta lo ha visto todo y van a por él. Es la explicación más elemental.

—También ha podido ser un vagabundo que se metió en la finca...

Un importante sector femenino se inclinaba por esta explicación, pero Carvalho buscó la complicidad de Sánchez Bolín para comentar:

—Eso ya no se utiliza ni en las novelas policíacas baratas. Es la primera explicación que se les ocurre a los personajes de Agatha Christie, pero en seguida la desechan.

—Pero un día u otro ocurrirá —opinó Sánchez Bolín, y añadió—: El día en que el crimen lo haya cometido de verdad el vagabundo se habrán acabado las novelas policíacas.

Villavicencio informó que él disponía de una pistola con licencia, naturalmente, que ponía a disposición de la comunidad. Tendríamos que saber el número de nuestras habitaciones y centralizar el servicio de seguridad en la mía. ¿Que veis algo sospechoso? Me llamáis y yo voy para allí con la pistola.

—Yo estoy en el quinto pino, Ernesto, y cuando tú llegues con la pistola ya me han dejado seca.

—En toda acción defensiva hay que presumir un número de bajas. Lo importante es que sean mínimas. ¿Cuántos españoles somos?

—Veintidós, contando los catalanes —informó Sullivan.

—Un diez por ciento de bajas no sería un mal balance.

—Dos coma dos, exactamente.

Confirmó Sullivan de este modo la sospecha que los

demás no se atrevían a asumir del todo: el coronel daba por posible que dos coma dos miembros de la comunidad española podrían no salir del balneario vivos. Un coro de indignación se alzó y la palabra bárbaro fue la más suave que tuvo que escuchar Villavicencio, al que su mujer reconvenía a distancia, sin dejar de hacer media. Nervioso y gesticulante, Villavicencio dejó el grupo y se fue a sentar junto a su mujer.

—Ernesto, siempre hablas de más.

—Ya lo sé, Solita, ya lo sé. Pero yo se las canto al lucero del alba y en combate no se puede mentir a los combatientes. Tampoco imbuirles derrotismo. Pero han de saber lo que se juegan.

Poco a poco el fervor de la discusión colectiva dio paso a un mutismo generalizado, el ensimismamiento. Cada cual pensaba en su propia suerte, en su capacidad de poder flotar en aquella corriente por sus propias fuerzas y hacer valer la propia entidad. El vasco se acercó a Carvalho para decirle que había telefoneado a un contacto seguro del País Vasco y le constaba, con toda clase de credibilidad, que no se trataba de un asunto de ETA.

—Tal vez terrorismo chiíta o armenio o libio. O quizá Sullivan tenga razón y todo es más simple. Ayer noche me interrogó el policía ese. ¿Ya has pasado por ahí?

—Sí.

—Un lunático, ¿no? Cambia de luna cada cinco minutos. O tal vez sea su método para desconcertar a la gente. Un payaso. En cuanto ven a un vasco ya se piensan que tiene la Parabellum en la bragueta. Y su compañero aún peor. Voy a enviar una carta al ministro del Interior poniéndoles verdes. No sé qué se creerá esa chusma, que no sabían qué era comer caliente hasta que se hicieron funcionarios. Toda España está llena de funcionarios, hasta los *punk*. El que arriesgue un duro por levantar este país es un imbécil.

Había escuchado Colom las últimas frases del vasco y las ratificó con energía:

—Te vienen detrás con el cuento de que inviertas, de que crees puestos de trabajo. ¡Venga! *Apa!* ¡Que se espabilen! Yo trabajo todas las horas del día y mis únicas vacaciones me las paso aquí, ayunando. Ya es bien triste, ya. Y luego para que los cuatro duros que tengas los hayas de invertir para que una gentuza que no cree en el trabajo ni en nada, y te toma el pelo cuando quiere, pueda comer caliente y comprarse un video. Porque todos tienen video, ¿eh? No se confunda. Hasta el más muerto de hambre tiene video.

Dejó Carvalho a los dos empresarios con sus cuitas y subió a la cabina pública instalada en un ángulo de la recepción. Pidió a la centralita que le pusieran con el inspector Serrano y cuando lo tuvo al teléfono le preguntó si podía entrar en cuanto acabase el interrogatorio que tenía entre manos. Venga, pero pase a través del despacho de Molinas. Se fue Carvalho allí. Estaba vacío y esperó a que se abriera la puerta de comunicación y Serrano le diera paso. La cara del inspector era una pura ojera excavada por algún enemigo interior y sobre la piel le brillaba la viscosidad del cansancio. Ni le miró el ayudante y la secretaria aprovechaba la pausa para desperezarse como una gata morena, con los pechos melosos aunque tenía la cara un tanto hombruna.

—¿Alguna novedad?

—Nada nuevo. Espero los informes de los fiambres. No tardarán, pero parece ser que se complican, sobre todo el de la vieja. Ni la embajada de Estados Unidos se aclara. Según la embajada, mistress Simpson antes de ser mistress Simpson, es decir, antes de casarse con un tal Simpson, no existía. Consta un documento de boda a nombre de James F. Simpson y Perschka, pero es el primer y único documento que se tiene sobre la tal Perschka, como si hubiera salido de la nada para casarse.

—¿Y por aquí?

—Me muero de lepra. Todos me cuentan su vida, lo importantes que son, lo imprescindible de que salgan cuanto antes. Especialmente estoy de ese suizo hasta las narices, de ese del ataque.

—¿Lo han evacuado?

—De evacuar, nada. Le han controlado el ataque, de momento. Ya veremos.

—¿Antecedentes?

—Pequeñas cosas. Cinco o seis entre los huéspedes. Cuestiones económicas, pero de poca importancia. Entre los españoles hay un cheque sin fondos, hace cuatro años... un tal Royo, aragonés, industrias farmacéuticas... Nada. La cosa cambia entre el personal de servicio, hay tres con antecedentes. Uno, antecedentes políticos. Era un líder sindical agrario en su pueblo de Huelva y tuvo problemas hace unos doce años. Otro, por escándalo público. Se dedicaba a enseñar la pitilina en la salida de los bailes. Y el tercero, por chorizo. Guzmán Luguín Santirso. Un caso interesante. Tal vez incluso lo recuerde. Hace veinte años era chófer de un notario de Madrid. Robó joyas y dinero por valor de unos diez millones. Cuando se fugaba con el botín fue descubierto por una criada. Hubo un forcejeo y ella apareció muerta.

—¿Un golpe? ¿La estranguló?

—No. Se quedó roque del susto. Un ataque cardíaco. A él le condenaron a ocho años. Cumplió cuatro. Desde entonces no se ha metido en líos que se sepan. Declaró de buenas a primeras sus antecedentes. Su coartada no sirve, como la de nadie. A partir de las doce de la noche esto es el valle del ronquido. Cada mochuelo está en su olivo y nadie sabe lo que hace el otro.

—¿Ese hombre forma parte del personal que se queda aquí o del que vive en Bolinches?

—Se queda aquí. Es especialista en calderas y depuradoras. En cualquier momento se le puede necesitar.

Se echó a reír Carvalho.

—Si ese hombre no existiera habría que inventarlo.

—Me lo guardo en la reserva.

—Todos están pidiendo un chivo expiatorio.

—Cumplo órdenes.

Sonó el teléfono y Serrano se lo señaló a su ayudante. Lo cogió y forcejeó durante unos segundos con su propia capacidad de comprender lo que le estaban diciendo.

—O alguien se cachondea o esto es de tebeo. La guardia civil ha detenido a un tal Juanito de Utrera, *el Niño Camaleón*, y a otro tipo.

—¿Dónde?

—Querían entrar en el recinto. Les han dicho que no se podía y se han puesto chulos.

—¡*El Niño Camaleón*! El que faltaba. ¿Quién será ese tío?

Carvalho le puso en antecedentes sobre las actividades culturales de El Balneario y Serrano se encogió de hombros. Ordenó que le dejaran pasar y se encaminó al despacho de Molinas para saber a qué atenerse sobre el cantaor. Molinas estaba reunido con los Faber, recién llegados de Madrid dijeron, y al decirlo contemplaban a Serrano con una especial insistencia. Empezaban las explicaciones de Molinas sobre Juanito de Utrera y sus disculpas dirigidas a los Faber por no haberse acordado de aplazar la actuación del dúo flamenco, cuando les llegaron voces airadas desde la entrada y salieron del despacho para presenciar la escena de Juanito de Utrera abanicando con su sombrero cordobés al guitarrista derrumbado sobre el sofá.

—¡Mire lo que le han hecho los civiles, esos salvajes!

Tardó *el Niño Camaleón* en explicar que, ante la tozudez del guardia en no dejarles pasar, le habían dicho cuatro cosas bien dichas, y en su nerviosismo el guardia les había dado algunos manotazos, con mala intención, se lo juro, señor Molinas, con mala intención, que mire cómo me ha dejado el tupé que parece una boina. Y este pobretico que nunca se ha visto en una de éstas, pues que se me ha puesto pálido, amarillo, verde y ahí lo tiene. Que no hay derecho. Disculpó Molinas a los guardias por las muchas horas que llevaban de servicio e informó a la pareja flamenca de lo sucedido y de lo impropio de que en estas circunstancias nos deleitaran con sus canciones.

—Nosotros nos metemos en situación, señor Molinas, y le cantamos hondo, hondo... algo triste, impresionante, que al lado de lo nuestro el Réquiem de Mozart es un chachachá.

—No, no, muchas gracias, queridos amigos, alabo su profesionalidad, pero no sería comprendido, todo el mundo está muy nervioso.

—Fíjese en esta letrilla, señor Molinas:

> *Te canto porque te has muerto,*
> *compañerito del alma.*
> *Te canto porque te has muerto,*
> *compañerito del alma.*

Se había reanimado el guitarrista y semiincorporado en el sofá empezó a jalear al cantante y a iniciar las palmas. Insistió Molinas en que no era el momento y que no se preocuparan por el cobro de la actuación. A efectos de pago, como si hubieran cantado. Se lo agradecían mucho y lo aceptaban, aunque no era su estilo y le aseguraban que no había ceremonia fúnebre más bonita que un fandango cantado con el corazón. Carvalho les dejó entre intercambios versallescos y se puso a la estela de Serrano, que volvía al encuentro con los Faber. Primero los dos hermanos contemplaron a Carvalho como un enigma, pero el retornado Molinas realizó las presentaciones. Ni le hicieron caso los Faber, ansiosos como estaban de decirle a Serrano que habían conseguido audiencia con el ministro del Interior, por intercesión de un alto cargo del Gobierno, cliente habitual de El Balneario, y que habían recibido toda clase de seguridades del pronto final de tantas molestias. Dudo que El Balneario pueda recuperarse durante muchos años de este desprestigio, insistía Hans Faber, y hubiera seguido en sus lamentaciones de no haberse reproducido de nuevo el alboroto en la entrada. Y al salir todos a ver lo que ocurría, volvieron a encontrar al de Utrera y su guitarrista en plena histeria, con los tupés más ladeados si cabía y flanqueados por una pareja de la guardia civil.

—¡Le juro, señor Molinas, que somos inocentes!

¿Inocentes de qué?, interrogaba el perplejo gerente con la mirada a los cantaores y a la guardia civil, pero hubo que ampliar el radio de su perplejidad porque por la puerta giratoria entraban otros dos guardias civiles empujando a un hombre: Karl Frisch. El sargento se destacó e informó a Serrano que al inspeccionar el coche en que salían del balneario los cantaores habían descubierto al suizo hecho un cuatro en el maletero. Gemían *Camaleón* y su compañero y señalaban al suizo como si fuera un ovni. ¿Tú conoces a ése? En mi vida le he visto. Carvalho inspeccionó el entorno y al pie de la escalera vio a Helen abrazándose a sí misma, atribulada por la escena que adivinaba a través de las voces. Su marido apenas si podía caminar, sostenido por dos guardias civiles, y Helda decretó que había que trasladarle a la enfermería. ¿No le han visto meterse en el maletero? Que no, que no, inspector, que se ha metido mientras los dos estábamos hablando con usted y el señor Molinas. Marcharon una vez más los artistas y Carvalho siguió a Serrano rumbo a la enferme-

111

ría. Caminaba el inspector unos pasos adelantado y Carvalho fingía coincidir con el itinerario despreocupado de la persona del policía. Karl estaba de nuevo en la litera, dormido. Helda le sacaba en aquel momento una prueba de sangre para un análisis y Helen se había sentado en la última esquina de la habitación, como pretendiendo ser ignorada. Cuando vio entrar a Serrano se asustó, pero la presencia de Carvalho la tranquilizó. Helen vestía traje de tenis y mantenía la raqueta sobre las rodillas doradas. No. No había visto cómo Karl se escapaba. Tenía apalabrada la pista con el señor Dörffman y lo había dejado aparentemente dormido. Está obsesionado por marcharse. Han sido malos estos meses últimos. Tiene los nervios a flor de piel y ya sólo le faltaba esto. Ahora dormirá una o dos horas, avisó Helda. Aprovecharé para cambiarme y escribir unas postales, comunicó Helen, y con los ojos lanzó un aviso a Carvalho. Esperaron la marcha de Serrano y luego salió la mujer y en pos de ella el detective. Con su cola de caballo, el jersey de punto sin mangas, la corta falda que subrayaba las nalgas redondas, las piernas rectas y tersas, los calcetines, a Carvalho le parecía perseguir a una novia adolescente, y adolescente era el juego de la mujer, de vez en cuando asomada al espacio que le dejaba el giro de su cabeza para ofrecer a Carvalho una dulce sonrisa llena de ojos azules y de labios pintados de rosa pálido. Abrió ella la puerta de su habitación y la dejó de par en par para que entrara su seguidor. Dejó la raqueta sobre una de las camas, se pasó mecánicamente la mano por la cola y al retirarla llevaba un prendedor que dejó suelta la melena con lentitud de sueño. Dio la cara a Carvalho y lo que habían sido sonrisas eran lágrimas.

—¡Ayúdeme!

Se echó en los brazos del hombre y permaneció acurrucada contra él, con las manos tensamente apretándole los brazos. Luego levantó la cabeza y ofreció sus ojos llorados, ojos azules brillantes por las lágrimas y una boca que se había abierto como una pequeña herida y se posó primero en la mejilla derecha de Carvalho, luego en la izquierda para buscarle finalmente los labios y permanecer allí, como respirando, pero luego, abierta, dejó salir una lengua delgada y tierna que se metió en la boca del hombre y se movió como una mariposa voluntariamente prisionera. Comprobó Carvalho que le sabía el aliento a perejil fermentado, pero había perdido el control de sus propios sentidos y eran sus manos las que saboreaban la textura de los pezones de Helen, con el jersey subido hasta los hombros y las dos tetas sonrientes y ligeras, como liberadas de cautiverio. Profundizó Carvalho el beso y ella levantó los brazos para que se ultimara la desnudez del torso. Se recreó él en la suerte de amasar los pezones o acariciarlos con toda la palma de la mano y sopesar los senos soleados y calientes. Le urgió a ella bajarse la corta falda de tenista y quedar en bragas blancas de tanga, como comprobaron las manos del hombre cuando se fueron en busca de los culos. Bragas que cedieron de buena gana su lugar en el mundo y ante él apareció un pubis de muñeca teñido de castaño suave. Desaconsejó a la mujer que se quitara los calcetines tricolores y las zapatillas de juego y la empujó hasta la cama, donde las lenguas vaciaron los cuerpos de aromas de perejil fermentado para llenarlos de sabor a piel humana bruñida por Badedas azul.

—¡Ayúdame! —exclamaba ella de vez en cuando, como recordándole una deuda que en algún momento vencería, y a cualquier ayuda estaba dispuesto el hombre, que tenía bajo su deseo un cuerpo de desplegable de *Penthouse* en una de sus ediciones menos adocenadas y más afortunadas.

Tan deliciosa era Helen en su vencida ternura que prolongó el hombre los juegos de tacto y antropofagia, reservando la penetración para el momento en que los ojos de ella derivaran tanto como su sintaxis. Eran gemidos más que palabras las que anunciaron que había llegado el instante en que se abren todos los esfínteres de la mujer y el pene de Carvalho salió de una larga hambre en busca de la puerta estrecha que va a la ciudad doliente. Excesiva la metáfora, pero era de lujo lo que tenía bajo su cuerpo, y los jadeos de la mujer diríase que respondían a una maravillosa escala musical, y agitados los movimientos de su cara pequeña, como buscando mayor espacio para absorber o comprender tanto placer. Mas algo se había roto en la conciencia de Carvalho, escindido en el animal que entraba y casi salía de la mujer desnuda y otro hombre capaz de distanciar la escena y contemplarla como si se produjera en otra galaxia. No disminuía la esquizofrenia la potencia y los ojos de Helen se abrían de vez en cuando, entre gemidos y más gemidos, asombrados y valorativos de la ristra de orgasmos que recibía de tan encausado montador. Pronto se debilitaron los *sigue, sigue* pronunciados en un francés tartamudeado y era casi dolor lo que denunciaron primero los ojos y luego los labios, pidiendo una tregua para lo que, pudiendo ser coito bien medido, empezaba a ser persistente ejercicio de taladradora sin retorno, despellejador de las más tiernas pieles del alma sexual. Trató Carvalho de recuperar una única personalidad dominada por el tenaz montador que llevaba dentro y de consumar su propio placer por primera vez, agotada la hambre y descoyuntada como una muñeca sobada, pero le resultaba imposible y el ¡basta!, ¡basta! que brotaba de los labios de ella pronto pasó de jadeo a lagrimeo y la entrega se convirtió en un forcejeo por liberarse de aquella bestia dotada del movimiento continuo. Se impuso la lucidez y se desenganchó Carvalho con los atributos en todo lo alto y una urgente necesidad de ir al cuarto de baño a consumar con imaginación y mano lo que tan larga cabalgada no había podido ultimar. Frente a la taza del retrete se dio primero recuerdo y placer, un recuerdo de ambiguo cuerpo de mujer, mitad Charo, mitad un sueño, probablemente Helen, y un rostro entregado perdido en un pliegue de la memoria, tal vez una mujer con la que había sido absolutamente ingenuo y feliz y cuyo nombre no podía o no quería recordar, y entonces le llegó el orgasmo, torpe, rápido, devaluado, como si después de medio kilo de caviar hubiera tenido el capricho de tomarse un bocadillo de calamares a la romana. Volvió al dormitorio y allí estaba ella, recogida sobre sí misma, dorado cuerpo bajo el dorado resol de la tarde.

—Eres un hombre terrible.

—No me ocurría una cosa así desde seis meses después de la guerra de Corea.

Dudó la mujer entre tratar de entender lo que oía o aprovechar el tiempo alcanzando parte de los objetivos de la fiesta. Cubrió su desnudez con un albornoz y a Carvalho le pareció de pronto que la habitación se había oscurecido. Ella se le acercó, le besó suavemente los labios.

—¿Me ayudarás?

—¿A qué?

—Tengo que salir de aquí. De lo contrario Karl va a volverse loco y lo voy a pagar yo.

Muy caro iba a pagarlo, porque se le encogía la voz y

le volvían las lágrimas, mientras las pequeñas manos se agarraban a las mangas de la camisa de Carvalho.

—¿Por qué he de ayudarte yo? Yo soy uno más en la clínica.

—No. No eres uno más. Te he visto actuar. Dominas la situación.

—¿Quieres salir tú sola?

—¿Yo sola? ¿Estás loco? He de salir con Karl; si no, él me matará; no te lo digo en broma. ¡Me matará!

Silabeaba para que él comprendiera la carga de verdad y presentimiento que había en la palabra.

—Hemos de salir los dos. Luego, si quieres, nos reuniremos y volveremos a hacer el amor, como hoy. Ha sido maravilloso.

Había presenciado escenas parecidas en películas y en la vida. Más en las películas que en la vida, se confesó. Lentamente le invadió el cansancio y empezó a sudar. Se levantó y trató de separarse lo más posible de la mujer, como si quisiera alejar su propia presencia y borrar la tarde.

—No. No es lo que crees. No te he utilizado para salvarle a él, sino para salvarme a mí... a mí...

Volvió a echarse en brazos de Carvalho y él la apartó suavemente, la mantuvo a distancia, la contempló morosa, hondamente. Es una preciosidad, pensó, y le dio la espalda, salió de la habitación y cerró la puerta tras de sí. Sólo cuatro o cinco veces en su vida la naturaleza le había hecho un regalo tan prodigioso y sin embargo algo le amargaba el pensamiento, como un regusto evidentemente sentimental. Tenía la impresión de que había hecho el amor a cuenta de una deuda y sólo le consolaba la casi segura certeza de que no podría pagarla. A lo sumo mantendría bajo vigilancia al suizo y trataría de sondear a Serrano sobre sus intenciones con respecto al incómodo residente. Serrano estaba ahora con Gastein y el doctor no se sorprendió al ver las maneras participativas con que Carvalho entró en la estancia y se predispuso a escuchar.

—¿Ha llamado a la puerta?

—No. Pero me parece una feliz coincidencia que el doctor Gastein esté aquí. He estado charlando con la señora Frisch, la esposa del suizo, y está seriamente preocupada por la salud de su marido, salud mental, me refiero. ¿No consideran excesivo aguantar a ese hombre con lo liada que está la situación?

—De eso precisamente estaba hablando con el inspector Serrano. Sería conveniente que el señor Frisch saliera de la clínica para recibir tratamiento psicoterapéutico en Bolinches. Naturalmente, si el inspector considera que lo sigue necesitando como testigo, podría estar en el hospital de Bolinches con vigilancia policial.

—No le necesito ni más ni menos que a los demás, pero todos me preguntarán: ¿por qué ésta ha podido salir y los demás no?

—Yo le sugería al señor Serrano que dejara salir, vigilado naturalmente, al señor Frisch y que la señora permaneciera en la clínica. Eso desbaratará cualquier consideración malintencionada. Él sale porque es estrictamente necesario y ella se queda, no como rehén, sino como demostración del juego limpio.

—¿Tan majara está ese tío como para echarle a los loqueros?

—No se trata de eso, inspector. Pero esta depresión que padece puede derivar hacia una depresión crónica o hacia una manía persecutoria y puede dar lugar entonces a situaciones muy peligrosas. Tener aquí a Karl Frisch es como mantener encendida una bengala en un polvorín.

—Tal como he visto la relación de la pareja, hay una dependencia estrecha de él en relación con ella. No me meto en camisas de once varas, pero cuando este hombre despierte en el hospital y vea que su mujer no está al lado puede crear problemas.

—Si algún consejo ha de servirme ha de ser el de un médico, amigo. Y el doctor Gastein aconseja que se vaya él y se quede ella.

—No niego que el señor Carvalho tiene parte de razón, pero pienso que a partir de su salida de la clínica el señor Frisch va a ser mantenido durante unos días en un estado de semisomnolencia y cuando salga de él afortunadamente toda esta pesadilla habrá terminado y los esposos Frisch volverán a su casa sanos, felices, contentos.

—Muy bien, doctor. Llamaré a mis superiores, les expondré la situación y decidirán. Usted quédese, Carvalho.

Era una invitación a que se marchara Gastein que encajó con una sonrisa. Nada más salir el médico de la habitación, Carvalho tuvo la sensación de que entre él y Serrano volvía a haber un abismo de suspicacia.

—Le mentiría si le dijera que he salido de dudas con respecto a usted. Sigue sin parecerme claro qué hace aquí. Y sobre todo qué hace de noche, quemando libros o folletos por los rincones, dentro del recinto del balneario. ¿Le parece una conducta normal?

—No.

—¿Lo confiesa?

—Lo confieso.

—¿Va a decirme qué quemó y por qué?

—Leí casualmente en un periódico que acaba de salir un libro de un tal Juan Goytisolo, *Coto vedado*. Explicaban el argumento y además reproducían una polémica entre Goytisolo y su hermano sobre si el abuelo de ambos le tocaba la pitulina o no al mencionado Juan Goytisolo cuando era pequeñito. Hasta ahí podíamos llegar. Que la literatura se dedique a especular sobre la moralidad de los abuelitos me parece un síntoma de la decadencia de los tiempos. Fui a Bolinches, compré el libro y lo quemé. Suelo quemar libros en mi casa, en Barcelona, para encender la chimenea. Aún me quedan libros para encender la chimenea hasta que me muera, pero en esta ocasión estaba fuera de casa y no era cuestión de encenderlo en la habitación. Conque me fui al parque y lo quemé. Alguien me vio y le ha venido con el cuento.

Serrano parecía fascinado. Pero no era fascinación lo que transmitían sus irritadas palabras:

—¡Y ahora cuénteme una de chinos! ¿Usted se ha creído que me va a tomar el pelo?

—Le doy un número de teléfono y el nombre de una persona en Barcelona. Se llama Enric Fuster y es mi gestor y vecino. Cuando descuelgue, va usted y le pregunta: ¿conoce usted al señor Pepe Carvalho? Cuando le diga que sí, usted añade: ¿qué utiliza para encender la chimenea? Y a ver qué le contesta.

—Pues mire usted, gracioso, voy a hacerlo, y como salga lo que me espero, le va a costar cara la burla.

Reclamó a su ayudante y le explicó cuanto debía hacer y decir. El policía miraba a su jefe con cara de incredulidad y a Carvalho de fastidio. Pero se avino a hacer la llamada. Le derivaron a otro teléfono de otro despacho del gestor y cuando llegó hasta él le soltó la pregunta. No le gustó la respuesta. Dijo: Un momento. Y se volvió hacia Serrano y Carvalho.

—Dice que quién soy yo y que a mí qué me importa.

—Pues dígale quién es.

Se lo dijo. Escuchó la información del gestor. Colgó el teléfono después de decir: Gracias.

—Libros. Enciende la chimenea con libros.

Si le dijera que me importa que usted queme libros, le mentiría. Y que me crea lo que acaba de decirme, que de alguna manera se venga de la época en que su conducta dependía de lo que leía, no tiene la menor importancia, ni para usted ni para mí. Si yo me pasara el día quemando libros me llamarían fascista, perseguidor de la cultura, todas las lindezas que nos cuelgan a los servidores del orden los que juguetean con el desorden, pero sin llegar nunca a asumirlo del todo. ¿Sabe qué le digo? Este balneario empieza a olerme a mierda. Los pasillos huelen a mierda. A lo largo de un día aquí no se hace otra cosa que mear, mear, mear el agua que se beben, y con esas aguas, según me han contado, sale toda la mierda que el cuerpo acumula normalmente. Y cuando no se mea se caga gracias a la lavativa. Y cuando no se caga, en las bañeras esas donde les enchufan la manguera, seguro que dejan impurezas de la piel, pieles secas, sudores. Mi madre estaba gorda como una vaca, dejó de comer pan y se quedó hecha un fideo, no necesitó venir a sitios como éste, ni habría podido venir porque en casa no teníamos una gorda. Cuando más delgada estaba tuvo una hemiplejía y se quedó a medias: medio cuerpo le funcionaba y el otro no. Mi padre se bebe media botella de coñac en carajillos todos los días y está alto de presión y aguanta como un toro lo que le echen. A mí me pega dos hostias y me levanta del suelo. Aquí hay mucho maniático y mucho mangante y ese Gastein es como un curandero pero con estudios y labia; son los peores. No hay peor gente que la que aplica su saber al camelo, por eso prefiero a la gente que sabe poco. Tiene menos posibilidad de engañarme. Me entiendo en

118

seguida con ella. Esta tarde he interrogado a Sánchez Bolín, el escritor. No me he creído nada de lo que me ha dicho, pero ahora cuando releo su declaración descubro que es inútil que me lo crea o no porque no me ha dicho nada. Ha venido aquí a escribir una novela y para conseguir que le entre el traje que quiere ponerse el día en que le editen la novela que acabó durante la anterior estancia en el balneario. En mi época de joven policía recién salido de la academia, yo aún tuve que participar en algún tumulto de los que armaban los enemigos del régimen, los subversivos. Y me había encontrado a veces con rojos como Sánchez Bolín. Eran otra cosa. Parecían preocupados por todo y por todos y trataban de convencerte. Hoy ya nadie se preocupa por nadie, ni trata de convencer a nadie de nada. ¿De qué? Y el Sánchez Bolín me ha puesto nervioso. Juega con las palabras. Se cree a salvo de cualquier posibilidad de error por el procedimiento de jugar a no equivocarse. No arriesga nada. Nadie arriesga nada. Ha habido un momento en que he querido que ejerciera de comunista y me soltara una parida como las que soltaban antes. Ni caso. Luego por escrito dirá lo que sea, pero las cosas escritas ya no convencen a nadie. ¿Conoce usted a alguien que crea en las palabras escritas? Pues bien, a pesar de esta conclusión, y fíjese usted que tiene que ver con el origen de la conversación, porque usted quema libros y Sánchez Bolín los escribe, yo jamás quemaría un libro. A veces he pensado en una situación como la de Chile o como las que me cuentan mis compañeros más veteranos, cuando cumplían servicio en la Brigada Social y se llevaban los libros prohibidos de las casas de los rojos. Pues yo no podría quemar libros. Para mí son sagrados. Si considero que son malos y corruptores, no los leo, pero tampoco los quemaría como usted hace. Y le diré por qué, amigo. Porque a mí me han educado en un respeto a todo lo que cuesta esfuerzo, y hacer un libro cuesta esfuerzo y no lo puede hacer todo el mundo. ¿A que le jode que le hable así un policía? Le he clisado nada más verle. Este huelebraguetas divide a los policías en dos clases: los gordos y brutales y los flacos y sádicos. ¿A que sí? Cuando estaba en lo de la droga entonces trataba con personas de verdad, horribles, monstruosas, algunos eran basura pura, hijosdeputa increíbles, pero iban por la vida en pelota viva y aquí, en este balneario, hasta el tío más en cueros va con abrigo de pieles y chaleco antibalas. Esto está lleno de tíos con bula y yo diría muy a gusto que me los paso por donde me los paso, pero no lo voy a decir porque a la hora de la verdad tendré que cuadrarme: sí, señor; sí, señor; sí, señor. El suizo saldrá esta noche hacia el hospital de Bolinches y mañana detendré a Luguín, el de los antecedentes. Una vez esté Luguín en la cárcel tendremos sospechoso durante diez o quince días; para entonces ya todo el mundo habrá abandonado este balneario, habrá entrado otro turno de clientes y cuando el juez descubra que no hay pruebas contra Luguín, pues él saldrá a la calle y este caso se archivará o pasará a manos de la Interpol. Entonces, ¿para qué seguir fingiendo que se hace lo que se tiene que hacer?

Recordaba Carvalho al día siguiente el desahogo del policía, paseando por la habitación, silencioso y casi molesto su compañero, arreglándose las cejas la mecanógrafa. La historia del suizo había conmovido a toda la clínica mucho más que la detención de Luguín, al menos de momento. A Luguín se lo habían llevado por la puerta trasera y al suizo le habían sacado la noche anterior en una ambulancia llegada expresamente desde Bolinches. Aún no se habían diluido los ecos gozosos por la detención del sospechoso cuando se supo lo más significativo de la odisea de Karl Frisch. Había sido desgarradora la despedida de Helen, abrazada al cuerpo somnoliento de su marido, exigiendo salir ella también. Luego, la enfermera del hospital central de Bolinches relató que Karl hizo un viaje tranquilo aunque hablaba como si delirase o tuviera una pesadilla tumor en el centro de su cerebro. El estadillo policial para el traslado no tenía otras recomendaciones que ponerle un guardia en la puerta de la habitación del hospital, pero no se acentuaba la posible peligrosidad del testigo, ni que requiriera vigilancia especial. Siguió dormido el suizo una vez instalado en el hospital y así lo vio el guardia que le dio una ojeada a las doce de la noche y la enfermera que le puso el termómetro a la una. Pero la que fue a ofrecerle la teja por si no se veía con ánimos de llegar hasta el retrete, a las dos, a las dos en punto de la madrugada, se encontró con la cama vacía y que no estaba el enfermo, ni en el retrete ni deambulando como un sonámbulo por el hospital. Simplemente, había desaparecido. ¿Cómo podía pasar inadvertido un hombre vestido en pijama de pantalón corto por Bolinches a las dos de la madrugada? Fueron avisados los jefes de la estación central y del apeadero de Los Borrachos, el director del aeropuerto, los responsables de los coches de línea, los taxistas. Se registraron los hoteles, pensiones e incluso las casas particulares que alquilaban habitaciones en la alta temporada turística y el alemán siguió sin aparecer durante toda la noche. Fue hacia las diez de la mañana, cuando era evidente que Karl Frisch se había esfumado y había que dar la cara a sesenta privilegiados clientes de El Balneario, cuando Serrano tomó contacto con la Jefatura Superior de Policía de la provincia y se le ordenó poner en marcha el «plan Café», nombre en clave que se había escogido para la operación Luguín. *Que le den café.* Pues que le den café, se dijo Serrano, y se puso en marcha hacia El Balneario, donde comunicó a Molinas que iba a proceder a la detención de Luguín para someterle a interrogatorio en la comisaría, y los hermanos Faber dieron esta vez la cara para decirle que procediera, pero que ellos estaban todavía detrás de su empleado, que se había comportado satisfactoriamente a lo largo de más de ocho años de mutua colaboración. Luguín salió de El Balneario esposado entre dos guardias civiles y a continuación se reunió el comité de empresa para redactar un comunicado dirigido a la prensa local y a las delegaciones de UGT y Comisiones Obreras de Bolinches. En el comunicado se trataba de expresar la confianza que merecía el compañero Luguín y la protesta por el hecho de que los antecedentes penales hubieran condicionado una detención injusta. Luguín parecía sereno, pero le sudaban las manos y la nuez de Adán bailaba arriba y abajo como una ardilla amenazada. Durante el trayecto entre El Balneario y Bolinches, el inspector Serrano trató de superar cualquier posible de mala conciencia e inseguridad con un trato agresivo contra el detenido, al que llamó *escoria de la humanidad*, aunque no toleró que otro policía le diera un guantazo porque Luguín les dijo que se ganaba la vida más honradamente que ellos. En la puerta de la comisaría les esperaba Luis Hurtado, el mejor fotógrafo de Bolinches, que trabajaba para el diario de la provincia en colaboración con Javier Tiemblo, el mejor reportero de la región, tan bueno que había tratado de ficharlo primero *El País* y luego *Diario 16*, pero él solía comentar que había entrado en *El Meridional* de botones y aquella casa era para él como una segunda piel. Luïs Hurtado captó a Luguín en un mal momento, con un ojo abierto y otro cerrado y un gesto a medio hacer que más parecía intento de agresión al fotógrafo que de protección de su imagen, y se basó en la fotografía Javier Tiemblo para un artículo de urgencia sobre el peso del destino en la vida. Luguín, un hombre quién sabe si cromosómicamente ya predestinado al delito y que llevaba en el rostro la escritura del crimen. A la llegada de Luguín se orquestaron los efectivos policiales de que se disponía. Rodearon al detenido, le gritaran, se rieron de él y por doquier se arrastraban sillas y se daban puñetazos sobre la mesa, mientras ante los ojos del sospechoso se sucedían todos los rostros de los funcionarios, a cuál con la peor disposición en la mirada y la quijada más predispuesta a ser un arma arrojadiza. Pidió Luguín un abogado para que asistiera al interrogatorio y se le dijo que desde luego, pero que los abogados venían y se iban y que se atuviera a las consecuencias de aquella prueba de desconfianza hacia la policía, y como insistiera y no supiera qué abogado proponer, la propia policía le ofreció una colección completa con demasiada celeridad, tanta que Luguín no se atrevió a escoger y pidió antes hablar con Molinas, lo que le fue denegado. No tenía familia el detenido, ni en Bolinches, ni en El Balneario, ni en Madrid, su lugar de origen, y alguna sombra de homosexualidad había en su expediente, por lo que el poco respeto que se le tenía en el momento de ingresar en la comisaría se esfumó al poco tiempo y ya empezaban a llamarle sarasa, nena, flor de otoño y jodío maricón cuando un radiotaxi dio la noticia de que había aparecido Karl Frisch en las afueras de Bolinches, vestido con un traje mil rayas y zapatos Sebagos genuinamente americanos. Llevaba una camisa de algodón de la firma Armani con un orificio redondo y chamuscado a la altura del corazón por el que había penetrado una bala de 9 milímetros calibre Parabellum, y el verdugo o su ayudante, dotado para la fabulación literaria, había dejado sobre el cuerpo, a manera de papelina que le salía del bolsillo pequeño y superior de la camisa, una gran hoja de papel cuadriculado sobre la que escribiera: *El Exterminador ha sido exterminado*. Pegó un portazo Serrano y se escondió de sí mismo en la última habitación de la comisaría. Mientras no se precisara la hora del asesinato, aún tenía un mínimo sentido conservar a Luguín como detenido, pero en cuanto se supiera y pudiera comprobarse que Luguín estaba en El Balneario, a casi sesenta kilómetros de distancia del cadáver del *Exterminador*, el fracaso total descendería sobre la tierra en aquel rincón microclimático del sudeste de España y se quedaría como una lengua de fuego sobre la cabeza del inspector Serrano, a manera de señalización previa al degüello. En prevención de una libertad forzada, Serrano ordenó que se convirtiera el interrogatorio de Luguín en un puro y rápido trámite y redactó una orden de salida con una hora anterior al comunicado sobre el hallazgo del cadáver del suizo. Un sensible cambio de actitud notó Luguín, especialmente a partir del momento en que los ojos que le cercaban se abandonaron y alguien le tendió un cigarrillo bajo en nicotina y otra voz le ofreció ¿una cerveza?, ¿un carajillo de coñac?, ¿un gin-tonic?, ¿algo sólido?, ¿un donut?, ¿porras?, ¿madalenas?, y conversación íntima o desenfadada, bien fuera el tema lo que puede agobiar un trabajo rutinario como pieza que eres de un engranaje o el porvenir de *la Pantoja*, próximo al parecer su debut después de casi un año de luto por la muerte de su marido, el gran *Paquirri*. La muerte es lo único que no tiene arreglo y coge por igual al famoso y al anónimo. A veces no pensamos en la muerte lo suficiente. Nos ayudaría a paladear los instantes felices que tiene la vida, ¿no es verdad, Luguín? Sí, señor inspector. Por ejemplo, cuando tú estabas en chirona y tenías por delante ocho años de cárcel, aquello era como una montaña oscura que te ocupaba todo el paisaje. Me pasó a mí lo mismo con la mili. Pero cuando te dan la condicional o te licencian, es tanta la satisfacción que nunca la habrías podido conseguir por otro procedimiento más sacrificado, menos doloroso. Yo no soy maricón, señor inspector. ¿Y quién ha dicho que seas maricón, Luguín? Lo que pasa es que fueron muchos años de cárcel y hay que ser de hielo para no caer en lo de bujarra, que al fin y al cabo es cosa de calientes y a tíos bien machos he visto yo perder los ojos detrás de un julai. Luego salen a la calle y vomitarían si les ponen delante un culo de hombre, por muy hermoso que sea. Pero la cárcel es la cárcel. Di que sí, Luguín, y sólo sabe lo que es la cárcel el que ha estado dentro de ella.

Mientras tanto en El Balneario la satisfacción por lo

que iba a ser pronto y necesitado desenlace dio paso a estupor e indignación al conocerse la noticia del asesinato de Frisch. Su viuda había sido recogida por un jeep y llevada a la morgue de Bolinches. Los restantes balnearenses consideraron el crimen como una muestra más de que padecían una conjura y que era necesario cuanto antes hacer un escarmiento y sobre todo salir de aquella ratonera. Iban por esa vereda los ánimos dialécticos cuando hacia la una del mediodía frenó ante la entrada principal del balneario un coche patrulla de la policía y de él descendió el inspector Serrano abriendo camino a un sonriente Luguín que alzó los brazos en señal de triunfo cuando avistó a un ramillete de sus compañeros. Costó identificar al agresor en un primer momento, porque se parecía como una gota de agua a otra gota de agua a los veinte o treinta europeos de más de metro ochenta y cinco de estatura y ciento diez kilos de peso que albergaba la clínica. Pero luego se fijó, sin el menor margen de error, en la persona de Klaus Schröeder, ingeniero electrónico de Colonia, quien ante la visión de Luguín de vuelta, libre, y la evidencia de que la pesadilla seguía planteada, fue al encuentro del hombrecillo y le partió la mandíbula de un puñetazo, sin que Serrano ni un guarda jurado que le secundaba llegaran a tiempo de hacer otra cosa que recoger a Luguín del suelo como si fuera un juguete roto.

En opinión de Molinas, opinión que habrían compartido sin duda los vecinos y allegados del interfecto, Klaus Schröeder no era una mala persona, ni había agredido a Luguín por un prurito racista o clasista ante la prueba de insumisión al papel de chivo expiatorio que había demostrado el ex presidiario. No es que su condición de ingeniero electrónico, residente y ejerciente en Colonia, le colocara por encima de cualquier sospecha, aunque los ingenieros electrónicos residentes y ejercientes en Colonia suelen ser gentes respetadas, con comprobada capacidad de autocontrol. Lo más lógico, opinó Gastein, es que

Schröeder al agredir a Luguín en realidad trataba de derribar al fantasma agresivo del misterio.

—¿Comprenden? Para él Luguín era la solución del misterio. Pensaba que el misterio se había terminado. Pero cuando le ve reaparecer todo el enigma se replantea, la pesadilla vuelve a empezar.

—Y entonces va y le sacude —concluyó Molinas el razonamiento por la vía más directa, la que les conducía a la situación embarazosa que estaban viviendo, sólido el aire de la clínica de enrarecido que estaba, especialmente en las zonas por donde se movía el servicio, llena de rumores y malas caras.

Educado Schröeder en el principio de que no hay que agredir al prójimo, pero ya que lo agredes hay que conseguir ponerlo cuanto antes fuera de combate, principio que tanto ha hecho por la prosperidad individual y colectiva de los hombres y los pueblos, no es que estuviera satisfecho de su puñetazo como impulso inicial, pero sí como resultado final. Es decir, era una mala acción pero técnicamente perfecta. La prueba era que Luguín tenía la mandíbula destrozada. Entre la colonia extranjera se comentaba que no debía haber golpeado al presunto delincuente, pero que había sido un golpe realmente extraordinario.

Aunque el agresor presentó sus excusas a Molina y adujo enajenación transitoria debida al clima de crispación y terror que se había apoderado de todos los pobladores del balneario, la sirena de la ambulancia que se llevaba a Luguín al hospital de Bolinches dejó una estela sonora de reclamo, de toque de rebato que convocó al personal subalterno del balneario en torno del comité de empresa. La historia de las relaciones laborales dentro de El Balneario se iniciaba bajo el signo del paternalismo racionalizado con el que los Faber dotaron a los trabajadores de los mismos derechos que hubieran tenido en la casa central de Suiza o en cualquier otra sucursal, a pesar de que aún en España regía la legislación franquista. Voluntad democrática y prosperidad económica generaron un clima de coexistencia colaboradora que se fue deteriorando a medida que los capataces de los Faber fueron añadiendo peculiaridades de democracia empobrecida a unas relaciones nacidas para regir la lucha de clases en situaciones de democracias ricas. El aumento de los costes sin la voluntad de reducir beneficios había condicionado reajustes de plantillas más o menos incruentos, disuasorios, a modo de jubilaciones anticipadas o empujones para la obviedad del despido, sin que se repusieran las plazas vacantes aunque aumentara objetivamente el volumen de trabajo de cada empleado. Este factor de mantener la misma productividad con menos productores, unido a la progresiva usura en la negociación de los convenios, no había llevado jamás a condiciones dramáticas por la pobreza del mercado de trabajo de la zona y la prudencia consiguiente de los trabajadores expuestos a salir por las puertas de Faber and Faber en dirección a la nada. Pero el trato recibido por Luguín fue considerado vejatorio e insultante para todos los trabajadores de la empresa, como declaró el primer orador del encuentro, el conductor del autobús de la clínica y el elemento más radical, a años luz del moderado centrismo de los cuadros más ilustrados de los trabajadores indígenas: dos enfermeras, el profesor de gimnasia y la jefa de la sección de masajes.

—Compañeros, ese puñetazo lo han dirigido contra el corazón de los españoles y de los obreros.

—Déjalo en trabajadores, Cifuentes, que yo no soy una obrera.

Era una opinión defendible, pero prometía un duro combate argumental entre los técnicos y los asalariados, a juzgar por la vivacidad con la que una de las enfermeras había replicado lo que al fin y al cabo era sólo la primera fase de una arenga.

—Sea. Pero trabajadores u obreros, lo cierto es que nos han golpeado y hay que dar una respuesta.

Aplausos. Dos o tres.

—¿Y qué respuesta hay que dar?

Silencio.

—¿Qué respuesta hay que dar?

Silencio y primeras sospechas de que el orador aún estaba pensando la respuesta más adecuada.

—Pues, compañeros, la cosa es bien sencilla...

Pero no lo decía.

—¡Una huelga indefinida de protesta activa!

Se liberaron los pensamientos, las respiraciones y los recelos, porque si bien la propuesta fue inmediatamente aceptada por los más subalternos, en cambio hizo cabecear al profesor de gimnasia, hombre de cierta cultura y moderado sentir, socialista algo desencantado pero socialista al fin y muy respetado por los trabajadores de la casa porque hablaba un castellano sin acento local.

—No se pueden matar moscas a cañonazos. No podemos responder a esa provocación indignante, indignante, desde luego, con una medida desproporcionada que acabará quitándonos la razón.

Estaban de acuerdo con el profesor las enfermeras y buena parte de las masajistas y estaba a punto de dejarse seducir por su limpieza vocálica y armonía consonántica buena parte del resto del personal, cuando nuevamente tomó la palabra el conductor:

—Hoy le han roto la mandíbula al compañero Luguín, pero mañana me la romperán a mí o a ti. O nos tratarán como a perros que no supieron defender a tiempo su dignidad. Nuestra función consiste en quitarles la mierda, la cumplimos bien, bien, compañeros, y ésa es nuestra razón, nuestra fuerza. Hemos de darles una lección de dignidad. El capitalismo en su tercera fase de expansión no sólo trata de condenarnos al hambre, sino también al silencio. Recordad que el actual gobierno del PSOE prometió ochocientos mil puestos de trabajo y que a duras penas aún trabajan en España ochocientas mil personas. Abusan de nosotros porque callamos.

—¿Y qué tiene que ver el PSOE con lo que está pasando aquí?

—Yo me entiendo, compañero, y mi gente también me entiende. Todo forma parte de un mismo sistema de dominación basado en la desigualdad y en el silencio de los más desiguales.

Así como la argumentación y la invisible sintaxis de sinceridad del orador iban convenciendo a los demás, los técnicos acentuaban su sonrisa, sus cabeceos desaprobadores y acabaron moviendo las piernas para ganar la puerta y estar en condiciones de una retirada discreta. Su retirada lenta pero irrevocable no escapó al rabillo de un ojo del enardecido orador, que esperó a que se consumara para señalar la puerta por donde habían desaparecido.

—¡Mirad! ¡Mirad lo que han hecho los criados de la empresa! Se han marchado. Ellos sí son los criados de la empresa a los que les gusta que el patrón les pase la mano por el lomo. La responsabilidad de dar la cara por el compañero Luguín es toda nuestra. No podemos defraudarle. No sólo le han roto la cara a él, nos la han roto a todos nosotros y hay que dar una respuesta que impida otra agresión. ¡Manifestémonos ante el despacho de la dirección!

La manifestación subalterna dio la vuelta a los traseros del balneario, como si no se atreviera a enfrentarse a los clientes o como si respetara la insinuación de Molinas de que se manifestaran donde menos podían molestar. Mas no carecía de potencial levantisco, no porque persiguieran prebendas políticas o satisfacer desquites anteriores, sino porque les iba el levantamiento, bien porque sintieran la injusticia cometida con Luguín como propia, bien porque les pedía el cuerpo una operación de rechazo y castigo de la osadía de los señores. Hubiera tolerado incluso Molinas que los agitados llegaran hasta la puerta principal y entregaran sensatamente un pliego de cargos a través de una comisión de portavoces votada al respecto, pero no llegaba a tanto la razón orgánica de la turba, y tras recorrer el dorso de la clínica, se presentó ante la puerta principal de la dirección compactada pero internamente desarticulada. Se predisponía Molinas a salir flanqueado por madame Fedorovna y el pequeño de los Faber, en la confianza de que tan selecta representación calmaría los ánimos, cuando vio que los aborígenes enarbolaban una pancarta que le aludía directamente: «¿Hasta cuándo, Molinas, al servicio de tus amos?»

—La madre que los parió —exclamó Molinas y añadió—: ¡Esto es intolerable! —en alemán, para que lo oyera el pequeño de los Faber.

Pero no habían terminado los factores directos e indirectos de indignación, porque al insinuarse su presencia tras la puerta giratoria, una voz bien dotada, diríase que de tenor dramático y que él atribuyó al repartidor de El Balneario, clamó:

—¡Molinas, cabrón, trabaja de peón!

O sea que la tienen tomada conmigo. Yo que les he recibido, que les he dado la razón cuando la tenían. Que acabo de disuadir al inspector Serrano para que no tome cartas en el asunto. Molinas había asistido a un curso de administración de empresas en Alemania y a otro en España. En Alemania había aprendido a delegar las situaciones conflictivas a una negociación igual, entre colectivos de intermediarios nada irritantes para las dos partes, lo que el profesor Hoffman, de la Universidad de Tubinga, creía recordar, llamaba *la disuasión a través de los disuadidos*. Pero en el curso recibido en España a cargo de la patronal del sudeste se le había inculcado que, dado el carácter de nuestro pueblo, muchas veces el dar la cara individualmente aborta una situación conflictiva que en su morosidad es caldo de cultivo para los profesionales del rencor y de la insidia. Difícil para él mismo explicarse por qué en aquel momento optó por las enseñanzas españolas y no las alemanas. Lo cierto es que se encontró a sí mismo solo al otro lado de la puerta giratoria, mirando fría pero duramente a los manifestantes.

—Sois muy dueños de decir lo que queráis y de gritar lo que queráis. Pero me niego a aceptar que soy vuestro enemigo. Esa pancarta no me la merezco.

Lanzó un dedo acusador contra la pancarta y sus portadores se miraron entre sí, cada cual con su palo, dudando entre plegarla o tensarla aún más.

—Y os diré por qué no me la merezco. Cuando se discutió el reajuste de plantilla a comienzos de año ¿quién dio la cara por vosotros ante la empresa?

—¡Nadie! —gritó una voz anónima.

—¿Conque nadie? Qué mala memoria tiene ese que ha gritado «nadie». Querían echar a un veinte por ciento de la plantilla y me negué en redondo. Conseguí salvarte a ti y a ti...

Los aludidos empezaron a sentirse avergonzados y la misma voz que había gritado «¡nadie!» dijo esta vez:

—Nos vas a hacer llorar.

Fue indignación lo que le subió a Molinas al cerebro y saltó dos escalones con el cuerpo prodigiosamente hinchado, como si consiguiera ese efecto psicosomático al alcance de algunos animales que logran fingir un aumento de tamaño cuando se sienten acorralados o cuando pasan al ataque.

—¡Que salga ese hijo de la gran puta a decirme lo que ha dicho en mi cara!

Salió el hijo de la gran puta y, como había presumido Molinas, era el repartidor. No podía el gerente echarse atrás y se fue a por las solapas del subalterno, mas no las tenía porque llevaba un mono verde botella sin nada más debajo, y las manos que pretendían apoderarse del agresor verbal parecieron agresoras, con lo que el repartidor no tuvo más remedio que dar un paso atrás y un manotazo hacia adelante que dio en plena nariz del gerente y le lanzó las gafas al abismo del salto, la caída y la rotura. Fue entonces cuando madame Fedorovna empezó a gritar «¡Socorro!» tras la puerta giratoria y se puso en marcha la espiral de aspas y viento para dar paso a dos guardas jurados que se lanzaron sobre el comité con los pies por delante, una pistola en una mano y la otra mano repartiendo puñetazos entre gentes poco acostumbradas a recibirlos, especialmente las mujeres de la limpieza, dos de las cuales rodaron por las escaleras. La imagen de las dos mujeres llorosas, patiabiertas, magulladas, impotentes, encolerizó a los varones, que rodearon a los guardas jurados y suplieron la carencia inicial de agresividad por la eficacia de ser mayoría y de acertarles de lleno, varias veces, en las cabezas con el rastrillador manual del césped, con tal violencia que uno de los guardas jurados perdió la pistola y se quedó en el sitio con la cabeza chorreando sangre y el otro perdió la compostura, y probablemente el empleo, cuando dio la espalda a la venganza de los amotinados y ganó la puerta giratoria como quien se sube a un bote salvavidas. Cargados de razones y de mártires, los veinte manifestantes lanzaron objetos contundentes contra la puerta y trataron de hacer daño a Molinas y a la dirección en sus partes más sensibles, por lo que, contrariamente a la costumbre establecida y a la coherente relación entre los espacios del balneario y las funciones de que les habían laboralmente atribuido, rebasaron el seto que les separaba de la zona de la piscina y la pista de tenis e invadieron el lugar predilecto de los clientes, en situación de tomar el sol los pocos que conservaban el ánimo para ello, la mayor parte mujeres con sus muchos o pocos, llenos o vacíos, poderosos o flácidos pechos al aire. La avanzadilla subalterna se les apareció como una patrulla tártara en el límite de la estepa y tras una ligera vacilación, el tiempo justo que el cerebro colectivo de unos bañistas tarda en detectar una agresión igualmente colectiva, los residentes allí desparramados unieron sus desnudeces y sus gritos, convocando a efectivos más alejados, incluso los que guardaban turno para la visita con Gastein o los masajes o quienes peloteaban coléricamente en la pista de tenis. Había casi una igualdad numérica, bajo la que se enfrentaban desiguales estados de ánimo primitivos, miedo agresivo por parte de los clientes y violencia

130

acelerada para autojustificarse todas las violaciones de tabúes que habían cometido por parte de los trabajadores. Los clientes formaron una vanguardia en la que participaba una mayoría de hombres, entre ellos los tenistas con las raquetas en ristre, y no fueron los menos lanzados los españoles, especialmente Sullivan y el coronel, que se apoderaron de una banqueta y arremetieron los dos juntos contra el enemigo. La diferencia de estatura y de vivacidad en la carrera provocó que perdiera pie el coronel y rodara por el césped en peligroso descenso hacia la piscina, venturosamente frenado por la propia desigualdad cilíndrica de su cuerpo, ya que el estómago y el bajo vientre formaban un apéndice cónico aleatorio que fue amortiguando la aceleración del rodamiento. Y la caída del coronel dejó a solas en su flanco a Sullivan, sin la posibilidad además de blandir con fuerza el asiento, por lo que tenía las manos ocupadas y ninguna posibilidad de agredir y todas las de ser agredido. Como así fue, a puñetazo limpio, por manifestantes que reconocieron en él a un compatriota y se creyeron más autorizados para darle de puñadas y patadas hasta que le hicieron caer y aun en el suelo le patearon hasta que optó por seguir una ruta de rodaje y huida paralela a la que el coronel había recorrido involuntariamente. En cambio, cinco ejecutivos agresivos alemanes, el cultivador belga de endivias y el mayorista más importante de productos del Périgord cargaron con notable saber contra los amotinados y dieron golpes contundentes y sabios que causaron mella en la avanzadilla y la hicieron retroceder hasta el seto. Y así habrían quedado las cosas de no salir de una puerta lateral, la que daba a la zona de estricta asistencia sanitaria y al gimnasio, una inesperada turba de ignoradas mujeres de la limpieza que ante los gritos y al ver cómo algunos de sus maridos estaban recibiendo un duro castigo a cargo de aquellos extranjeros, arremetieron como avispas contra los agresores y les dejaron en las caras uñadas que tardarían en cicatrizar quince días y una ciega rabia que no olvidarían mientras vivieran. Las mismas mujeres que pedían permiso y casi perdón por invadir su habitación cada mañana, hacerles la cama, pasar el aspirador, limpiar la taza sanitaria de las mal borradas salpicaduras de las diarreas enémicas o las que les servían en la habitación con una puntualidad japonesa el té de las dos treinta o la compota del día de salida del ayuno o el yoghourt extra en caso de un brusco descenso de presión, y siempre con aquella amabilidad oriental que ningún antropólogo habría razonablemente atribuido a ignorados sustratos olvidados de la arqueología del alma española, se lanzaban sobre sus clientes como pirañas contra bueyes prepotentes que no sabían cómo sacárselas de sus patas llenas de mordeduras. Brillaba en su cenit del mediodía el sol sobre el campo de batalla y nadie escuchaba las órdenes del coronel que, enderezado, sugería a gritos un repliegue estratégico tras un examen de la situación que le llevó a la conclusión que de momento los clientes estaban en desventaja. Sólo dos de las mujeres, la de la cornisa cantábrica y una dama entre la delgadez y el culturalismo, tomaban parte eficazmente en la batalla, arañando y siendo arañadas e incluso acertando a devolver guantazo por guantazo. En cambio el resto se había retirado para gritar a una prudente distancia, mientras la vanguardia masculina recibía un duro castigo e iban desertando las solidaridades de los más viejos, los más gordos o los más prudentes. Entre estos últimos estaban Delvaux y Colom. Nadie le escuchaba, pero de haberle escuchado no se hubiera sorprendido ante lo que decía Delvaux:

—C'est extraordinaire!

Y Colom decía para sí mismo, aunque él creía que los demás le escuchaban, que así no se arreglan las cosas, que hablando la gente se entiende. Sonó un estampido sobre el griterío y una bala de goma subió hacia los cielos como el tapón de una botella de champán. En pos de los subalternos, apareció Serrano al frente de un grupo de fuerzas del orden, desplegado para multiplicar su ocupación del terreno. El inspector ayudante, el guardia nacional chófer del coche patrulla y cinco guardias civiles. No era intención de la carga el coger a los indígenas entre dos frentes, sino envolverlos y forzarles a una retirada, dejando el campo libre a sus legítimos usufructuarios. Mas cada colectivo interpretó la aparición del séptimo de caballería a su manera o según su propia memoria y mientras los residentes se sintieron salvados, los amotinados se consideraron agredidos y salieron en distintas direcciones para salvarse de lo que temían encerrona. No todos pudieron volver por caminos indirectos a sus posiciones de partida, porque algunos huyeron demasiado ciegamente y quedaron en territorio enemigo, cercados por grupos envalentonados que se cebaron en su condición de animales en fuga y desasistidos del valor colectivo. Y así se establecieron conatos de linchamiento que no llegaron a más debido a la debilidad ayunante que la mayor parte de los residentes constataron cuando llevaban ya más de media hora de combate y habían gastado en él casi toda la salud que habían acumulado durante su estancia en El Balneario. Pudieron huir de mala manera los aislados y retomar posiciones bajo la batuta de una minoría dirigente que ordenó repliegue y concentración en espacio abierto, de nuevo en el dorso del balneario, mientras los residentes se concentraban sobre el césped entre la piscina y el pabellón de los fangos, y entre los dos bandos los ocho efectivos humanos policiales, sin saber a qué turba vigilar más, aunque no podían disimular una tendencia espontánea a prevenirse frente a los agitadores. Descendió Serrano al encuentro de los residentes y les encareció que volvieran a sus puestos, sin preocuparse, porque la situación estaba controlada. Frau Helda y las otras dos enfermeras se habían repartido entre los dañados y restañaban heridas y consolaban a los histéricos. La dirección fue entonces asumida plenamente por el mayor de los Faber, que creyó oportuna una medida de pacificación consistente en ofrecer ayuda sanitaria a los descalabrados del otro bando, a voz en grito, asomado a la ventana que daba a los traseros de El Balneario donde estaban en asamblea abierta y permanente casi la totalidad de los trabajadores de la clínica. No fue atendida su propuesta, aunque tampoco fue agredido verbalmente y creyó observar Hans Faber un cansancio profundo entre los trabajadores, como si de pronto se sintieran aplastados por el peso de la irracionalidada que había conducido fatalmente el juego de acciones y contracciones. De pronto, la asamblea se puso en movimiento y avanzó hacia el interior del edificio buscando una de las puertas externas del gimnasio, se metió en él y cerró la puerta por dentro. El gimnasio daba a los pasillos que comunicaban con la sección de masaje y por ese pasillo salió el comunicado de que los trabajadores de la empresa Faber and Faber, más conocido por El Balneario, decidían iniciar una huelga de hambre *sine die* como acto de protesta por las vejaciones a que habían sido sometidos.

—¡Una huelga de hambre! Qué poco sentido tiene la palabra hambre en este contexto, ¿no es verdad?

Sánchez Bolín hacía la pregunta y sus dos compañeros de observatorio, la terraza del salón desde la que se dominaba el campo de batalla, Gastein y Carvalho, no supieron a cuál de los dos iba dirigida.

—¿Asistimos a una escenificación de la lucha de clases? —preguntó Carvalho al escritor.

—No. No creo. Más bien se trata de una lucha entre lo nacional y lo racial. Los trabajadores del balneario se sienten infravalorados precisamente porque son de aquí. La suya es una reivindicación nacional. Los clientes se sienten confusamente amenazados por una raza oscura y sureña. Lo suyo es un apriorismo casi racista o cultural.

—¿Y el comportamiento de los clientes españoles? Se han alineado junto a los extranjeros.

—Entre ellos sí quizá haya funcionado un mecanismo de lucha de clases. Pero muy poco científico, si me permite utilizar la expresión. En el fondo, lo que más molesta a un rico español es que los pobres puedan mearse en su cuarto de baño.

—¿Y usted toma partido?

—No. No es el lugar, ni el momento. Las cuestiones nacionales y raciales me aburren. Me avergüenzan. Me producen vergüenza ajena. Son un retroceso y enmascaran el sentido de la historia y el sujeto revolucionario.

Tardó en darse cuenta Sánchez Bolín que Carvalho le había abandonado y que Gastein permanecía absorto contemplando un punto indeterminado del parque que le reclamaba como la voz de una sirena.

La asamblea de trabajadores, reunida con carácter permanente, decidió iniciar una huelga de veinticuatro horas, de la que quedaban exentas cinco mujeres de la limpieza, exclusivamente destinadas a las secciones más estrictamente sanitarias de la clínica y al servicio de las habitaciones de los enfermos más inválidos. Por su parte, los técnicos y el personal sanitario españoles decidieron no sumarse a la huelga, pero emitieron un comunicado en el que lamentaban lo ocurrido y pedían a la empresa que el honor de Luguín fuera públicamente restituido. Mientras el objetivo de la huelga definida era un tanto etéreo, protestar por el trato vejatorio sufrido por un compañero como síntoma de la agresividad de un sistema concebido contra los trabajadores, la propuesta de los técnicos sí ofrecía a Molinas la posibilidad de entreabrir la puerta del final feliz. Tras consultar a los Faber y a Serrano, se encerró con madame Fedorovna en su despacho y una hora después salió con el texto de un posible bando a colocar en los murales de avisos de todo el balneario:

La dirección de El Balneario, razón social Faber and Faber, tiene a bien proclamar su total confianza en la persona de su empleado señor Luguín y lamentar la agresión de que ha sido objeto. Sólo en un clima de mutua colaboración entre personal asistencial y clientes pueden darse las condiciones óptimas para que El Balneario cumpla su función: conseguir la salud del cuerpo y el espíritu en una isla de reposo y serenidad, al margen de las tribulaciones del mundo actual.

La frase final le pareció a madame Fedorovna excesiva para los propósitos reales del comunicado, pero Molinas estaba muy satisfecho de haberla concebido y la impuso. Traducido a los distintos idiomas hablados en la casa, con la excepción del flamenco y el catalán, apareció por doquier, y por si los murales no fueran vehículo suficiente, Molinas tomó consigo mismo el acuerdo de que fuera ciclostilado e introducido en cada una de las habitaciones por debajo de la puerta. Minutos después de la distribución del mensaje, si bien se había conseguido calmar los ánimos indígenas, no ocurría lo mismo con los foráneos que, aunque coincidentes en lamentar la agresión sufrida por el español, consideraban que proclamar la total confianza en Luguín desamparaba no sólo al agresor, sino al conjunto de los pobladores de El Balneario, de nuevo obligados a asumir que el mal habitaba entre ellos. En cada grupo nacional hubo intervenciones apasionadas sobre la necesidad, incluso psicológica, de mantener a Luguín como sospechoso, con o sin la mandíbula fracturada, en la desconfianza además de que la policía española estuviera preparada para llevar la búsqueda de la verdad a sus últimas consecuencias. Si bien cada grupo nacional ratificó la necesidad de mantener el espíritu colectivo y la frase «la unión hace la fuerza» fue la más repetida en cada una de las reuniones, el aplazamiento del desvelamiento del misterio creó una mal reprimida urgencia de sálvese quien pueda, primero dirigida histéricamente a conseguir romper la cuarentena establecida y salir cuanto antes del repentinamente tenebroso balneario. Pero ante las repetidas denegaciones de permisos de salida que Serrano les oponía, los residentes consideraron que el policía era el hombre fuerte y que sería necesario abordarle de uno en uno, cada historia personal con su acento, cada cual con la habilidad o no de imponer sus argumentos, a la vista de que los colectivos se habían estrellado contra normas establecidas y elaboradas por un colectivo más poderoso.

Y así fue como al despacho habilitado para Serrano empezaron a llegar peticiones de audiencias individuales, peticiones que no provenían de un acuerdo colectivo, sino de la coincidencia espontánea en el principio del «sálvese quien pueda». Primero peticiones por escrito y luego una furtiva cola de comunicantes que fueron componiendo en el dolorido cerebro de Serrano un puzzle de inseguridad y esperanza de huida colectiva. Aunque casi todos retornaron al vicio solitario de la redención individual, no por ello dejaron de lado un cierto ritual corporativo, manteniendo la apariencia de que eran un sujeto colectivo vigilante, a la defensiva, organizador de piquetes para evitar atentados terroristas indígenas. En cuanto a la clientela española, mal unificada ya desde el primer día, tuvo menos obstáculos éticos y estéticos para llamar a la puerta de Serrano en cuanto se enteraron de que Klaus Shimmel, el líder natural del grupo alemán, había acudido al policía para conseguir un estatuto de fugitivo preferente. Incluso la intervención de Shimmel, aunque no fue divulgada, fue en apreciación de Serrano la que marcó un estilo.

Sí, señor inspector, Klaus Shimmel, descendiente del mejor encofrador de Essen. Señor inspector, muchas veces me preguntan en mi país cómo un hombre como tú, con tanto poder social y prestigio y dinero, vas a veranear a España, que en primera instancia, sólo en primera instancia, claro está, parece un país para un turismo modesto. Pero yo le he cogido aprecio a este país. He sabido apreciar lo que se ha escondido siempre detrás de las apariencias

136

de este país desordenado, sin norte, lleno de gente ligera de cascos, cantamañanas, eso es, cantamañanas creo que llaman ustedes a este tipo de personas. Cuando recientemente visitó Alemania el jefe del Gobierno español, un auténtico talento, señor inspector, la Cámara de Comercio de Frankfurt convocó a los empresarios que teníamos alguna relación con España para que asistiéramos a la recepción que se daba en Bonn en honor de su presidente de Gobierno. Pocos empresarios de mi país se tomaron la molestia de trasladarse a Bonn, pero yo lo hice y tuve el honor de saludar al señor González y a su encantadora esposa y les expliqué mis preferencias por este balneario, lo mucho que le debe mi salud a este balneario, y les interesó mucho mi experiencia. Entre nosotros, no fue una reunión sin ton ni son, y yo en estos momentos muevo los hilos de una operación económica que será muy rentable para España: instalar en un lugar cercano de aquí una fábrica de estucados sintéticos para revestimiento de techos. Sobre un mismo módulo, aplicable sobre cualquier estructura de techo, podemos ofrecer hasta treinta y cuatro variantes ornamentales según los gustos del cliente, y el mismo complejo técnico puede adaptarse a la producción de losetas para rampas de acceso para minusválidos. Le he traído un catálogo para que comprenda lo importante que puede ser que España sea el primer país del sur de Europa que fabrique nuestras patentes. Ustedes no son nada tontos. Ustedes pueden incorporarse a la vanguardia del mundo. Sólo necesitan que nosotros confiemos en ustedes y que ustedes confíen en nosotros. También le he traído estas fotografías en las que aparezco con el canciller Kohl con motivo de la Feria del Mueble de Colonia.

Desde hace veinte años consigo arrastrar a mis hermanas a un viaje anual a España. Empecé yo, Brit; no me confunda con Frauke y Tilda, porque nos parecemos, pero si nos observa con detenimiento se dará cuenta de que Tilda es más morena que yo y Frauke tiene las piernas más anchas; por eso camina con ese aplomo Frauke y siempre va por delante de nosotras dos; pero las decisiones o las tomo yo o las propongo yo. En mi juventud estudié Filología Románica en Gotinga y descubrí esa maravilla que ustedes tienen, ese escritor extraordinario que de haber sido norteamericano sería más famoso de lo que es: Lope de Vega. Yo me enamoré de Lope de Vega. Me sabía sus letrillas de memoria y también me sabía de memoria un poema histórico sobre el conde de Benavente. Este Benavente no tiene nada que ver con Benavente, el premio Nobel. Ahora no ejerzo como romanista, pero me ha quedado el gusanillo de la cultura española y siempre que puedo me escapo hacia el sur. España no era demasiado bien vista en Alemania cuando yo era joven. Los unos porque no había ayudado a Hitler según lo esperable y los otros porque aquí había un régimen fascista, pero yo venía a veces con mis compañeros de estudios y nos poníamos morados de tortilla de patatas en el Mesón de la Tortilla de Madrid y nos sacaban a bailar unos chicos muy simpáticos que nos cantaban canciones sentimentales al oído y nos hacían cosquillas con sus bigotes pequeños. Yo siempre hablé bien de España, antes, con Franco, y ahora, incluso ahora, porque para mí España, señor inspector, es Lope de Vega y el conde de Benavente y Federico García Lorca. Y por eso conseguí que mis hermanas vinieran conmigo y se entusiasmaran tanto que cada año vuelven. Un año ayunamos aquí y otro nos vamos a Madrid a comernos la tortilla. Precisamente una vez viajamos con mi marido, que es asesor del Departamento de Justicia del Estado de Baviera, y le gustó mucho todo lo que vio. Mi marido conoce a muchos jueces españoles y se carteaba con uno que mataron los terroristas no hace muchos años, porque el terrorismo no conoce fronteras y Alemania está llena de palestinos que ponen bombas. ¿Ya han pensado ustedes en la posibilidad de que todo lo que ha pasado aquí sea obra de los palestinos?

Si me presento como coronel del Ejército español, aunque a efectos prácticos y operativos no lo sea, es porque usted, servidor al fin y al cabo del orden, sabrá comprender que un militar, como un cura, es militar hasta que se muere. Tuve el honor de ponerme a sus órdenes el otro día, sí, yo soy el coronel Villavicencio, pero le renuevo mi lealtad y le advierto que puedo serle muy útil. Quien ha tenido mando de tropa adquiere un sexto sentido psicológico que le hace conocer a la gente. El género humano, inspector Serrano, se divide ante todo en dos grandes apartados: los que se pegan pedos y los que los huelen. Así de claro. Luego hay que empezar a subdividir y a subdividir... ésa es función de los civiles. A nosotros, los militares, y por extensión a ustedes, los policías, nos basta con las grandes clasificaciones porque hemos de actuar sin tiempo para matices. En esa tesitura he estado ya más de cien veces y en esa tesitura se encuentra usted ahora. El capitán general de esta región, íntimo amigo mío, le podrá dar referencias. Estoy seguro de que en cuanto se entere de que estoy aquí retenido, se presentará en persona y me dirá: Villavicencio, deja estas humedades y vente a casa a tomarte pescaíto frito, porque el capitán general se vuelve loco por el pescaíto frito. Aquí donde me ve, yo estuve propuesto dos veces para la Gran Cruz del Mérito Militar: la primera porque en plena instrucción un recluta arrojó a cierta distancia una bomba de mano y yo me tiré para allí y le di, no sé con qué le di, pero la bomba salió disparada y nos salvamos todos de milagro. La otra vez fue en Ifni, a donde fui voluntario cuando se produjo aquel conflicto. Bueno, usted o era escolar de pantalón corto o no había nacido. En Ifni le quité yo la ametralladora a un moro y me la llevé hasta nuestras posiciones. Tendría que haber visto usted la cara del moro. Mi coronel de entonces, el malogrado don José Cortés de Comenzana, me dijo: Villavicencio, todo lo que tienes de bruto, lo tienes de cojonudo. Y con dos ojos en la cara ves lo que hay que ver y en todo lo ocurrido hay gato encerrado, como lo demuestra la parsimonia, la sangre fría que exhibe el general belga, Delvaux, que como usted sabe es un mandamás de la OTAN. A general de la OTAN no llega cualquiera, Serrano, y si es necesario mi concurso para iniciar contactos con Delvaux, pasaré por encima de mis intereses individuales, salir de aquí cuanto antes, y me pondré al servicio de cualquier mando conjunto que se establezca.

No sé si usted ha comprendido la significación de mi graduación y mi destino, Jules Delvaux, general del Cuartel General de la OTAN en Luxemburgo, responsable de Intendencia del Cuartel General, para ser más exactos. No debería añadir nada más. Cumpla con su deber. Es preciso que yo mismo dé el ejemplo de mi discreción, pero altos asuntos me esperan en Luxemburgo y no descartaría la posibilidad de que a estas alturas el Alto Mando estuviera gestionando mi salida de El Balneario y que de un momento a otro llegue un helicóptero. Lamento no serle más útil porque de hecho lo mío es la intendencia y, más aún, los estudios de supervivencia límite, por eso me interesa tanto la dietética y estoy en condiciones de demostrar que los altramuces serán la reserva alimentaria del mundo. Si hay altramuces habrá vacas y si hay vacas el hombre saciará el hambre. En cuanto me jubile me dedicaré a estudios de alimentación y de raticidas. No basta con que el hombre resuelva el problema de las fuentes alimentarias fundamentales, sino que es necesario que extermine a las ratas. Yo tengo un sexto sentido detector y puedo afirmarle, sin miedo a equivocarme, que este balneario está lleno de ratas, aunque no sean aparentes.

Perdone que no me haya vestido como es debido para la entrevista, pero tengo una alergia especial en la piel y por eso voy todo el día en chandal. José Hinojosa Valdés. Tengo una fábrica de chorizos en Segovia, cinco bares en Madrid y tengo el cincuenta por ciento de acciones de la revista de más tirada de España, una revista de crucigramas y pasatiempos. Pero no se deje llevar por lo que soy ahora o porque vaya siempre vestido con chandal. Ante usted está el jefe de centuria más joven de la provincia de Segovia en 1952 y Víctor de Oro del SEU del año 1956. Casi conseguí ser inspector general del SEU, pero me lo pisó un payaso vestido de Capitán Trueno que ahora es corresponsal de TVE en Moscú, ya ve lo que son las cosas. Yo voy siempre directo al grano, y más cuando hablo con un servidor del orden. Entre usted y yo no vamos a irnos con rodeos. Usted y yo sabemos que los enemigos de España, los enemigos de siempre, acechan y están metidos en este balneario. Ya ni estos lugares de paz respetan. Tengo que expresarle mi sospecha sobre la estancia aquí de Sánchez Bolín, un escritor comunista de colmillo retorcido que en más de una ocasión se ha pronunciado contra el orden establecido, contra el de antes, contra el de ahora, contra el de siempre. Es silencioso y oscuro como todos los rojos y yo no le quito la vista de encima, conque a la primera que le vea que se sale de lo lógico, le detengo y lo pongo a su disposición. Tengo amigos muy bien situados, a pesar de la lamentable situación en que vive nuestra pobre España. Ni los socialistas han podido con ellos y están donde están y siempre estarán conmigo, como debe ser.

No sé si usted ha oído hablar del Côte de Dumesneuil, un tinto limítrofe con los tintos de las Nuits de Saint-George. Yo me llamo Armand Dumesneuil y soy el propietario de la marca y además escribo ensayos sobre el modernismo católico a lo largo del siglo XX. Los edito con mis propios fondos, a través de la editorial que dirige un cuñado mío, pero el propietario de la editorial soy yo, bueno, comparto la propiedad con mi hijo, un arquitecto prestigioso que trabaja sobre todo en París y está casado con Renée d'Ormesson, una rica heredera que es muy amiga de la duquesa de Alba y de don Pío Cabanillas, un político español al parecer muy reputado. En cierta ocasión pronuncié una conferencia en la Real Academia Española de Jurisprudencia sobre «El concepto de culpa en Charles Peguy» y mi conferencia mereció una crítica entusiasmada de don José María de Areilza en *ABC*. No hace mucho salí en «Apostrophe», un programa de la televisión francesa muy prestigioso, y su conductor, el señor Pivot, me preguntó: ¿Cree usted que Europa es religiosa? ¿Se fija usted en la malicia de la pregunta? Yo hice ver que pensaba, pero ya tenía la respuesta en la punta de la lengua. Y fue ésta. ¿De qué Europa me habla? ¿Se refiere usted acaso a Polonia? No sé si usted sabrá que no hay procesiones como las de Polonia. En ningún otro país he visto una fe más colectiva, más profunda. Amintore Fanfani me distingue con su amistad y yo le correspondo con mi hospitalidad. A pesar de sus orígenes de demócrata cristiano de izquierdas, Amintore sabe apreciar los buenos caldos y es un entusiasta del *confit d'oie* y del foie-gras del Périgord, especialmente del que enlata mi querido Cartaud, el mejor *artisan conservateur* de Brantome. Le he hablado de Amintore Fanfani, porque muchas veces hemos discutido sobre la significación de la palabra religiosidad. ¿Qué es la religiosidad? ¿Un estado de conciencia? ¿De ánimo? ¿Una predisposición de la conducta?

Mi marido fue director general en el primer gobierno de Arias y yo nací en Madrid pero me crié en Toledo. Ahora mi marido es representante de una casa norteamericana de electrónica y ayuda a mi padre a llevar dos o tres representaciones: cristal checo, boyas marinas soviéticas y un chicle naturista danés que cambia tres veces de sabor a medida que lo vas masticando. Mi marido es vicepresidente segundo del Atleti, me parece que es el de Madrid, pero no estoy muy segura porque yo nunca le acompaño al fútbol. Mi marido conoce al señor Faber porque a veces viene a visitarme, se hospeda en Bolinches y el señor Faber, como sabe que le gusta mucho el tenis, le invita a jugar con él y con su hermano. Me parece que el alcalde de Bolinches sigue siendo aquel socialista bajito que tiene una cuñada toledana, ¿no? Pues ése también es íntimo de mi Antonio, y el gobernador civil de esta provincia me parece que fue compañero de mi Antonio en UCD o en Alianza Popular, no recuerdo muy bien, pero sé que tenían algo que ver. Mi suegro fue de la División Azul y mi padre hizo la guerra de ex combatiente, bueno, lo de ex combatiente fue después de la guerra, claro, pues la hizo de alférez provisional y acabó de comandante, pero tenía una pierna llena de metralla y se dedicó a las representaciones. Tengo un hermano que es diputado del PSOE por no sé dónde, pero es de los del PSOE civilizado, no de los de Guerra, sino de los del otro. Tengo otro hermano que dio la vuelta al mundo en un velero y salió en la primera página de *As*. ¿Qué más? Pues yo no aguanto aquí ni un día más porque tengo a mi marido y a mis hijos tirados y me está sentando el régimen como una piedra en el hígado.

Juan Sullivan Álvarez de Tolosa, aunque me llaman Sullivan, como si fuera un apodo, pero es el apellido de mi padre, un enólogo hijo de enólogos, una familia establecida en Jerez desde hace más de cien años. Mira, Serrano, no te voy a poner todas las amistades encima de la mesa, que es lo que esperas. Te voy a poner sólo una. El rey. ¿Sigo? Pues el rey es un conocimiento que me viene directo de mi prima Chon, que empezó de roja, pero luego se casó con un comandante marqués de la promoción del rey. Tú, Serrano, pregúntale a Su Majestad por el Sullivan y verás lo que te dice. Usted perdone si le molesta el tuteo. Es que yo tuteo a todo el mundo. No faltaba más. Pues usted perdone, pero insisto, dígale al rey «Sullivan» y seguro que se echa a reír y le dice: Sullivan es el sinvergüenza más gracioso que he conocido. Ya sabe usted que es un Borbón. Un Borbón es un Borbón y se acabó. No se casan ni con su padre. Pues tiene mérito entonces que un Borbón se acuerde de uno. No hace mucho estuvo en una audiencia del rey, en Madrid, el alcalde de Jerez, un socialista duro, de esos que si pudieran nos quitaban los chalets, pues bien, cuando el rey se enteró de que era alcalde de Jerez le dijo: Si ves a Sullivan, le dices que ya vendrá el verano. Y se echó a reír. Es como una consigna entre el rey y yo.

Oriol Colom para servirle. No sé si usted tendrá una

idea clara de cómo somos nosotros, los catalanes, pero le diré un refrán que nos retrata: *els catalans de les pedres fan pans*, es decir, los catalanes de las piedras hacemos panes. Con eso está dicho todo. Yo aquí vengo a hacer vacaciones. Tal como suena. Mis vacaciones consisten en venir aquí a morirme de hambre para estar sano y seguir trabajando como un penco. Cada día de más significa que pierdo trabajo y dinero. Si fuera preciso sacrificarse por algo, pues yo apechugo y a lo que sea. Pero es que aquí, señor inspector, es que estamos perdiendo el tiempo y no sé qué ventaja tiene que sigamos aquí todos encerrados como en una cuarentena. Mis negocios no pueden esperarme ni un día más. Centenares de familias comen gracias a mí y no están las cosas como para que se nos complique la vida a los empresarios que aún arriesgamos y reinvertimos, recapitalizamos, y además es que yo no tengo ni un problema, ni uno así con la gente de mi empresa. Me invitan a las bodas de sus hijas o a las primeras comuniones o a los bautizos. Señor Colom por aquí, señor Colom por allá, y cuando vino la democracia yo no las tenía todas conmigo, pero llamé al del partido y le dije: Giral, ¿qué va a pasar ahora? ¿Desorden? ¿Tumulto? ¿Recochineo? Nada de eso, señor Colom, me contestó. Trabajo y negociación. Trabajo y negociación. Ah, bien, Giral, así nos entenderemos, pero con *grimecias* y saltos de saltimbanquis, no, ¿eh? Y así vamos. Ellos a lo suyo y venga negociar y no hemos tenido problemas graves. Por eso le digo que soy indispensable allá y esto tiene arreglo. Usted me pone condiciones y yo las estudio, y si las puedo aceptar, las acepto. Si usted me dice: Mire, Colom, lo dejo marchar y usted se presenta cada día en una comisaría de Barcelona hasta que todo esté arreglado. Pues yo me presento y tan tranquilos, ¿comprende, señor Serrano?

Me llamo Anne, Anne Roederer, soy enfermera, de Estrasburgo. ¿Durará mucho este encierro? Tengo problemas personales muy serios en Estrasburgo, los dejé aplazados, vine aquí para escapar de ellos. Fue una tontería porque estoy bien de salud y no necesito ni baños, ni masajes, ni nada. Dejé a mi hija con mi ex marido, pero fue por poco tiempo, de hecho ya hace dos días que debería haber vuelto... Aquí no entiendo nada. He llamado a mi embajada y no me dan demasiadas esperanzas... ¿Qué está pasando aquí? Mi vida no tiene demasiado interés, pero no me divierten las situaciones inquietantes. Una persona tan poco inquietante, relevante como yo, ¿para qué la necesita usted aquí? Si me voy mañana usted ni se daría cuenta. Muchas veces me voy de donde estoy y nadie se da cuenta. Me ha pasado en mi casa. En el trabajo. Soy como invisible. Mi marido me decía: Di algo para que me dé cuenta de que estás ahí. Sí, señor inspector.

Mi nombre es Stiller y soy suizo. He solicitado voluntariamente este segundo interrogatorio para despejar cualquier duda que usted pudiera tener sobre lo que declaré ayer. Soy apoderado de la Banca Rotschild en Zurich. No sé si esto le dice mucho o poco a usted, pero quisiera que se diera cuenta de los graves conflictos que pueden derivarse de que mi estancia aquí se prolongue. Nosotros los ejecutivos nos debemos a una utilización muy precisa del tiempo y he aprovechado para venir aquí el tiempo justo que me quedaba entre una convención de la Rotschild celebrada en París y un viaje a Brasil donde próximamente abriremos una sucursal. Un retraso en ese viaje a Brasil significa millones de francos, en fin, para que lo entienda, de dólares. Comprendo que usted cumple con su obligación, pero quisiera darle toda clase de garantías para que no perdamos el tiempo ni usted ni yo. Cualquier hombre con responsabilidades, es decir, personas como usted y como yo, saben que en toda rutina hay un fondo de verdad necesaria, como en todo protocolo. Pero las excepciones confirman la regla y nada se gana con que yo deba retrasar mi salida del balneario dos o tres días. Por otra parte, imagínese que los motivos de la prolongación de mi estancia trasciendan a la prensa de mi país y se conviertan en un factor de especulación que perjudique mi buena reputación y la de mi banco. La banca descansa en el crédito, por sí misma y en sí misma. Creo que es fácil de entender. Me ofrezco a estar a su disposición para cuantas diligencias crea oportunas en el futuro. Además, parta usted de las estadísticas elementales. Lo más lógico es que este crimen sea cosa de gente de aquí. Una rapiña menor, por ahí debe de estar la explicación. ¿Qué podría ganar cualquier persona de orden matando a esos dos viejos?

Mi nombre es Julika Stiller Tchudy y ratifico cuanto ha dicho mi marido, no porque sea mi marido, sino porque está cargado de lógica. No es que yo quiera decir que los españoles son más asesinos que otra gente, pero dadas las circunstancias lo lógico es que el criminal esté entre el servicio o sea un desarraigado vagabundo. ¿Dos desarraigados vagabundos? Tal vez volvió para hacer desaparecer a Von Trotta. Sí, claro, el asesinato del señor Frisch es más inexplicable, pero entra dentro de la misma lógica. Nosotros somos personas de orden que hemos venido aquí a descansar y defender nuestra salud. Yo en mi casa he de dormir con antifaz y con tapones en los oídos y en cuanto empiezo el ayuno me relajo, y además esta maravilla de sol que tienen ustedes, y cuando acabas el ayuno te das una vuelta por el sur y qué maravilla. Tienen ustedes un país maravilloso, defiéndanlo y no se lo dejen arrebatar por la violencia o por la mediocridad. La mayoría de los clientes de este balneario son, en mayor o menor medida, VIPs y sus opiniones generan opinión. ¿Se imagina lo que va a ocurrir cuando abandonen el balneario y cuenten por ahí lo que han vivido y sobre todo esta sensación de rehenes que todos tenemos? Dudo que un Gobierno auténticamente democrático se hubiera permitido un secuestro de estas características, pero de los socialistas pueden esperarse toda clase de groserías. No son ni mejores ni peores que otros políticos; son, simplemente, más zafios. No tienen estilo y ello se debe a que originalmente son resentidos sociales que se meten en política para ser un poco más ricos y conseguir que los ricos seamos un poco más pobres. No me interrumpas, querido. Sé lo que me digo y no estoy ofendiendo a nadie, no estoy hablando sólo de los socialistas españoles, sino de los socialistas en general y el señor Serrano me entiende y me comprende, porque un policía, un buen policía, en el fondo del fondo sabe distinguir el desorden allí donde se dé, y donde hay socialismo se produce desorden, un desorden mezquino, pequeño, pero desorden. Tratan de quitarte lo que pueden para que el metro sea gratis para los jubilados y son felices. Luego resulta que los jubilados no les pueden tragar, pero les votan para fastidiarnos a nosotros.

Yo, nosotros. Todas las intervenciones habían salido del yo para meterse en el nosotros, pero ese *nosotros* de casta era una simple suma de yoes. Serrano repasó la lista de entrevistas. Sólo faltaban las chicas italianas, Carvalho y el vasco. Las chicas italianas permanecían desparramadas sobre sus camas y de vez en cuando se reclamaban por el balcón:

—*Chè cosa fai, Silvana?*

—*Niente.*

Carvalho no era de esperar, es más, permanecía lo más próximo posible del despacho de Molinas contabilizando las audiencias con una sonrisa que a los confesantes nada decía pero que el confesor interpretaba como una declaración de principios sobre el destino del hombre y del mundo. Fue el propio Carvalho el que cazó a Serrano cuando asomó la cabeza por la puerta para comprobar que la cola había terminado.

—Falta el vasco.

—Ya sé que falta el vasco —contestó agresivamente Serrano, molesto por la fiscalización de Carvalho.

—También faltan las italianas. Si fuera tan listo como se cree, se habría dado cuenta.

—Estas chicas no cuentan. Crecen y adelgazan por segundos.

El vasco se presentó cuando Serrano ya daba por clausurado el confesionario. Apareció en el final del pasillo con la voluntad dividida en hacer avanzar el pie derecho y retroceder el izquierdo, con el cuerpo bamboleante, como si el cuerpo fuera un animal remolón que le impedía avanzar hacia el despacho del policía. Pero finalmente se decidió a diez metros de distancia y pasó ante Carvalho como un sprinter y se coló en el despacho de Serrano antes de que el detective pudiera comentarle cualquier cosa.

Sí, sí, ya sé que es algo tarde, señor inspector. Me llamo Telmo Duñabeitia, ya me conoce, soy un industrial muy respetado y muy conocido en toda España. No hay mejores contraplacados que los Duñabeitia y vengo a solicitarle que me deje salir cuanto antes. Mire usted, tengo buenos amigos en todas partes y eso ya es un mérito en estos tiempos en que a los vascos se nos mira por encima del hombro por culpa de cuatro exaltados, de los de ETA. No les niego yo cojones a esa gente, ¿eh, señor inspector? No son como otros que te van con una cara por delante y luego te la pegan por detrás. Pero son exaltados y a todos los vascos nos juzgan por el mismo rasero. Yo doy de comer a muchas familias y mi estancia aquí es ruinosa. Además, yo me conozco a mi gente y va a pensar que estoy aquí retenido porque soy vasco, porque se nos tiene manía a los vascos. Yo soy amigo de todo el mundo y me entiendo con todo el mundo. Yo, la verdad, no soy una persona que odie a la policía porque sí. Si usted viene al País Vasco, yo no me paseo por la calle con usted, pero si puedo hacerle un favor, se lo haré. Porque una cosa es respetar el qué dirán y otra el que nos entendamos todos, porque todos somos hijos de madre, todos tenemos dos manos y dos pies. Bueno, todos, todos menos los mancos y los cojos.

Que el cadáver de madame Fedorovna apareciera desmoronado sobre la malla asfáltica de la pista de tenis, lado norte, vestido con un ligero pero casto conjunto de campeona femenina de Roland Garros de los años treinta no sorprendió tanto como el que alguien, probablemente el asesino, le hubiera puesto la rejilla de la raqueta sobre la cara, como protegiéndole las facciones de la curiosidad pegajosa de las moscas del lugar o como situando una inútil celosía sobre el orificio de entrada de la bala, en la posición teórica del centro del frontal, mientras que el de salida se situaba en el hoyuelo de la vaguada del cráneo. Esta trayectoria de la bala, de arriba abajo, predispuso la sensata especulación de que o bien madame Fedorovna había sido asesinada por un gigante, dada la suficiente estatura de la dama, o bien el asesino la había obligado a arrodillarse para darle el tiro de gracia en el centro de aquella frente alta, ancha, blanca, llena de nobles pensamientos sobre el zumo de zanahoria y de sanas prevenciones hacia la tortilla de patatas y el jamón serrano. La trayectoria de la bala habría sido un tema de discusión menor en otras circunstancias, pero la frecuencia de la muerte había establecido en el balneario cierta insensibilidad hacia la muerte en sí y en cambio suscitaba reflexiones de experto sobre lo que el coronel Villavicencio llamaba «los pormenores del crimen». Por otra parte, el líder de la colonia alemana, el comerciante de Essen, sacó sus conclusiones y la principal trataba de aliviar radicalmente la tensión expectante de los asilados:

—El primer asesinato afecta a un cliente, es cierto. Pero luego Von Trotta y ahora madame Fedorovna indican que tienen más probabilidades de ser asesinados los miembros del staff que los clientes.

Opinión discutible y por lo tanto discutida por los que le recordaron el cadáver de Karl Frisch, hallado en el extrarradio de Bolinches. Aunque a casi todos los efectos el suizo era un cliente de la comunidad, por el gesto despectivo del comerciante pudo pensarse que al menos él no lo consideraba uno de los suyos y para siempre el cadáver del marido de Helen gravitaría por la galaxia sin patria donde caerse muerto. El simple debate sobre si Frisch era considerado o no miembro de la comunidad planteó el enigma de la desaparición de su esposa, salida del balneario en condición de viuda para exequias convencionales, pero sin que hubiera constancia de su retorno. La sospecha de que la suiza se hubiera beneficiado de un estatuto privilegiado enardeció los ánimos y el cadáver de madame Fedorovna se hubiera quedado a expensas del sol y de las moscas azules si el levantamiento de su cuerpo hubiera dependido de la voluntad de la colonia. Molinas tuvo que hacer de tripas corazón para atender con medio cerebro la evidencia de la muerte de su eficaz colaboradora y con el otro medio la tormenta de reclamaciones sobre la ausencia de Helen Frisch. Ganó tiempo y espacio como pudo, con el cuerpo debilitado por los kilos perdidos en noches de duermevela y días de batallas dialécticas y físicas. Pero no sabía inspirar compasión, llevaba en la mirada de cancerbero el estigma del capataz en horas bajas del negocio y ni siquiera sus lamentaciones, reclamando atención para sus desgracias y responsabilidades, eran atendidas debidamente por los hermanos Faber, definitivamente desbordados por los acontecimientos, especialmente el mayor, el más fuerte y activo, mientras el pequeño, su reducción a escala, permanecía en un silencio observador que no invitaba ni a dirigirle la palabra.

—¿Resumen de la situación? —preguntó Sánchez Bolín a Carvalho cuando le vio entrar en la sauna.

—Juzgue usted mismo. Cuatro muertos.

—Inverosímil. Insisto en que esto es una chapuza. Cuatro muertos ya son un genocidio y obligará a que el Consejo de Seguridad de las Naciones Unidas intervenga en el asunto.

—Alguna lógica hay en las muertes de la Simpson, Von

Trotta y ahora madame Fedorovna. El caso de Frisch puede ser rancho aparte.

—Cuando hay tantas muertes en tan pocos metros cuadrados y en una misma unidad de tiempo, ninguno de ellos es caso aparte. ¿Ha observado usted a nuestros compañeros de balneario? Los del aparato directivo han adelgazado, pero los clientes están engordando, creo yo. Tienen el metabolismo desconcertado. ¿El hombre del chandal sigue vivo?

—Sigue vivo.

—Igual resulta que es el asesino.

—Ese ha perdido el interés por el mundo desde el día en que murió Franco.

—A mí me pasa algo parecido. No he perdido el interés por el mundo, pero sí por mi propia historia. Es como si mi propia historia hubiera terminado y desde el pasado me fuera dada la inútil oportunidad de contemplar un futuro que me es ajeno.

—¿No le interesa lo que pasa en este balneario?

—No. Sinceramente no. Esta gente se merece todo lo que les pasa. Habían proclamado el final del drama, el final de la historia y se predisponían a envejecer con dignidad. El narcisismo me revienta.

—Pero usted también es cliente de este balneario.

—Allá cada cual con sus contradicciones.

A Carvalho le ponían nervioso las saunas, pero estaban incluidas en el precio del hospedaje y no quería regalar ni un céntimo a Faber and Faber. Cumplido el uso, recuperó su habitación y sus ropas y se predispuso a hacerse cargo de la situación de los principales protagonistas del desastre. Merodeó como un cazador de imágenes rotas y sorprendió a cada cual fiel a las exigencias del papel. El inspector Serrano se había pasado toda la mañana dando gritos a todo el mundo, incluido a sí mismo, y los Faber and Faber tenían el aspecto de acabar de darse el pésame mutuamente, mientras Molinas recuperaba la calma o la perplejidad, pero sin duda algo recuperaba. Gastein aparecía de vez en cuando por las esquinas interiores o exteriores del balneario, como si quisiera sorprender alguna novedad en el momento de producirse, para luego volver a su consultorio madriguera. El asesino había dado toda clase de facilidades: la bala apareció bajo el cuerpo de madame Fedorovna, el casquillo a poca distancia de la red y la pistola mal disimulada entre las adelfas. Serrano dictaba el informe a la mecanógrafa con voz alicorta y los ojos parpadeantes. Estaba cerebralmente cansado y su mirada buscaba objetos o personas donde poder descansar, dejar aparte el desconcierto que le abrumaba.

—¿Y usted va de turista por la vida? Me parece que la empresa también le ha pedido que investigue.

—¿Necesita ayuda?

—No. Necesito que me releven. En estos momentos está volando hacia aquí un alto funcionario del Ministerio. En cuanto llegue pondré el caso a su disposición yo mismo. No se puede seguir conteniendo a la gente.

—Los hay que siguen tomando el sol. La piscina está llena.

—Sea quien sea el asesino, se ha pasado.

—A la vista del cadáver de madame Fedorovna he pensado que quizá cometí un error. Hace unos días presencié por casualidad aquella disputa entre mistress Simpson y madame Fedorovna. Molinas le quitó importancia y yo le secundé porque no veía ninguna relación entre la vieja excéntrica americana y el ama de llaves rusa.

—¿Y ahora la ve?

—La muerte. La muerte las relaciona. Los gestos, las voces, todo adquiere otro sentido. Madame Fedorovna estaba riñendo a mistress Simpson. En ruso.

—¿Cómo sabe usted que la estaba riñendo?

—Por el tono de voz. Era una situación ilógica y las situaciones ilógicas merecerían más nuestra atención. Para empezar, ¿por qué hablaban en ruso? ¿Por qué buscaban un idioma especial que las situaba en un plano ajeno a cualquier plano condicionado por su presencia en este balneario? En segundo lugar, ¿desde cuándo madame Fedorovna podía reñir airadamente a una cliente?

—Conclusión.

—Aquí nadie es lo que aparenta ser. Ni mistress Simpson, ni madame Fedorovna, ni Von Trotta, ni Karl Frisch.

—¿Y los supervivientes?

—Tampoco. También son sospechosos de no ser lo que aparentan ser. A propósito, ¿qué ha sido de Helen Frisch?

—Por consejo del doctor Gastein está recluida en una residencia hasta que recupere el equilibrio emocional. Allí tendría que estar yo recuperando mi equilibrio emocional. De mi equilibrio emocional no se preocupa nadie.

—Usted ya sabe quiénes eran realmente mistress Simpson, Von Trotta, madame Fedorovna...

—Es posible. Ya le dije que mistress Simpson era de origen polaco, de apellido Perschka.

—¿Y Von Trotta?

—Alemán.

—Pero no era en realidad Von Trotta.

—Al menos no se llamaba Von Trotta, sino Sigfried Keller.

—Y no era profesor de tenis.

—Podía serlo. Había sido campeón del Trofeo Pangermánico de 1941. Consta en su historial.

—Eso quiere decir que tiene usted historiales.

—Son confidenciales e incompletos. Me los han facilitado mis superiores y espero la llegada del funcionario del que le he hablado. Pero no tengo por qué facilitarle las cosas, Carvalho. Usted trabaja habitualmente en solitario, no tiene por qué ponerse a la puerta de mi despacho a la espera de la sopa boba.

—Puede haber más muertes.

Serrano se encogió de hombros.

—No es mi problema. Entre el primer y el segundo muerto algo pudo hacerse o debió hacerse. Después esto ya no hay quien lo pare. Yo no lo voy a parar. Están funcionando todos los ordenadores, todas las terminales de datos de este mundo en busca de la razón de este suceso. ¿Qué puedo hacer yo? Recibir cortésmente a los que vengan a llevarse los restos de lo que quede.

Obedeció la consigna del inspector y salió en busca de una explicación sin más aliados que sus cinco sentidos. Aprovechó un momento de desahogo de Molinas para llevárselo rumbo al cuarto de video e invitarle a que se incluyera en la penumbra casi oscuridad que esperaba el pase de *Petulia* al anochecer.

—Qué bien se está aquí —suspiró Molinas—. Sin voces. Sin líderes. Sin comités. Sin crímenes.

—¿Cuántos años hace que trabaja usted aquí, Molinas?

—Ocho. Ya son años, ya. Empezaron los señores Faber y madame Fedorovna, y el doctor Gastein, naturalmente. Pero en cuanto se complicaron las instalaciones y todo cobró más vida, necesitaron a alguien del país. Hay que tener una mano especial para tratar a los empleados y a los clientes, mano derecha para los empleados y mano izquierda para los clientes.

—¿Von Trotta ya era profesor de tenis cuando usted empezó a trabajar aquí?

—Sí. Pertenecía al equipo original.

—¿Qué tal eran las relaciones entre Von Trotta y madame Fedorovna?

—Buenas. Las mejores que he visto. Se conocían desde hace muchísimos años y había entre ellos una gran amistad.

—¿Con los hermanos Faber también había una gran amistad? ¿Con Gastein?

—Con el mayor de los Faber sí había amistad, aunque no camaradería, ésa es la palabra que refleja el trato de madame Fedorovna y Von Trotta. Gastein es un personaje aparte. Le gusta permanecer al margen, pero es el verdadero dueño y señor de todo esto. En confianza, aquí no se mueve una hoja sin que lo ordene Gastein. Me refiero en circunstancias normales, claro está.

—¿Los Faber son los dueños absolutos?

—Es una sociedad anónima, pero ellos constan como principales accionistas.

—¿Sólo constan?

—Gastein también es accionista. También lo eran madame Fedorovna y Von Trotta.

—¿Von Trotta?

—Sí. Von Trotta.

—Pero si entre los clientes se rumoreaba que estaban a punto de despedirle.

—Se equivocaban. Von Trotta trabajaba por amor al arte. Yo diría que era un hombre rico. Posee una espléndida mansión en Los Monteros que no ha podido pagarse dando clases de tenis.

—¿Madame Fedorovna también era rica?

—A veces lo parecía. Otras no. Le gustaba quejarse pero yo diría que tenía el riñón cubierto.

—Maravilloso. Todos eran ricos, ágiles, dignos, guapos. De pronto llega una aparentemente vieja viuda norteamericana y todo cambia. Se deja o se hace matar y empieza un toma y daca de muerte que hoy por hoy no tiene fin. ¿No le dijo nunca nada madame Fedorovna sobre mistress Simpson?

—Lo lógico. Era una cliente habitual y algo excéntrica.

Éste era el cuarto año de sus venidas al balneario. Para mí ha sido una sorpresa que no fuera norteamericana, porque parecía el tópico mismo de esas viejas ricas norteamericanas que se niegan a envejecer.

—A mí se me llena la cabeza de imágenes rotas, señor Molinas. Con el tiempo se recomponen y aparecen escenas completas que unas veces sirven y otras no. Pero tengo dos fragmentos que me obsesionan: esa regañina en ruso de madame Fedorovna a mistress Simpson y esa misteriosa aparición de mistress Simpson en la puerta del viejo balneario la noche de la expedición militar del coronel Villavicencio.

—La primera escena es chocante, lo reconozco. La segunda, no. Podía estar paseando.

—Salía del pabellón.

—Imposible. El pabellón se cierra a las seis en punto de la tarde, en cuanto se va el último masajista.

—Si usted tuviera que dar una explicación a lo que está ocurriendo, ¿cuál sería?

—Un maniático. Un sádico. Un loco autocontrolado. No hay otra explicación.

—No habría otra explicación si la muerte fuera el único nexo entre las víctimas. Pero ahí está ese diálogo airado en ruso entre las dos mujeres y otro dato importante: Frisch. Karl Frisch se empeñó en salir del balneario. Quería salir del balneario e hizo todos los números para conseguirlo. Nada más llegar a Bolinches fue asesinado. ¿Le siguió el mismo loco matarife que está por aquí dentro suelto?

—Me va a estallar la cabeza. No es mi oficio. Para eso están usted o el inspector. Aunque al inspector me parece que le va grande la cosa.

—Es un especialista en drogadictos. Es feliz deteniendo drogadictos. El resto de la humanidad le tiene sin cuidado. Hay cazadores de conejos que jamás disparan a las perdices.

Le precedió Molinas en el abandono del salón de video y sin saber por qué Carvalho haraganeó por los pasillos interiores de la planta baja, aplazando el reencuentro con los centros nerviosos del balneario. De vez en cuando sorprendía parte de un esfuerzo complementario para el funcionamiento de aquella maquinaria de la salud que seguía funcionando al margen del olor de los cadáveres. Una muchacha que llevaba una camilla rodante llena de ropa de cama, el jardinero con un fumigador, la masajista de cosmética corriendo porque llegaba tarde a una cita, el marido de la encargada del comedor arrastrando un baúl excesivo para su desgana. Desembocó en el zaguán distribuidor de los pasillos que conducían a la zona de masajes o a la de gimnasia, pensó ganar el jardín trasero saliendo por la puerta del gimnasio y hacia él fue para detener los pasos al borde mismo de la puerta, al percibir voces airadas que llegaban desde el interior. No estaba la puerta cerrada del todo y por la ranura vio a los hermanos Faber protagonizando un fragmento indeterminado de un evidente psicodrama. El hermano mayor estaba gritando en alemán contra el espejo, contra sí mismo, desencajado, congestionado, con el cuerpo curvo por la tensión impuesta por las manos engarfiadas. El otro Faber pedaleaba en la bicicleta fija, displicente, como si la tensión dramática de su hermano no fuera con él, es más, como si la menospreciara y no le sugiriera más que algunos gruñidos de chanza.

Carvalho abrió la puerta de par en par y el mayor de los Faber se quedó inmovilizado en su gesticulación, como una cucaracha sorprendida por un halo de luz. Tampoco le gustó la intromisión al otro, que tras una detención del pedaleo fingió incrementarlo en busca del éxtasis del esfuerzo físico.

—Perdonen pero buscaba el jardín trasero.

—Pase, pase —invitó el mayor de los Faber con la voz mal convocada y las manos tratando de borrar de su cara los restos de la conmoción.

Carvalho pasó ante ellos sin pedirles otra cosa que una breve inclinación de cabeza como respuesta a su encantadora sonrisa de disculpa y salió al jardín en busca del rincón de césped recoleto que culminaba la parte del monte del Algarrobo acotada por el balneario, limitada por un seto de ciprés que intentaba o retener el recinto de la institución o contener la irrupción de la montaña virgen en aquel oasis de la naturaleza domesticada. Tardó en darse cuenta de que no estaba solo, de que en el ángulo estricto formado por el seto, como cobijados o en cierto sentido ocultados por dos paredes que no podían ser cuatro, Tomás y Amalia se daban besos profundos y ensalivados, algo jadeantes y de mal componer, como suelen ser los besos de parejas gorditas. Cuando los gordos besan lo hacen con su alma de delgados. Pero los cuerpos no. Los cuerpos no están nunca a la altura de las circunstancias.

A la mañana siguiente de la aparición del cadáver de madame Fedorovna, dos guardas jurados detuvieron a un reportero de *Interviu* en el momento en que saltaba la alambrada de espino que marcaba la frontera entre El Balneario y la naturaleza libre del monte del Algarrobo. Fue el primer síntoma de que la noticia de lo que estaba ocurriendo en El Balneario se había convertido en mercancía informativa, y horas después una caravana de coches llenos de periodistas y fotógrafos llegó hasta las puertas de la finca, detenida o retenida por un cordón de guardias civiles y guardas jurados que aseguraron cumplir órdenes. No llegó hasta la zona de la piscina el vocerío de los periodistas protestando, pero sí el runrún de un helicóptero que sobrevoló El Balneario mientras los bañistas se tapaban las vergüenzas y protestaban por las presumibles fotografías que les estaban haciendo desde las alturas. Los habitantes del lugar tenían las conciencias escindidas: por una parte deseaban ser fotografiados y asumir un protagonismo público que muchos de ellos ya tenían en reducidas esferas de su actividad profesional, y por otra temían el daño que aquella publicidad pudiera reportar a sus prestigios profesionales, comerciales e industriales.

Mientras tanto los periodistas habían establecido un verdadero campamento delimitado por sus coches, algunos dotados de teléfono y en condiciones de transmitir a las redacciones las noticias sobre las restricciones que encontraba su trabajo. Primero trataron de sonsacar a los guardias civiles y a los guardas jurados, luego tomaban al asalto las furgonetas de suministro que entraban o salían de la finca y colgados de la ventanilla pedían a los conductores que les dieran información de lo que estaba sucediendo allí dentro. Alguien puso una emisora de frecuencia modulada que sólo daba música y poco después dos fotógrafos unisex se bailaron mutuamente entre jaleos de sus compañeros. Se destaparon botellas de whisky y de vino y un comando partió a Bolinches con el encargo de comprar un jamón, pan y queso.

—El asedio será largo, pero de aquí no nos moverán.

Molinas se acercaba a la verja de entrada lo suficiente como para ver a los sitiadores sin ser visto.

—Oiga, ¿es usted el dueño de esto?

Le habían visto y se retiró precipitadamente perseguido por los gritos y reclamos de la turba de periodistas alertada por el grito de la joven fotógrafa. Ya en el despacho, a puerta muy cerrada, los Faber, Molinas y Serrano discutieron la oportunidad de emitir un comunicado que saciara a los sitiadores, sin permitirles violar la intimidad de El Balneario.

—Una invasión de periodistas sería nuestra ruina. Mucho peor que una docena de crímenes.

—Yo no puedo autorizar ni desautorizar que ustedes hagan un comunicado, pero he recibido órdenes del Ministerio de que mantenga una prudente reserva hasta que llegue el señor subdirector general.

—Usted, señor inspector, tiene sus razones y nosotros las nuestras. No podemos mantener las puertas cerradas durante mucho tiempo.

Un periodista consiguió burlar los controles y apareció de pronto junto a la piscina, como un ser deshibernado de otro siglo o un habitante de otro planeta apeado por error de un platillo volante. Iba a la moda, pero las arrugas de su traje habían dejado de ser bellas hacía mucho tiempo; sobre la pechera de su ancha camisa de algodón colgaban las cámaras de fotografiar como ojos mecánicos amenazantes. El periodista era joven, lo suficientemente joven y ágil como para haber conseguido saltar la verja, pero ahora tenía los músculos y los ojos inseguros, sorprendido quizá porque las aguas de la piscina eran azules y no estaban teñidas de sangre, o porque la conducta de los bañistas semidesnudos, que le contemplaban como a un intruso amenazador, recordaba más la de una élite de club privado escandalizado por la entrada de un advenedizo que la de un grupo humano amenazado por una epidemia de asesinatos. El muchacho fue retrocediendo, empujado por las miradas condenatorias de los clientes y por el avance táctico de los guardas jurados que lo fueron cercando, acorralando, hasta tenerlo contra un seto, excitados por la caza segura y provocados por las fotografías que el chico iba haciendo mientras retrocedía. Cuando lo tuvieron contra el seto lo agarraron por los brazos, no respetaron sus protestas y lo llevaron a lugar escondido y seguro, donde le estuvieron golpeando hasta que llegó Molinas como un superman salvador y rescató al periodista a gritos, manotazos y disculpas para ponerlo en manos de Gastein por si había sido dañado durante el varapalo.

—Disculpe, pero uno no puede estar en todas partes. Una cosa es que no dejen entrar y otra que apaliquen a la gente.

—Me han destrozado la cámara.

—Haga una lista de gastos y le compensaremos con creces.

—Oiga, ¿puede explicarme qué pasa aquí? He visto a esa gente de la piscina. Tenían cara de mala leche. Tomaban el sol con mala leche y cuando me han visto por un momento he temido que se me comieran.

—Tienen psicosis de encierro. Eso es todo.

—Hágame unas declaraciones en exclusiva y yo y mi empresa olvidaremos este desgraciado incidente.

—No tengo nada que declarar. Asómese a la ventana. ¿Qué ve usted? Gentes pacíficas que toman el sol, beben agua, se bañan. Tranquilamente. ¿Le parece a usted estar contemplando el escenario de una masacre?

—No, pero los muertos han existido.

—Se ha exagerado mucho y no se excluye una explicación mucho más simple.

—¿Cuál?

—Tiempo al tiempo. Pero usted mismo habrá advertido un desfase entre lo que se rumorea y la realidad. Usted ha visto un puñado de personas felices bajo el sol.

—Usted dirá lo que quiera, pero esta gente tiene mucho estómago.

—Son personas cultas y curtidas que no se dejan conmover por primeras impresiones. Meditan las cosas. Las metabolizan. Eso es algo que debemos aprender todavía los españoles; somos aún demasiado primarios. Diga usted a sus lectores que en El Balneario ni los desgraciados accidentes perturban esa paz que viene a buscar la élite de Europa y de España.

El periodista fue acompañado hasta la puerta por una pareja de la guardia civil. Llevaba en el bolsillo un cheque

que triplicaba el precio de la mejor cámara fotográfica y no soltó prenda cuando fue rodeado por sus compañeros, ni siquiera aceptó que la señal azulada que llevaba bajo un párpado era el resultado de un puñetazo. Se fue corriendo hacia su coche y ordenó al conductor que lo pusiera en marcha mientras él se sentaba en el asiento de atrás y dictaba la cabecera de una crónica en un pequeño magnetófono: «En *El Balneario de la Muerte* he visto a los muertos vivientes. Esperan cuál será la próxima víctima de una ristra de misteriosos asesinatos que han dado sentido al nombre del valle donde se asienta el balneario Faber and Faber: el valle del Sangre.» El periodista desconocía el quiste de ira y temor que todos los balnearios llevaban en sus cerebros, aunque aparentemente la fatalidad de lo sucedido y la complejidad de la situación habían provocado el efecto de acostumbrar a los asilados a la posibilidad de la desgracia y a sentirse algo compensados también por la posibilidad del espectáculo. Pero cada comunidad nacional tenía sus peculiares capacidades de asimilación o rechazo, y mientras los belgas cruzaban apuestas sobre el cómputo final de cadáveres y los alemanes negociaban con Molinas la cobertura de un seguro de vida que fuera más allá del de obligado cumplimiento por fallos en la asistencia sanitaria, los españoles habían descompuesto sus fuerzas y se habían entregado al soliloquio fatalista, como si fueran carne de verdugo a la que no le queda otra opción que levantar el manto, cubrirse la cara para no ver el brillo del puñal que les va a abatir. Desde el fracaso de su liderazgo, el coronel ya no era el mismo y vagaba por las instalaciones como han vagado por las islas del exilio todos los grandes militares arrinconados por la historia.

—Ya vendrán a buscarme, ya. Así aprenderán que es imposible mantener un espíritu alerta sin recurrir al sentido de la organización y disciplina que tenemos los militares.

—No te hagas mala sangre, Ernesto. En el mundo hay más civiles que militares.

—Y así van las cosas. Si todo el mundo, todo ser humano llevara un militar dentro, de otra manera irían las cosas. Rectas. Transparentes. Impecables.

Otras veces, el coronel Villavicencio meditaba en voz alta para que le escuchara quien no fuera sordo:

—¡Qué vergüenza! ¡Qué debilidad! Una situación de excepción exigía medidas excepcionales y en cambio ahí tenemos a los paisanos haciendo tonterías, sin atreverse a dar un golpe de mano que dé la vuelta a la situación.

No faltaba quien le diera la razón, especialmente entre las señoras, pero el coronel era un mal formalizador de su propio mensaje y aun estando muchas veces de acuerdo con el contenido, inquietaba o no tranquilizaba lo suficiente el continente. Carvalho había conseguido vivir entre ellos como si fuera el hombre invisible, como un mirón que no requiere ser mirado, salvo en contadas ocasiones, cuando algún personaje del cuadro excesivamente amable quiere repartir el juego a todo el mundo y se dirige incluso al que está más allá de la tela.

—¿Y usted qué opina, señor Carvalho, de este inmenso lío?

Doña Solita había iniciado un segundo jersey, para otro nieto que aguardaba en la cola de su colección completa de nietos y se había dirigido a Carvalho sin alzar la vista del nervioso tejemaneje de las lanas.

—A veces pienso que este espectáculo va incluido en la factura. Que cada hornada de residentes ha vivido un espectáculo similar.

—Qué interesante su tesis... muy interesante...

Había dejado la calceta doña Solita y fingía mirarle desde el fondo de los cristales profundos de sus gafas, pero se había acostumbrado a oír más que a ver desde hacía muchos años y Carvalho tuvo la impresión de que podía seguir siendo el hombre invisible. Y casi invisibles el hombre del chandal y su mujer, refugiados en su habitación para todo lo que no fuera compartir los servicios asistenciales del balneario, ni siquiera ya él interesado en pasar ante la puerta de la habitación de Sánchez Bolín, de la que salía un continuo ametrallamiento de máquina de escribir. Está usted escribiendo algo, ¿verdad?, le preguntó Amalia al escritor. Algo, contestó secamente, molesto por la obviedad de su propia respuesta. Y creyó ser amable al añadir:

—Un ensayo. Estoy escribiendo un ensayo.

—Eso es más difícil que una novela, ¿no?

—Según.

—¿Cómo se titula?

—«El idiota orgánico colectivo o el misterio del hombre del chandal.»

Le pareció a Amalia que Sánchez Bolín se la quitaba de encima, y tenía toda la razón. De hecho sólo Amalia y Tomás parecían encariñados con la situación. Al vasco se le caían los negocios perdidos de los bolsillos y de los labios y Sullivan estaba hasta el forro de tanto recochineo sangriento. Los catalanes, Colom a la cabeza, habían enviado un telegrama colectivo al presidente de su Gobierno autónomo, exigiéndole que tomara cartas en el asunto o en su defecto les ofreciera garantías suficientes para no ver lesionados sus intereses. La señora nacida en Madrid pero criada en Toledo sufría por su marido y por el niño gordito, pero especialmente por su marido, que no sabía qué hacer sin ella.

—No sabe ni pedirle una muda limpia al servicio. Tengo que hacer yo de intermediaria.

Algunos cónyuges, no contentos con la información que recibían por medio de los periódicos o la radio o la televisión o las llamadas telefónicas directas de sus parejas, se habían trasladado a Bolinches y conseguían pases de acceso a la finca, siempre en compañía de la escolta de la guardia civil. Hasta Carvalho recibió una llamada de *Biscuter*, que atendió poco y mal porque en el fondo le emocionó. También Charo le dejó el casillero lleno de anuncios de llamadas y finalmente tuvo que telefonearla para darle toda clase de seguridades sobre su suerte en *El Balneario de la Muerte*, título sensacionalista utilizado por *Interviu*, que para siempre ya acompañaría la historia del complejo sanitario de Faber and Faber Hermanos.

—Aquí sólo matan a los extranjeros, Charo.

—¿Me lo juras, Pepe?

—Te lo juro. Los españoles ni contamos.

—Pues no hay para tanto. Al fin y al cabo España ya es Europa.

—Los criminales no se han enterado.

—¿Es verdad que se trata de un ajuste de cuentas entre traficantes de heroína? Lo he leído en *El Periódico*. Y tú... ¿estás bien?, ¿estás guapo? ¿Te sienta bien el régimen?

—Lástima de tanto olor a cadáver.

—¿Cómo tienes el hígado?

—En su sitio. Como un hombre.

—¿Te has hecho otro análisis para ver los progresos?

—Un minuto antes de salir.

—¿Y cuándo será eso?

—Aquí hay una fuente de cadáveres inagotable. Como un pozo sin fondo. Quiero quedarme hasta tener la colección completa.

Las llamadas de *Biscuter* y Charo redibujaron en su cerebro el camino de regreso a casa, el contorno de las cosas más propias, pero era cierto que tenía especial empeño en llegar al fondo de aquel misterio desmedido, por un encargo del que ya probablemente ni el propio Molinas se acordaba y por un prurito profesional que le empujaba al menos a saber tanto como el asesino.

—O los asesinos.

Serrano le hizo saber, con su cuentagotas de palabra, que según el examen forense, madame Fedorovna no había sido asesinada en la pista de tenis.

—Pero iba vestida para jugar al tenis.

—A veces se vestía así de buena mañana para jugar un partido antes de que las pistas se ocuparan.

—¿Con quién iba a jugar un partido aquel día? Normalmente se apuntan los nombres de las parejas en un papel que está junto a la recepción para que todos sepan que la pista está ocupada a aquella hora. Si tenía una pareja prescrita, ¿cómo es que no acudió a la cita, donde hubiera encontrado el cadáver y lo hubiera denunciado?

—Su pareja era el señor Faber, el mayor. Ha declarado que se acordó con un cierto retraso de que había contraído el compromiso con madame Fedorovna y cuando corrió hacia la pista ya se encontró el pastel montado. Un jardinero había descubierto el cuerpo de la rusa.

—Pero a madame Fedorovna no la mataron en la pista, dice usted.

—No. Todo fue preparado para que así lo pareciera, pero en realidad la mataron en el camino entre el pabellón de los fangos y la pista. Han quedado restos de sangre en el césped y hay setos maltratados por el arrastre de algo pesado. Además se han encontrado cabellos de la rusa sobre la hierba.

De nuevo el pabellón de los fangos imponía su presencia en aquella historia, como un punto de referencia obligado, tal vez una simple presencia visual al servicio de su propia memoria. Carvalho se despegó de Serrano y se acercó a la ventana que enmarcaba a la perfección las viejas instalaciones, como si fueran un homenaje tridimensional a la obsolescencia.

Don Ricardo Fresnedo Masjuán se presentó en El Balneario con un chófer de Mieres, ex campeón de los semipesados de Asturias, y dos guardaespaldas delgados y jóvenes que inspiraban cierta ternura. Si bien el cargo oficial de don Ricardo tenía una nomenclatura con muchos posibles, su aspecto no era congénitamente prepotente, aunque el titular del cargo y de la anatomía que lo respaldaba recurriera a atávicos trucajes del hombre y de los animales para exagerar la prepotencia: voz engolada y una cierta tendencia a sacar el pecho y dar palmadas en la espalda incluso a personas que le superaban en más de un palmo de estatura. Los que desconocían su biografía, que eran todos, bien pronto fueron componiéndola a partir de las pistas biográficas que don Ricardo iba dejando como Pulgarcito dejaba migas de pan para reconocer el camino de retorno a casa. Podía producirse la falsa impresión de que don Ricardo llevaba un biógrafo en su estela, sin otro oficio que ir apuntando los datos biográficos que dejaba ir como quien no quiere la cosa; pero a simple vista se veía que el tal biógrafo no existía y que era el propio don Ricardo el que se contaba su biografía a sí mismo con el fin de boquiabrir al personal ante la cantidad de cosas que había hecho un hombre que acaba de cumplir los veintisiete años rodeado de compañeros del partido y de nécoras.

—Pues tuve que retrasar algo la salida porque Alfonso, Alfonso Guerra se entiende, se enteró de que yo cumplía veintisiete, veintisiete añitos del ala, y me mandó un libro de un poeta árabe de nombre muy complicado. Yo le telefoneé a bote pronto y le dije: Alfonso, gentileza por gentileza, tú te tomas hoy unas nécoras a mi salud, y me fui a Presidencia del Gobierno con una caja de nécoras y la primera botella que encontró ése, que es de Mieres y más bruto que un mechero de pastor. Con Alfonso me une una gran amistad desde que en un encuentro con las Juventudes Socialistas, en las que milito desde 1976, le dije que era un reformista pequeñoburgués y le cayó en gracia, le cayó en gracia el que yo, un mierda de tío que aún se afeitaba poco, le dijera eso. Luego me propuso para responsable de la coordinación entre coordinadores de los movimientos sociales de Madrid y me vio actuar y trabajar duro. En 1978 ya estaba yo a un pie de ser candidato al Congreso, cuando Galeote me cogió por su cuenta y me dijo: Chaval, tú eres muy fresco como para pasarte media vida bostezando en el Congreso; prepárate dentro del equipo de Sanjuán y en cuanto lleguemos al poder tú tienes un puesto seguro en el Ministerio de la Gobernación. Me di un garbeo por la escuela de cuadros del Partido Socialista francés, estudié todo lo que se puede estudiar sobre orden público... porque el orden público, y me quita usted, Severio, la razón...

—Serrano. Me llamo Serrano.

—Perdone, Serrano, me quita la razón si no la tengo, el orden público se aprende mediante la experiencia en cargos de los que depende el orden público. Día a día. ¿Me equivoco o no me equivoco?

—No se equivoca.

—Lástima que a Guerra no le gusten las nécoras, pero en mi honor se tomó dos... dos... ¡dos nécoras de Guerra! A mí el marisco me va muy bien. Alimenta, no engorda, da claridad de ideas y fuerza para el cerebro y el músculo. Soy karateka, aficionado, pero karateka. ¿En qué muerto estamos, inspector Serrano?

—En el cuarto.

—Bien, bien. ¿Éste es su equipo de colaboradores?

—No del todo. Francisco Lojendio sí es funcionario del Cuerpo Superior, y Milagros, la secretaria. Los señores Faber son los propietarios de El Balneario...

—¡Faber! ¡La marca de los mejores lapiceros de colores! ¡Un mito de mi infancia! Pero yo tenía que conformarme con los Alpino porque en casa no había perras, no había perras pero sí voluntad de superación, muchos codos, muchos codos remendados, pero con tenacidad... ¿Y este señor?

—El encargado de la clínica.

—¿Y éste?

—Un detective privado que estaba de cliente y fue contratado por los señores Faber.

Arrugó el hocico el joven león de los aparatos del Estado.

—¿Un detective privado? ¿A santo de qué? ¿No nos bastamos nosotros? ¿No cumple el Estado suficientemente el apartado de proteger la seguridad ciudadana? No tengo nada contra usted, señor, pero preferiría que abandonara la reunión. Soy portador de información confidencial y no veo por qué haya de transmitírsela.

Inclinó la cabeza Carvalho y se disponía a marchar cuando fue contenido por un razonamiento alternativo del joven Ricardo:

—Pero, bueno. Aún no ha llegado la hora de las revelaciones y puede quedarse. Tal vez pueda aportar elementos complementarios a la investigación del inspector Serrano.

Escuchó don Ricardo el resumen de lo sucedido de boca de Serrano, que tambíen le tendió un amplio dossier donde estaba el criterio de los acontecimientos.

—Preocupante, muy preocupante —decía don Ricardo ante cada parón respiratorio de Serrano, y cuando el inspector agotó todo lo que sabía o recordaba, con la observación de que madame Fedorovna había sido asesinada lejos del lugar donde fue encontrado el cadáver, el subdirector general de Orden Público miró uno por uno los rostros de los allí presentes por si corroboraban su propia disposición a un preocupado pero autocontrolado pasmo—. Inaudito. Quisiera inspeccionar uno por uno los puntos territoriales donde se han desarrollado los luctuosos acontecimientos.

Molinas abrió la marcha y el séquito recorrió uno por uno los distintos sectores del balneario. No hubo piedra o planta que no merecieran una pregunta situacional de don Ricardo, por lo que fue necesario incorporar al jardinero mayor a la comitiva, seguida a prudente distancia por los dos guardaespaldas y el chófer de Mieres.

—Maravilloso y fascinante que en medio del esplendor de la naturaleza puedan florecer las flores del crimen. Y ese edificio tan gracioso, ¿qué es?

El pabellón de los fangos requirió una compleja explicación sobre la servidumbre del antiguo uso y cómo los señores Faber habían querido respetar una costumbre que

164

formaba parte de la memoria colectiva de toda la comarca que tiene en Bolinches su capital.

—Tradición y revolución, he ahí la clave de toda modernidad. Ésa y no otra es la filosofía del Gobierno socialista. Modernizar España, pero sin cortarle las raíces.

Cuando llegaron a la pista de tenis, don Ricardo no reprimió una exclamación de entusiasmo:

—Excelente. ¿Malla asfáltica, superficie porosa?

—Superficie porosa.

—La más adecuada en defecto de la tierra batida. La malla asfáltica es demasiado dura y perjudica los talones. Practico el tenis; con menor intensidad que el kárate, pero lo practico. Tengo un buen drive pero un revés insuficiente.

Marcó con el brazo el movimiento de revés.

—¿Lo ven? Retrocedo demasiado el brazo y llego tarde a veces a darle a la pelota de lleno. También resitúo mal la muñeca para cambiar de golpe y tiendo a dirigir demasiado la bola; es el defecto de todos los que primero aprendimos a jugar al ping-pong y luego a tenis. Yo fui campeón de ping-pong de un torneo provincial parroquial organizado por la Acción Católica madrileña. Era yo, bueno, una criatura. Bien. Basta de dilaciones. Caballeros, mientras mis acompañantes toman un refrigerio, busquemos un despacho cerrado a cal y canto, un tentempié frugal y hablemos en serio.

Carvalho cruzó una mirada de inteligencia con Molinas y éste estableció un aparte con él en la cola del séquito:

—No acuda a la reunión, pero luego le informaré de lo hablado. A usted y a Gastein. Espéreme en el consultorio de Gastein dentro de dos horas, a no ser que yo le convoque con anterioridad.

Carvalho trató de quemar tiempo ante la pantalla de televisión, que malgastaba los minutos que le quedaban para dar paso al telediario de las tres. Pero se cansó de subproductos y salió al jardín a pesar de la bravura del sol para encaminarse hacia el pabellón de los fangos, aquella arqueología arabizante consciente de su papel de collage anacrónico en el conjunto de tanta modernidad. Dio varias vueltas al pabellón juzgando sus paredes recién encaladas, la cúpula lucernario, los artesonados de madera, los estucados de yeso reproduciendo leyendas del Corán, y ante la puerta creyó recibir una vaharada de complicados conjuros sulfurosos de tierra y barro, el tintineo de todas las humedades de aquel palacio antiguo al servicio de arraigadas higienes. Antes de cumplirse la hora de la cita se dirigió al consultorio de Gastein. Estaba la puerta abierta y abandonado a la anatomía del sillón, detrás de la mesa, estaba Gastein enumerando musarañas que sólo sus ojos veían. Primero acogió a Carvalho como a un intruso, pero al escuchar sus explicaciones sustituyó el recelo por la ironía.

—Bienvenido al banquete de las sobras de la información. Molinas es un gran jefe de protocolo. Por eso le escogí para el cargo entre diez candidatos.

—Pues ha encontrado la horma de su zapato. Ha llegado de Madrid un futuro ministro que es más protocolario que él.

Ironía y cansancio. Más cansancio que ironía, porque Gastein se pasó las manos por la cara y le quedó un rostro simplemente cansado.

—Tal vez las cosas hayan de ser extremadamente complicadas para que puedan volver a ser simples. Sólo tratamos de arreglar lo que está casi destruido o lo que está a punto de destruirnos. Este principio ha sido muy estudiado por los estrategas de la política exterior norteamericana. Es el principio más antimédico que conozco. Los médicos preconizamos prevenir. Los políticos se mueven a sus anchas entre las putrefacciones. Es el mejor momento para pactar. ¿Recuerda usted el talento con el que llevó Kissinger las negociaciones en el Vietnam?

—Hace tanto tiempo...

—No tanto. No tanto. El mundo entero veía aquella escalada de violencia y barbarie y se preguntaba si tenía un límite. Lo tuvo. El momento justo de negociar y lograr la paz. Para solucionar las crisis hay que provocarlas.

—¿Tiene eso algo que ver con lo que ha estado ocurriendo aquí?

—¿Por qué no? Detrás de todo esto debe de haber una estrategia. Un crimen aislado puede ser fruto de un pronto irracional. Cuatro crímenes no. Crímenes provocadores, audaces, con la voluntad de llamar la atención.

Molinas anunció la gravedad de sus futuras revelaciones mediante una geografía facial adecuada: ojos brillantes y entreabiertos, cejas fruncidas, continuo trasiego de saliva, frotamiento de manos y un silencio previo, expectante a su tarea reveladora.

—Bajo mi responsabilidad les informo, consciente de que tengo el deber de darle al doctor Gastein los elementos que le corresponden porque es la verdadera alma del balneario y a usted porque se ha visto implicado profesionalmente por expreso deseo de los señores Faber y de mí mismo.

Gastein se predispuso generosamente a admitir los tributos que Molinas quisiera ofrecerle y Carvalho se minimizó en uno de los sillones del consultorio.

—No sé por dónde empezar. He tomado unas notas y voy a atenerme a ellas. Ante todo, doctor Gastein, he de manifestarle mi asombro ante la cantidad de sorpresas que hoy me he llevado. Personas con las que hemos estado trabajando años y años, codo con codo, no eran exactamente quienes creíamos que eran. Ya sabíamos que mistress Simpson se llamaba en realidad Ana Perschka y era de origen polaco, pero ésa tampoco era toda la verdad. Mistress Simpson se llamó Ana Perschka a partir de 1946, cuando consiguió un visado de entrada en los Estados Unidos, pero su nombre real era Tatiana Ostrovsky, ciudadana de la URSS, residente hasta el final de la segunda guerra mundial en Bielorrusia. Átense los cinturones porque esto no queda así. Nuestra madame Fedorovna tampoco era madame Fedorovna. Se llamaba Catalina Ostrovsky y era hermana de Tatiana. Es decir, para resumir la misma sorpresa: madame Fedorovna y mistress Simpson eran hermanas.

Les dejó tiempo para que digirieran la primera ración de realidad. Viejos fajadores, ni Gastein ni Carvalho parecían especialmente conmovidos y Molinas se creyó invitado a continuar:

—En cuanto a Von Trotta, era realmente alemán. Josef Sigfried Keller su nombre auténtico, oficial de información del Ejército de Hitler y, agárrense, que ahora viene lo bueno, desde 1942 esposo de Catalina Ostrovsky, es decir, de madame Fedorovna. Mantuvieron en secreto ese vínculo al menos durante los veinte años, casi, que colaboraron en los distintos complejos sanitarios de los hermanos Faber. Y en cuanto a Karl Frisch, su nombre auténtico es por el que le conocemos, aunque en la ficha de la Interpol aparece con distintos alias. El más frecuente, *Extermina-dor*. Es un asesino a sueldo, ex mercenario en África...

—«El *Exterminador*, exterminado», dijo para sí Gastein, recordando la leyenda que había aparecido sobre el cadáver del marido de Helen, y como prosiguiendo un razonamiento íntimo preguntó:

—¿Y la señora Frisch?

—No hay tal señora Frisch. Al menos no estaban casados. Ha declarado en Bolinches que se conocieron este invierno en el Caribe durante un crucero y luego él le propuso venir aquí y hacerse pasar por marido y mujer. Pero desconoce totalmente de dónde venía, a qué se dedicaba, quién era.

Molinas parecía esperar las intervenciones de Gastein y Carvalho.

—¿Eso es todo? —preguntó Gastein.

—No. Hay mucho más, pero el señor Fresnedo ha dicho que el asunto está muy enmarañado y que el Departamento de Estado norteamericano, que había interferido los informes de la Interpol, ha solicitado del Gobierno español una reserva de tema mientras reúne nuevos datos y solicita intervenir en un asunto que le afecta directamente... exactamente eso ha dicho, le afecta directamente, ha repetido varias veces el señor Fresnedo.

—¿Del señor Carvalho no hay datos? —preguntó Gastein entre una risa que trataba de contener pero que se le escapaba a borbotones.

—No, pero de otros clientes españoles o extranjeros de la clínica, sí. No revelan nada especial. De Sánchez Bolín hay una ficha política que le describe como miembro del radicalismo esteticista. Es un profesional del izquierdismo ideológico, ha dicho el señor Fresnedo, pero no es peligroso.

—Es un censo incompleto, Molinas. ¿No hay datos reveladores sobre los hermanos Faber?

—Doctor Gastein, no era el caso de...

—¿Y sobre mí? ¿Qué saben ustedes sobre mí? ¿Me llamo realmente Gastein? ¿Soy el verdadero Gastein?

—Le envidio su sentido del humor, doctor.

—Muy bien, me doy por envidiado y es muy halagador. Pero nos han dado una serie de clarificaciones biográficas y una serie de ocultos parentescos que no explican estos crímenes a cuatro esquinas. A no ser que haya por medio la disputa de una herencia.

—Mistress Simpson era riquísima por sus dos o tres matrimonios americanos, pero no por sus propiedades europeas. Era una fugitiva de la segunda guerra mundial.

—¿Fugitiva de quién?

Había sonado por primera vez la voz de Carvalho y Gastein le dirigió una sonrisa admirada y estimuladora.

—Siga, siga pensando en voz alta, señor Carvalho.

—No me gusta pensar en voz alta pero la pregunta tiene sentido. ¿De quién huyó Tatiana Ostrovsky a finales de la segunda guerra mundial? ¿Del Ejército rojo soviético? ¿De su propio pasado? ¿Por qué ocultaron su matrimonio Von Trotta y madame Fedorovna? ¿Qué papel jugaba este balneario en esa historia? ¿Quién contrató a Frisch? ¿Por qué? ¿Para qué?

—Eso sólo lo sabremos cuando los americanos aporten las piezas que faltan.

—Un asesino o varios asesinos andan sueltos por este balneario. Es imposible saber qué han perseguido con tanto crimen, pero es algo que está aquí, algo que puede tocarse con los dedos o no, pero que está aquí. Y lo suficientemente importante como para empezar una carnicería a la desesperada.

—En eso discrepo de usted, señor Carvalho. No tiene por qué ser una carnicería a la desesperada. Le he hablado antes de mi teoría sobre las crisis. Para solucionarlas hay que provocarlas. Alguien ha provocado esta crisis en busca de una solución definitiva.

—¿A qué?

—Ésa es la cuestión.

El subdirector general de Orden Público quiso recibir a los representantes de los clientes y para todos ellos tuvo palabras de esperanza sobre el final de la pesadilla. Insinuó que el asunto excedía a la capacidad y responsabilidad de las autoridades españolas y les prometió una compensación simbólica, futura pero próxima. Una invitación del Gobierno español para que pasaran unas vacaciones en España en el lugar que más desearan. Escuchó sin pestañear la sugerencia del industrial de Essen de que fueran indemnizados por trastornos psíquicos y por pérdidas económicas, sobre todo los que ya habiendo terminado el período clínico se habían visto obligados a permanecer allí por culpa de los acontecimientos.

—Cada hora que permanezco fuera de mi fábrica pierdo cinco mil marcos.

—Mi Gobierno lo siente mucho, pero no puede dar garantías de este tipo. Es como si ustedes estuvieran veraneando en un país equis y de pronto estallara un terremoto o una revolución. ¿Iban a ser indemnizados?

Tuvo también unos minutos para el propio Carvalho:

—Disculpe mi toma de posición anterior, pero las normas son las normas. He revisado el expediente de usted que estaba en poder de Serrano y es curioso, muy curioso. Es usted un tipo curioso, Carvalho, refleja en sí mismo el dramatismo de nuestro tiempo, ese bandazo del Partido Comunista a la CIA. Hay mucha tragedia humana en todo eso. Cuando yo era jovencísimo estudiante sentía cierta fascinación por los comunistas, tenían una estatura mítica que les había construido en gran parte el franquismo.

—Tenían estatura, eso es todo.

—No me interprete mal. No estoy diciendo que carecieran de valor histórico. Pero fíjese en usted mismo. Da un bandazo y se hace agente de la CIA. Hay que encontrar un equilibrio ético, creo yo. Y yo lo he encontrado en la socialdemocracia. Es la tercera vía entre dos barbaries, no le quepa la menor duda. Me interesaría saber qué piensa usted de todo esto; al fin y al cabo es un profesional.

—Mi cliente es El Balneario. Comprenda que yo también tenga derecho a reservarme mis datos.

—Me interesaba más una impresión de conjunto. En pocas horas, detrás de la muralla del séquito, aunque soy muy observador no puedo tener una impresión directa de este ambiente. Y a veces el ambiente es muy importante para comprender las situaciones en profundidad. Le he dicho a éste que se diera una vuelta a ver qué oía y qué veía.

Éste estaba allí y era el chófer de Mieres, el ex campeón de semipesados de Asturias.

—¿Y qué le ha dicho... éste?

—Que aquí hay mucha pela y mucha hipocresía.

—No se equivoca. Es la misma tesis de Serrano.

—Dentro de unos días la pesadilla habrá terminado. Calculo yo que en tres días podrán volver todos a casa, si unos datos que espero llegan puntualmente, según me han prometido. Lo importante en política y en la historia no es soñarla, sino realizarla.

—Apúntese la frase para cualquier mitin de cualquier campaña electoral.

No era mal chico, pero le habían regalado un juguete de estadista y no sabía mirarse al espejo. Hay gente que no sabe mirarse al espejo. ¿Hay alguien que sepa mirarse al espejo? Estaba ya en su habitación y estaba precisamente ante el espejo. Debía de tener el hígado nuevo, pero seguía teniendo la misma cara de mal amigo de sí mismo. El final de la cuarentena coincidiría con el final de su ayuno, luego tres días de aclimatación a la alimentación sólida y otra vez a casa, a los guisos de *Biscuter*, o a los suyos propios o a una peregrinación por restaurantes que había soñado, en busca de platos concretos que se le habían aparecido entre nubes rosas y de un blanco angélico. Lo primero que haría sería dar una vuelta gastronómica a Cataluña, una suicida *Grand Bouffe* que empezaría por la Cerdaña, en el hostal del Boix, en Martinet de Cerdaña; luego Can Borrell, en Meranges; el Bulli, en Rosas; el Cypsele, en Palafrugell; Big Rock, en Playa de Aro; Eldorado Petit, en San Feliu de Guíxols; la Marqueta, en La Bisbal; antiguas y nuevas querencias que sabían a *trinxat*, macarrones al romero, *nouvelle cuisine* perfumada por el Mediterráneo, sepias con habas tiernas, pies de cerdo con caracoles, bacalao al Roquefort, arroces negros. Inevitable el arroz caldoso de la María de Cadaqués o del Peixerot de Vilanova o el de Els Perols de l'Empordà en Barcelona. Pero antes, antes se iría al Hispania y le diría a la señora Paquita: Póngame de desayunar todo lo que pueda cenar en un mes con una cierta desgana, y saltaría como Peter Pan por los cielos en busca de las mesas barcelonesas de Casa Leopoldo o La Odisea o el Botafumeiro o La Dorada o Casa Rodri, en busca de conversación y paisajes gastronómicos suficientes para compensar aquel charco de caldo vegetal que le pudría el cerebro como si fuera solaje de comidas imposibles. Aquella ensalada de angulas con kiwis y jamón de pato. Los crêpes de pie de cerdo con alioli y salsa rubia. La dorada horneada entre hierbas mediterráneas y aceitunas negras. Patatas al vapor con caviar y salsa holandesa. Pimientos rellenos de mariscos prietos. Rape al ajo quemado. Ciervo con mermelada de grosellas y camembert frito con mermelada de tomate. Cada vez que abría y cerraba los ojos del cerebro, sonaba un flash hipotético que convertía cada recuerdo en una fotografía y en una promesa. Sentía que volvía a renacer en él un animal sensorial que no está dispuesto a comerse la naturaleza con guantes y pinzas. Había triunfado contra la conspiración de los virtuosos. Había, pues, recuperado la capacidad de proyectar, de futuro, y el mismo clima respiró al anochecer en el salón de televisión donde el grupo de españoles había recuperado vivacidad y lógicamente locuacidad. El coronel disertaba sobre armamento moderno y ponía aquella noche especial empeño en cantar las excelencias de los misiles, especialmente de los misiles aire-aire, en cuya perfección y correcto uso estaba la clave del control de cualquier batalla aérea. Un Sparrow AIM-7, por ejemplo, es una obra humana tan perfecta como la catedral de Burgos o casi. Cada pieza es un prodigio en sí misma y en relación con la pieza inmediata.

—Al igual que Miguel Ángel o quien fuera, el ingeniero de un Sparrow AIM-7 al terminar su obra bien podría darle un golpecillo y gritarle: ¡habla!

Como si la poética propuesta del coronel hubiera sonado a pistoletazo de salida de la locuacidad, salieron y subieron las voces y al rato aquello era una Babel de propósitos y despropósitos, elevadas todas las temperaturas por la euforia de las noticias que se filtraban desde la dirección: definitivamente enfriados los cadáveres habidos y por haber, las puertas del castillo iban a abrirse y el reencuentro con la normalidad aparecía pintado con los mejores colores imaginarios. Todo paciente de El Balneario sale con el propósito de cambiar de hábitos de vida, elevada hacia un cierto grado de ascesis por la pérdida de peso, sea la que sea. Todos salen con las ropas más anchas, las caras más afiladas, los pasos más ligeros y desde esa bonanza prometen perseverar en regímenes y ejercicios físicos que les acercarán al canon interior perfecto con el que cada cual dialoga y conecta, al margen de las apariencias que acepten los demás. Hay quien entró en El Balnea-

172

rio sabiéndose gacela en su fuero interno, pero ballena y gorda a los ojos de los demás, y aunque no perdió los kilos que separan a la gacela de la ballena, sí perdió los suficientes como para creer, engañadamente, que había correspondencia por fin entre la percepción íntima de los límites de su yo-gacela y el aspecto real que ofrecía a los demás. Nunca es así, pero lo cierto es que si la esperanza estuviera en algunas células concretas, de El Balneario se salía con esas células multiplicadas y todos los propósitos de enmienda que permitieran mantenerse al menos tal como se había salido. Los veteranos ex combatientes en otras operaciones de desembarco sabían que iban a vivir momentos compensadores, reencuentros con personas que les mirarían sorprendidas, gozosamente sorprendidas antes de exclamar: ¡tú has adelgazado, y mucho! Ese reconocimiento ajeno valía todo lo que pudiera costar la estancia en El Balneario, más los angustiosos enigmas de las actuales circunstancias, porque en definitiva todo esfuerzo humano conduce al objetivo de ser alto, rico y guapo, sin distinción de sexos, estados o ideologías.

Y a la euforia por la proximidad del final feliz hubo que atribuir un acontecimiento para siempre recordado por los cómplices de aquella noche. No fue el vasco el protagonista, a pesar de que parecía borracho de Agua de Solares. Ni Sullivan, picoteando conversaciones e ironías sobre los escotes de tan poderosas damas. Ni el catalán, que contemplaba el jaleo con la condescendencia de una institutriz. Fue Tomás, el quesero, quien al ser interrogado por Sullivan sobre cuál era su vocación frustrada, tardó en contestar, se miró a los ojos de Amalia y recibió la orden de ser sincero:

—Bailarín de claqué.

No era broma y lo entendieron todos así mientras se repetían las tres palabras mentalmente, una y otra vez, en la imposibilidad de otorgárselas en propiedad a aquel corpachón manchego de nieto predilecto de Sancho Panza. Pero ante las silenciadas dudas, Tomás se levantó de un salto y buscó el espacio libre que quedaba entre los sillones para empezar un acompasado claqué mirándose fijamente los zapatos que punteaban los suelos con la dejada perfección de un Fred Astaire singular. Y no contento con demostrar que sabía mover los pies en busca del alma de los suelos, Tomás saltó sobre un sofá y de allí a la mesita de centro, donde prosiguió el tembleque armonioso de sus piernas, esta vez más cerca del estilo burlesco de Donald O'Connor que del claqué gimnástico de Gene Kelly o del danzarín payaso de Fred Astaire. Tomás bailaba arrebolado, sin mirar al pasmado público, eso no, siguiendo una secreta melodía que se cantaba por lo bajín, con la lengua semisalida de los labios, por el esfuerzo físico y por contener la canción lo suficiente, no fuera a escapársele. Y cuando se sintió dueño del salón y de la audiencia dio un salto de corsario y quedó a medio metro de la ventana abierta, por la que se precipitó en busca del espacio libre del jardín, donde correteó en torno de los árboles y las farolas buscando la identidad perfecta del bailarín de claqué libre en la naturaleza libre. Se asomaron sus compatriotas a la ventana, pues no querían perderse ni un segundo en aquel arrebato de inspiración sobrehumana, y la que menos quería perdérselo era Amalia, que exclamaba con la regularidad requerida:

—¡Es genial! ¡Es genial!

Cumplidas las evoluciones por el bosque, cogidas por el talle las farolas y las palmeras, encaramado a todo promontorio que le permitiera posturas de ofrenda y rechazo, del sí pero no que implica la filosofía profunda del claqué, el rostro obsesivo y algo bovino de Tomás se orientó hacia la ventana por la que acababa de salir y tomó carrera para ganarla de un salto limpio con las piernas abiertas que obligó a una precipitada retirada de los mirones, a tiempo de que Tomás se apoderara de la mesita de centro y terminara sobre ella un doble salto con tijeretas y un remate de zapateado más flamenco que neoyorquino hasta encontrar la postura final de estatua barroqueña sorprendida por el adiós de una música que él solo había escuchado.

Los aplausos le obligaron a saludar.

—Le va a dar algo —opinaba doña Solita ante la enramada de venas indignadas e insurgentes que se revelaba en las sienes y en el cuello del joven quesero.

Y algo le habría dado si no le desabrochan la camisa, le reponen las aguas perdidas y le dejan un espacio abierto para que respire. Pero el triunfo ya estaba conseguido y los aplausos se reanudaron.

—Qué callado te lo tenías.

—Es que he ido a una academia.

—Pues bailas como un maestro.

A Carvalho le parecía haber acumulado en su propio cuerpo todos los calores que le sobraban a Tomás y saltó por la misma ventana en dirección al jardín. Primero pensó orillar la piscina bajo la luz de la luna llena y ganar el camino que llevaba a la puerta principal. Pero sus pasos no obedecieron las primeras intenciones y le encaminaron hacia la presencia del pabellón de los fangos, blanco de por sí, recubierto por el blanco lunar. Desde los escalones que llevaban a la puerta de entrada se hizo cargo de la perspectiva global de las instalaciones modernas y se puso en el lugar del viejo pabellón, hizo suyas sus consideraciones ante aquel despliegue de racionalismo y eficacia que sin embargo le había indultado de la piqueta. Carvalho subió los escalones y acarició la puerta de herrería historiada sobre gruesos cristales opacos. Bastó la presión acariciante de la yema de sus dedos para que la puerta cediera y le enseñara un fragmento de las negruras interiores del pabellón. Dio un paso atrás y pensó en acudir a la recepción para avisar del olvido, pero después asumió que podía no ser un olvido y que a pesar de la oscuridad interior alguien podría estar dentro a aquellas horas. La oscuridad era sólo un problema del zaguán de entrada, porque luego el lucernario cupular creaba una luminosidad lunar que embalsamaba de blancos lechosos y livianos las esculturas de las fuentes enmudecidas, la perspectiva de las naves vacías, con sus bancos de espera y sus cuartos para los enfangamientos, los aljibes donde las aguas mantenían la humedad de los barros contenidos en cubetas de madera. Cantaba el agua en algún rincón del pabellón y ese cantar ocultó algún tiempo otro ruido que poco a poco fue delimitando. Era el ruido de unos zapatos pisando suelos húmedos o algo encharcados. Por fin distinguió una silueta detrás de la fuente central presidida por un niño de piedra haciendo pipí; parecía caminar hacia la tapia que cegaba la nave invisible, la nave fuera de uso. Creyó reconocer al mayor de los Faber y retrocedió hacia la puerta de entrada. Desde allí esperó a que los ruidos se concretaran, tanto en el espacio como en el tiempo, pero en vez de eso desaparecieron y Carvalho volvió a su posición anterior. Ya no estaba a la vista el mayor de los Faber. Ningún ruido revelaba la menor presencia animada dentro del pabellón, salvo el goteo de algún agua recóndita. Carvalho recorrió las naves, los habitáculos a la espera de la humanidad reumática del día siguiente, los servicios, cuartos vestidores y cuartos almacenes de toallas. Ni rastro del mayor de los Faber.

Desanduvo lo andado y volvió al jardín. Dejó pasar un tiempo prudencial para dialogar consigo mismo y elegir la conducta menos desquiciada. Por fin consiguió el aplomo necesario y se encaminó hacia la recepción.

—No. No está el señor Molinas. Ha ido a Bolinches a despedir al señor subdirector general. Pero si quiere hablar con el señor Faber puede hacerlo.

—¿Con cuál de los dos?

—Con cualquiera de ellos dos. Están en el salón de video.

En efecto. Los dos estaban en el salón de video.

No soportó el mayor de los Faber la proyección de toda la película y salió del salón seguido de Carvalho. Procuró adelantársele el detective y luego se detuvo en seco, como sacudido por un retorno mental de algo olvidado, y se volvió para ver venir al propietario de El Balneario. Los zapatos de lona estaban oscuros por la humedad y los bordes de los pantalones habían estado hasta hacía poco empapados por el agua.

—Lo siento, señor Faber, pero no hemos tenido ocasión de hablar tranquilamente y creo que todo lo sucedido y el encargo que usted tuvo a bien hacerme requerirían una conversación.

—Estoy a su entera disposición.

—¿Le parece ahora mismo?

A la amabilidad excesiva normalmente dispensada a un cliente, Faber añadió la amabilidad a su juicio requerida por un profesional capaz de pagar las facturas de su clínica y con su mejor brazo abrió la perspectiva del pasillo para que Carvalho le precediera en la búsqueda de su despacho.

—Sólo puedo invitarle a agua.

Rió su propia broma bárbaramente deletreada en un castellano más parecido al alemán que oído alguno había escuchado. Era un hombre viejo pero fuerte, dotado de una excelente dentadura recompuesta que destacaba en un cutis arrugado pero atezado por los soles de las más elegantes pistas de tenis. Tal vez había sido Von Trotta quien le había enseñado un tenis elegante.

—¿Le ha sorprendido la doble personalidad de Von Trotta?

—Mucho. Pero no tanto como la de madame Fedorovna. Hemos trabajado juntos, y ahora, llevarme esta sorpresa...

—¿Conoció a la pareja aquí en España?

—No. Les conocí cuando montamos el primer balneario en Suiza. Madame Fedorovna era una experta en dietética, aunque de hecho en nuestra clínica siempre cumplió funciones más administrativas y de relaciones sociales. Fue ella la que nos relacionó con Von Trotta.

—¿Habla por usted y su hermano?

—Mi hermano no estaba entonces tan vinculado. Es más joven que yo. Hablo de Gastein y de mí. Gastein estuvo a mi lado desde el comienzo.

—¿Por qué decidieron instalarse en España?

—Hicimos un estudio climático que garantizase la máxima rentabilidad del establecimiento. Aquí en el valle del Sangre pueden garantizarse más de trescientos días de sol al año y hay un microclima subtropical debido a la protección de las montañas, a la humedad del río y a los vientos cálidos que llegan desde África. Para los regímenes que imponemos en Faber and Faber es fundamental que el cliente se encuentre a gusto, que el clima no se convierta en una obsesión, que sienta a gusto su piel en contacto con la naturaleza. Tuvimos noticia de la existencia de un viejo balneario de origen árabe, aunque la leyenda dice que su origen es más remoto, anterior incluso a la colonización romana, y vinimos para aquí. El balneario había permanecido cerrado desde la guerra civil hasta los años sesenta. Lo pusimos en funcionamiento después de construir las instalaciones modernas. Fue una inversión extraordinaria pero ya está amortizada.

—Von Trotta y madame Fedorovna eran accionistas.

—Sí. Pusieron algún dinero y capitalizaron trabajo. Era una fórmula muy utilizada en Suiza y Alemania después de la segunda guerra mundial.

—¿Cuándo supo que madame Fedorovna tenía una hermana y esa hermana era mistress Simpson?

—Cuando nos lo ha revelado el señor Fajardo. El pasado de madame Fedorovna era una incógnita. Jamás hablaba de él y yo le respeté ese voluntario silencio. El pasado de los rusos o los alemanes suele ser triste, salvo que hablemos de las generaciones más jóvenes. Los que vivieron la guerra y la posguerra no quieren recordar. ¿Pero acaso no les pasa lo mismo a los españoles?

—¿Qué explicación da usted a todo lo sucedido?

—Un ajuste de cuentas cuya intención se me escapa. Tal vez una historia antigua mal acabada. Un drama de familia. Quizá.

—¿Y Karl Frisch?

—Sí. Karl Frisch no encaja. Tal vez fuera contratado por una de las partes para actuar de exterminador y luego pagara él mismo las consecuencias. Fíjese, Karl Frisch asesina a mistress Simpson y Von Trotta. Luego alguien le mata a él y a madame Fedorovna.

—Sigue, pues, abierto el caso. El asesino de Karl Frisch sigue siendo el asesino que está actuando con una impunidad innegable.

—Sólo una ocupación militar del balneario podría impedirle actuar, pero ya han sufrido demasiado los clientes. Sólo faltaría que esto se convirtiera en una cárcel. Costará recuperar este negocio, señor Carvalho. Imagínese el desprestigio.

—¿Es usted médico?

—No. Mi padre lo era y creó un método vegetariano preventivo de la salud, el método Faber que luego desarrolló su principal discípulo, Gastein. El estudio de la dietética había sido el norte de la vida de mi padre y la causa de su salvación. Piense que había nacido débil, sietemesino y que durante toda su infancia vivió obsesionado porque una correcta alimentación le hiciera crecer y le creara una salud que la naturaleza le había negado. Ésa es la correcta expresión: creó su propia salud. Y de ahí vino su interés por la medicina y por una disposición empírica que iba más allá del empirismo condicionado de la medicina convencional. En sus investigaciones llegó a la conclusión de que sólo la alimentación vegetariana responde a las exigencias más sanas del soma y psique del hombre y aunque durante un tiempo fue incluso crudívoro, un recalcitrante crudívoro, con el tiempo se hizo más flexible. Piense usted que los estudios de mi padre ya eran conocidos a comienzos de siglo, y aunque la medicina oficial le consideraba poco menos que un curandero, él persistió con su fe y en unas durísimas condiciones de vida tiró adelante su proyecto científico.

—Malas condiciones de vida, pero consiguió montar esto.

—Ya casi al final. Con la ayuda de clientes devotos, adictos. Mi padre era un soñador y un profeta. Tenía una visión global de su terapia: alimentación sana, concepción integral del hombre con alma y cuerpo y una reconstrucción de una «terapia magna», una medicina naturista pero científica que pudiera dedicarse al servicio de la *vis medicatrix naturae* que hubiera asumido toda la ciencia médico-histórica y estuviera en condiciones de superarla. Piense usted que mi padre era respetado por los cerebros médicos más importantes de este siglo, Freud, Jung, Adler, Steckel, Prister, Semon... le respetaban porque en 1900, no olvide este dato, en 1900 mi padre había escrito: «Ninguna enfermedad es simplemente somática y ninguna simplemente psíquica. Siempre hay que considerar ambos aspectos.» La «era psicosomática» empezaría treinta años después de aquella observación-profecía de mi padre. Hoy día los textos de mi padre se estudian en todos los cursos de dietética que se dan en el mundo entero.

—Curioso que ni usted ni su hermano haya proseguido su obra de investigador.

—Mi hermano y yo hemos sido comerciantes de sus ideas. Él era incapaz de comerciar con sus ideas. Fíjese usted en que inició sus investigaciones sobre la dieta vegetariana y el naturismo a comienzos de siglo y hasta casi treinta años después no se atrevió a divulgar sus descubrimientos al gran público: «Un médico no es un agitador», solía decir.

La puerta del despacho se había abierto lentamente y el otro Faber asomaba su cara sorprendida por el clima de entregada conversación creado entre su hermano y Carvalho.

—Quédate si quieres.

Quería quedarse, aunque siguió silencioso los coletazos del discurso de su hermano sobre su padre.

—Piense que la medicina clásica le declaró una guerra total. Se invirtieron los papeles. Los brujos eran ellos. Mi padre era el científico. Siendo yo un adolescente recuerdo que vino a visitarnos el doctor Noorden de Viena, una eminencia europea, mundial. Durante varios días estuvo en contacto con mi padre tratando de captar sus ideas y cuando se despidió le dijo en mi presencia: «Yo vine convencido de que usted era un sectario, un simplificador; pero me voy pensando que mis colegas se equivocan con usted. Usted tiene una concepción más vasta y equilibrada de la medicina. Le felicito.» Y le dio un apretón de manos en mi presencia. Mi padre estaba emocionado.

De no ser por el hieratismo total del rostro, Carvalho diría que los ojos del menor de los Faber reían, pero no en abstracto, se reían de su padre o de su hermano o del doctor Noorden de Viena. Se reían. Era más evidente aquella risa interior que la emoción filial retórica y sin duda repetida que su hermano mayor representaba con una exhibición mayestática de las raíces científicas y afectivas de su negocio.

—¿Y usted también opina que los crímenes de El Balneario son el resultado de un ajuste de cuentas?

Dietrich Faber se encogió de hombros.

—No habla muy bien el español —salió en su ayuda su hermano mayor—. Lo habla justo para saludar a un cliente. Domina ese lenguaje del comedor, saludos, estímulos...

Pero no pudo continuar. Su hermano había exagerado la sonrisa y de su boca salió un falsete cantarín:

—¿Qué tal, señor Carvalho? ¡Qué magnífico aspecto! ¿Le sienta bien la cura? Pero no debería preguntárselo porque su cara lo dice todo. Le voy a encender una vela para celebrar el triunfo sobre sí mismo.

Y mantuvo su cara de ventrílocuo, como si hubiera hecho hablar a un muñeco que era él mismo, sin esperar aplausos ni carcajadas, ni siquiera la sorpresa de Carvalho, ni la indignación de su hermano. Como si estuviera roto. Un muñeco de ventrílocuo roto. Pero de pronto el muñeco volvió a animarse y de su boca salió otra vez aquella voz horrible de payaso falso:

—Anda, Hans. Cuéntale a este señor lo que dijo nuestro padre cuando mamá se inventó aquella tarta de remolacha.

—No recuerdo.

—Lo recuerdas muy bien. Lo has contado trescientas veces en mi presencia.

—La verdad, Dietrich, no recuerdo.

—Papá le dijo a mamá...

—¡Basta, Dietrich!

Consiguió que se callara, pero con los ojos pícaros el muñeco Dietrich preparaba una nueva intervención que mantenía alerta a su hermano.

—Es muy tarde, señor Carvalho. La vida de la clínica exige que los dueños demos cierto ejemplo.

—Sólo una cosa más, señor Faber. Tanto al inspector Serrano como a Molinas les he expuesto mis principales puntos de reflexión, las disonancias o concordancias que percibo en este asunto. Coincido con usted en la excepcionalidad del caso Karl Frisch... Ahora tiene sentido otra incoherencia que había captado, la regañina que le dio madame Fedorovna a mistress Simpson... es decir, a su hermana. Pero queda en pie todavía una duda, quizá menor. La noche en que montamos una pequeña juerga, asaltamos la cocina y nos apoderamos de la manzana, cuando nos desarticularon el comando junto al pabellón de los fangos, de pronto apareció mistress Simpson a nuestras espaldas y a nuestras espaldas estaba la puerta del pabellón... Mistress Simpson salía del pabellón a una hora poco lógica.

—¿Está seguro de que salía y no paseaba simplemente por el parque y se sumaba al grupo?

—No. Mantuvimos una cierta tensión y mirábamos a todas partes porque de un momento a otro iba a llegar el guarda jurado, e iba armado. Mistress Simpson salió del pabellón.

—¡Qué raro!, ¿verdad?

—Rarísimo —contestó Hans Faber a la primera cosa coherente que había dicho su hermano—. Pero si recuerda usted la psicología del personaje, no es tan raro. Era una vieja excéntrica.

—Tan excéntrica como su hermana. Lo suficientemente excéntrica como para convivir sin revelar su identidad y para odiarse.

—¿Odiarse?

—No sé si puedo hablar en recíproco. Pero me apuesto algo a que al menos madame Fedorovna odiaba a mistress

Simpson. La miraba como si la quisiera hacer desaparecer.

—Hay hermanos que miran castigadoramente, señor Carvalho. —Dietrich volvía a hablar como un muñeco—: Mi hermano Hans me mira castigadoramente cuando me porto mal y en cambio sería incapaz de pegarme un tiro en la pista de tenis.

Hans Faber estaba cansado de la situación y de su hermano y probablemente de Carvalho. Hizo un incontrolado gesto de fastidio y disolvió la reunión por el procedimiento de marcharse. Quedaron a solas Carvalho y el ventrílocuo. El detective le dio la espalda y cuando estaba llegando a la puerta oyó otra vez la voz de falsete del muñeco roto:

—¿Qué tal, señor Carvalho? ¡Qué magnífico aspecto! ¿Le sienta bien la cura? Pero no debería preguntárselo porque su cara lo dice todo. Le voy a encender una vela para celebrar el triunfo contra sí mismo.

Aprovechó la claridad lunar para dar un paseo final por el jardín y se encaminó de nuevo hacia el pabellón de los fangos. Todo lo que había vivido allí dentro había sido posible porque la puerta estaba abierta. Lo seguía estando. Volvió a empujarla apenas con las yemas de los dedos y se le abrió una oscuridad inmediata que se aclaraba a medida que avanzaba hacia el centro radial sobre el que el lucernario dividía en haces la dejadez blanquecina de la luna. Le guiaba un instinto de final y un fragmento de conversación con un masajista que llegaba de la memoria de las primeras experiencias vividas en el balneario: «Hay una galería corta tapiada y una escalera que conduce a un sótano que no se usa; precisamente por ahí llegan las aguas sulfurosas y dicen que hay una mina abierta que llega hasta el centro de la sierra del Algarrobo. Le llaman cerro del Algarrobo, pero no porque haya uno solo, que bien lleno está.»

El masajista hablaba de aquellos extremos semisecretos del balneario con el respeto debido a una relación causa-efecto radicalmente mágica: mágicas las aguas portadoras de salud enviadas desde un oculto designio de la tierra.

«Dicen que esas aguas nacen en los volcanes, en bolsas que quedan enterradas después del estallido de los volcanes. Vaya usted a saber dónde está la bolsa de agua que llega hasta aquí y en qué época estalló el volcán. Hace millones de años. Las aguas un día desaparecerán y entonces este viejo balneario no tendrá razón de existir.»

De nuevo el recuerdo de las ruinas contemporáneas de Kelitea, a pocos kilómetros de Rodas, la estación termal construida por Mussolini con el esplendor colosalista del régimen y de pronto la retirada de las aguas, la primera derrota del fascismo a cargo del sentido oculto, si es que lo tienen, de la naturaleza, la simple ley de lo que nace, se desarrolla y muere. ¿Acaso todo desarrollo no es una extinción? Pero las aguas de El Balneario siguen vivas. Las escucha levemente, más intenso en cambio el goteo de algún grifo mal cerrado, o las aguas condensadas en vapor que desde los techos recuperan con precisión y voluntad de gota su antigua presencia. Ahí están las naves de la derecha, de las mujeres, y de la izquierda, de los hombres. También la nave de servicios y el breve brazo que une la puerta con la fuente, distribuidor, lucernario central, y a espaldas de la fuente la evidencia de la nave tapiada ante la que se detiene Carvalho y acaricia la pared en busca del resorte mágico que la abra, que le enseñe el camino de huida del mayor de los Faber, en su fantasmagórico juego anterior de estar y no estar.

«Eso sólo pasa en las películas de Fu-Manchú.»

No hay resorte o no sabe encontrarlo. La pared tiene una solidez antigua y a no ser que Hans sea inmaterial, gracias a los prodigios dietéticos de su padre, por allí no ha podido pasar el mayor de los Faber. Tampoco por la puerta. Queda por ver el sótano por donde llegan las aguas y hay que buscar la escalera que conduce a él, entre pasos en falso y palpeo de volúmenes húmedos a medida que se aleja del centro radial y sus claridades lunares. Saca una caja de cerillas del bolsillo y aprovecha el tiempo de cada iluminación para eliminar posibilidades de encontrar la escalera, y por fin aparece, al final de una habitación cerrada de azulejos verdes, con cinco duchas en cada una de sus paredes laterales. La baranda de la escalera es de viejo hierro forjado, como si fuera una cuerda áspera y fría que avisara al usuario de la necesidad de bajar con tiento por los peldaños flotantes de hierro humedecido. Las pisadas de Carvalho levantan sonoras paletadas de metal hasta que los pies llegan al piso del sótano y las cerillas ofrecen su textura de habitación vacía por cuyo centro circula una acequia semillena de aguas vaporosas que vienen de la oscuridad y van hacia un depósito que las distribuirá por la retícula de acequias enhebrantes de las habitaciones superiores. Las cerillas queman los dedos de Carvalho y toda posibilidad de encontrar otra puerta en la pared. No hay otra salida que una entrada: la bovedilla de metro y más de altura, de la que vienen las aguas por una mina rumorosa que tal vez, tal vez proceda del corazón de la sierra del Algarrobo. Pero la memoria auditiva de Carvalho le reproduce el sonido de las recientes pisadas escuchadas sobre un fondo de agua, pisadas chapoteantes que han dejado humedecidos los zapatos y los bajos del pantalón de Hans Faber. En ninguna zona de la habitación superior había la suficiente agua encharcada como para provocar tales mojaduras, y Carvalho deduce que Hans Faber ha chapoteado por la acequia de aguas sulfurosas. Y no por capricho. Mete la cabeza Carvalho bajo la entrada de la bovedilla, luego casi medio cuerpo y finalmente introduce los pies en el agua para poder cobijar el cuerpo bajo la bóveda, encender otra cerilla y comprobar que apenas tiene tres metros de longitud y que luego se abre una boca negra de montaña sulfurosa que le llena la nariz de noche de pólvora silenciada. Tiene miedo a la oscuridad final del fondo de aquella mina, pero Hans Faber no ha tenido otro camino de salida y avanza con el cuerpo inclinado, pateando el agua que se queja, y llega al final de la bóveda, donde ilumina el camino que le espera. De pronto se levanta el techo hasta una altura que la luz de las cerillas no le ayudan a encontrar; prosigue la acequia central su camino hacia lo desconocido, pero a un lado suben escalones que llevan hasta una puerta de metal. O adentrarse en las profundidades de la montaña en busca de las fuentes telúricas del agua o acogerse a la propuesta de una escalera y una puerta construidas por el hombre. Sube los escalones y llega ante el nuevo enigma de la puerta. Le basta hurgar con las uñas en el límite del metal contra la pared y despega la chapa de metal, que chirría sobre sus goznes ofreciéndole un nuevo espacio lleno de oscuridad. Lentamente retorna el silencio. La breve iluminación de otra cerilla le permite captar una alargada nave, similar a las que están en uso al otro lado de la pared que la separa del conjunto del pabellón. Allí está la pared tapiadora, pero para llegar a ella hay que sortear una completa exposición de cajones cuidadosamente alineados y componiendo un pequeño laberinto de metro y medio de altura. La habitación no tiene ventanas al exterior y por eso necesita algún punto de luz que no es otro que un ojo de buey cenital encendido desde un conmutador adosado a la pared. Hecha la luz, hecha la lógica. Todo adquiere sentido: la pared que mutila el pabellón, el carácter de almacén de la nave prohibida y, al otro extremo, escaleras descendientes que van a parar, por debajo del nivel del suelo, a otra puerta tan metálica y enigmática como las anteriores. Tanto misterio para guardar unos simples cajones metálicos. Pero esos cajones no han podido llegar por el complicado recorrido de la acequia, la bóveda, la mina excavada en la roca. Tampoco por la escalera que ultima la nave cegada. Esas cajas entraron aquí antes de dejarlas secuestradas y alejadas de la vida normativa del balneario, antes de tapiar la nave. Están cerradas por candados eficientes, diríase que repuestos no hace mucho tiempo. Tal vez aquí estén las fórmulas secretas del nigromántico padre de los Faber, de ese Nostradamus suizo que revolucionó la dietética moderna y enseñó a comer y a diagnosticar al mismísimo doctor Noorden de Viena. Tan largo viaje necesita el premio de la comprobación y Carvalho ensaya con su llavero maestro la fidelidad de los candados al secreto encargado. Resisten todas las pruebas y Carvalho busca algún objeto con el que hacer palanca y poder saltar la barra de hierro que traba el candado. En un rincón encuentra una barra de hierro descerrajada y primero trata de localizar la caja abierta a la que pertenecía para comprobar con una muestra el interés de la búsqueda. La caja juega al escondite, confiada en la fatiga visual de Carvalho ante tanta repetición de módulos cúbicos de metal verde, pero finalmente aparece, como una mella de seguridad en la dentadura completa del hermetismo de sus hermanas. La abre y surge el alma oculta de papeles amarillos, apilados con un cuidado antiguo, olorosos a humedades rancias, pero íntegros en sus letras alemanas, en sus firmas de jefes militares y políticos, la Wehrmatch, las SS, Waffen Sturmbrigade Belarus, Waffen —Grenadier— Division der SS-Russische n.º 2, Gauleiter Kube, General Kommissar Kurt von Gottberg, Einsatzgruppen B, Einsatzgruppen A, Vorkommando, Amt/Ausland, Abwehr, Geheime Staastspolizei, Kriminalpolizei, Sicherheitsdie-enst, Obersturmbannführer Friedrich Buchardt, Reinhard Gehlen... sólo los nombres tenían capacidad de reclamo sobre el extenso limbo de redacciones en alemán, signos del poder político y militar... sólo los nombres, pero eran suficientes para, en compañía de las fechas situadas entre 1941 y 1944, dar sentido al contenido de aquel archivo oculto de cosas sucedidas cuarenta años atrás. Carvalho utilizó la barra de hierro para forzar otras dos cajas. Documentos. Nombres, cargos, localidades, una nomenclatura de amenazas condicionadas por las fechas de una tragedia y por la agresividad que su imaginación visual ponía al servicio de la gesticulación y las voces del Ejército alemán de ocupación, tal como lo había visto en películas y documentales. Probó otra caja y en lugar de papeles oficiales aparecieron cantos rodados de río y viejas bolas de viejos papeles de periódicos amarilleantes y semipodridas, según pudo comprobar cuando las desarrugó en busca de noticias sumergidas desde hacía muchos años. Eran papeles de periódicos españoles fechados en 1949. Francos amarillos inaugurando cosas amarillas. Frases amarillas prometiendo lealtades amarillas. Fervores amarillos sepultados en olvidos amarillos. Los documentos admitían fechas hasta 1945; en cambio las inútiles bolas de periódico habían sido cuidadosamente arrugadas y sepultadas todas en 1949. Carvalho estaba cansado de tensiones y misterios y lo notó cuando tuvo necesidad de recostarse contra las cajas, dejar de mirar, dejar de oír y recuperar su propia conciencia cerrando los ojos. A la tensión muscular sucedió un relax incontrolado, sensación de sueño, de abandono de todos los esfínteres del alma. Poco a poco recuperó una paulatina sensación de urgencia: debía salir de allí, bien volviendo hacia atrás, bien persiguiendo más allá de la nueva puerta las nuevas sorpresas que le reservaba el balneario.

«Volveré mañana.»

¿Pero habría un mañana propicio en aquella orgía de historia y sangre? Se mentalizó para seguir adelante, esta vez conservando la barra de hierro en una mano, y ultimó la nave para detenerse ante los escalones descendientes y repensar por última vez el sentido de su tozudez. Por fin sus piernas decidieron antes que su cerebro y trotaron sobre los escalones hasta llegar al descansillo final, frente a frente a la puerta situada otra vez por debajo del nivel del suelo. Simplemente estaba entornada, denunciando la reciente escapada de Hans Faber, y la abrió para entrar en otro pasillo oscuro aunque un interruptor visto a su izquierda lo convirtió en un callejón nocturno, rectangular, mal iluminado, pero lo suficiente para que lo recorriera ayudándose de las manos regularmente apoyadas en paredes rezumantes de humedad. De nuevo la tensión y la esperanza de acabar cuanto antes se apoderaron más de sus piernas que de su cerebro y acabó el recorrido casi corriendo, desorientado sobre la ruta que había realizado bajo el suelo del parque. El pasillo culminaba en unos escalones que ascendían hasta otra puerta, pero esta vez no era metálica, sino de madera, bien trabajada, con las carnes lisas pintadas de esmalte blanco, un color de clínica que anunciaba que estaba en la frontera del retorno al universo convencional del balneario. Un nuevo miedo sustituyó al terror del minero o del espeleólogo que le había azuzado durante el recorrido clandestino. Era el miedo al encuentro con la normalidad. El miedo a que la normalidad denunciara, en cualquier forma, su condición de furtivo ladrón de secretos que no le pertenecían. Se temía un coro de dedos acusadores esperándole más allá de la puerta, señalando no sólo su culpa, sino la gravedad de un descubrimiento que complicaba aún más el misterio ensimismado de Faber and Faber. Podía volver atrás, desandar lo andado y salir de nuevo al jardín por la puerta del pabellón, sin mancha de espía rastreador de laberintos sumergidos. Tenía que elegir entre dos miedos, dos tensiones. El retorno a profundidades prohibidas o la salida a la superficie agredida por su búsqueda. Y se decidió por lo más inmediato. Por la distancia más corta hacia una normalidad que necesitaba después de la sobrecarga de sorpresas. Subió los escalones y abrió la puerta, brevemente, hacia sí. Tardó en reconocer el lugar de arribada, tal vez porque la inmediatez de un biombo blanco le impidió la perspectiva total de la sala, perspectiva que sólo conseguiría si abría más la puerta y arriesgaba la cabeza y sus cinco sentidos en busca de la nueva realidad. Se detuvo a la espera de alguna imagen o sonido que delatara la posibilidad de alguna presencia objetivamente amenazante. El silencio total del balneario nocturno no tenía otros ruidos que el de los grillos y era un sonido también de luz blanca eléctrica que revelaba todas las posibles presencias de aquella habitación de llegada. Se decidió pues a abrir más la puerta, a jugarse aún más la cabeza, y la estancia fue cobrando sentido total. El esmalte blanco de las paredes. Las enmarcadas reproducciones de paisajes del valle del Sangre. Una estantería con libros que había visto más de una vez, dos, tres. Él había estado en esta habitación y había visto esta camilla arrinconada junto a un aparato de rayos equis que jamás o casi jamás se utilizaba.

—Porque no somos partidarios de cargar el cuerpo de radiaciones inútiles.

Era la voz de Gastein la que se lo había comentado en alguna visita. Y era la voz de Gastein, porque todo el aventurado recorrido le conducía a Gastein. Le conducía a la sala consultorio de Gastein, en la que emergió como un viajero sorprendido de la redondez de la Tierra. Progresivamente confiado ante la soledad de la habitación, en cambio extrañamente iluminada a aquellas horas de la noche que empezaba a ser madrugada. Extraño que los guardas jurados no hubieran apagado la luz. Extraño que Gastein se hubiera permitido aquella extraña desidia. O tal vez había sido Hans Faber en su veloz paso desde el pasadizo secreto a la sala de video. ¿Por qué había sido precipitado ese paso? ¿Había notado Faber que alguien estaba a sus espaldas en el pabellón? Excesivos enigmas para una sola noche. Atravesó el salón consultorio de Gastein y dejó para mañana lo que ya no podía hacer hoy.

El patriarca doctor Faber había aplicado en sus hijos sistemas alimentarios consonantes con su filosofía de que la alimentación a base de substancias naturales, principalmente de origen vegetal, era la clave de una buena salud en vida, de una vida larga y feliz, de una muerte en armonía con la ley suprema de la naturaleza: nacer, crecer, morir. Dentro de esa filosofía, la ingestión de alimento fresco tiene importancia capital por cuanto desempeña un importante papel en la transformación, desintoxicación, regulación y regeneración biológicas, tanto en la recuperación genética de las células como en el mejor aprovechamiento del oxígeno. «Lo capital —había escrito el viejo Faber en su Biblia dietética— es el alimento curativo, que compensa de los desastres alimentarios padecidos por el cuerpo, y el alimento protector, que debe atesorar el mayor contenido posible de potencial energético y substancias vitales. Habrá que evitar pues toda clase de desnaturalizaciones, evitación difícil de garantizar en unos tiempos de tierras degeneradas, de uso irracional de insecticidas y de almacenamientos insanos de toda clase de alimentos, para no hablar ya de la alimentación en conserva que destruye valores nutritivos fundamentales y en algunos casos aumenta valores peligrosos como las grasas.» A esta larga cita de Faber, Gastein había añadido por su cuenta la apostilla de que el profético profesor se había ido de este mundo sin poder captar el inmenso daño que había causado la alimentación humana al hombre mismo, al auge de la industria alimentaria construida a partir de la segunda guerra mundial, basada en la consagración de todo lo antinatural: blanqueo, coloración, conservación, desinfección, substancias cancerígenas.

En el resumen de la filosofía del viejo Faber que se suministraba a todo cliente que lo demandara latía una declaración de principios que el patriarca había aplicado en sus hijos para preservarles de una prematura derrota biológica. Sesenta años tomando vegetales crudos, frutos frescos, leches frescas, leches agrias, miel, soja, sésamo, verduras silvestres. No. No había sido la suya ni la alimentación ni la educación de chicos normales. Por ejemplo, en el caso de haber contraído una diarrea, a pesar de los cuidados alimentarios de su progenitor, los chicos Faber habrían experimentado una terapia a todas luces separada de las terapias habituales, fruto de una bárbara medicina químico-farmacéutica. Aconsejaba el viejo Peter que en caso de diarrea el agredido por tan íntima y trasera traición somática recibiera compresas calientes en el vientre durante la noche, también compresas calientes o frías en la espalda y la nuca, masajes del tejido conjuntivo para desviar y eliminar los calambres, recibir una purga compuesta de un litro de manzanilla, dos o tres cucharadas de melaza y treinta gramos de sulfato de magnesio. Y si Feuerbach había llegado a la conclusión de que el hombre es lo que come, afirmación emparentada con la filosofía médica de Esculapio y alimentaria de Aristóteles, los hermanos Faber se habían nutrido de todas las crudezas de este mundo y luego, ya formado su cuerpo y alma, habían llegado a una refinada comida vegetariana, como la tarta de remolacha «que hacía mamá», a la que se había referido, no sin sarcasmo, el menor de los Faber la noche anterior. Y quien dice tarta de remolacha, puede añadir budín de manzanas y sagú, torrijas con ruibarbo, bizcochos de copos de avena, canapés de hongos, albondiguillas de soja, tortillitas de soja, croquetas de arroz con calabacines, patatas con repollo, colinabos estofados, col fermentada, remolachas estofadas. Y para beber, tisanas tan reputadas como la *tisana amarga*, compuesta de ajenjo, centaures menor y cardo santo o hierba bendita, o bien la no menos reputada *tisana carminativa*, de comino, hinojo y anís, indispensable para las flatulencias, como indispensable era la tisana de alquimila para las menstruaciones y la de escaramujo para orinar sin ganas. Y si alguna vez habían padecido insomnio, los chicos Faber tenían el recurso de tomarse o bien tisana de melisa o de azahar o de simple corteza de limón. Y frente a la tentación del alcohol como elixir de escape de las mediocridades cotidianas, zumos de frutas o de hortalizas, enriquecidos o no con licuaciones de vegetales cocidos y singularmente de arroz o cebada y aun de granos de lino. La épica lucha del viejo Faber para dejar de ser un sietemesino se había prolongado en sus hijos para hacer de ellos unidades humanas sanas y de larga duración, a costa de dotarles de una conciencia de marginalidad alimentaria que ellos habían superado en parte gracias a la costumbre, pero también a buscarse relaciones humanas en ámbitos practicantes de la misma filosofía naturista.

Y el resultado de este ingente esfuerzo, de esta prefabricación filosófica impulsada por un incontenible sentido de felicidad y de confianza en las reglas de la naturaleza, en la prolongación de la naturaleza en el mismo hombre, seguía sin embargo siendo frágil. Frágil la vida misma. Allí estaba Hans Faber con los ojos abiertos, las pupilas de vidrio, la boca aplastada contra el suelo y el charco de su propia sangre, los brazos tan muertos como el resto del cuerpo, trazando una patética uve de victoria, abierta hacia el norte de su despacho. Un disparo en el cuello que no le había afectado ninguna arteria, pero otro en el corazón que había sido certero y definitivo. Era la opinión de Gastein, a salvo de que el forense luego decretara otro veredicto. Al lado, Serrano repetía una y otra vez que mañana terminaba aquella pesadilla. Mañana llegarán los americanos. Harán lo que tengan que hacer, y yo habré terminado.

—Cruz y raya. Cruz y raya. Punto final.

Mientras el desconcertado Serrano trazaba en el aire los signos de puntuación que trataban de concluir aquella carnicería, Molinas parecía víctima de un agudo proceso de invalidez y Dietrich Faber, príncipe heredero a todas luces, contemplaba el cadáver de su hermano en la duda de si era un estúpido o la muerte una estupidez, aunque desde la perspectiva de Carvalho el estúpido bien pudiera ser el propio Dietrich, incapaz de concentrarse ni siquiera en la evidencia de que su hermano había sido asesinado.

—Bajo mi responsabilidad, este cadáver ha de permanecer oculto. Faltan pocas horas para que se levante la cuarentena y no vamos a provocar un escándalo histérico.

—¿Cómo se oculta un cadáver para que ocultamente lo examine un forense, para que ocultamente se lo lleven a un depósito de cadáveres, para que ocultamente pase ante los periodistas que nos sitian?... Y luego ocultamente enterrarse, ocultamente comunicar que se ha muerto... ¿de qué?

Pero Serrano estaba demasiado nervioso para atender a Carvalho como se debía y se fue a por él con la barbilla en punta y un deseo en los nudillos blancos de colorearlos contra la cara, a su juicio, demasiado neutra del detective.

—¡No te pases de listo, sabelotodo! Se me han caído cinco cadáveres encima, cinco. Mañana salgo de esta casa y de esta pesadilla y no quiero complicaciones.

Carvalho se encogió de hombros y se fue a por un rincón de la habitación, lejos de la vista y de la capacidad de indignación de un Serrano fuera de sí.

—¿Podemos trasladar el cadáver a una habitación más alejada? —preguntó Molinas, y el deseo del inspector Serrano de decir que sí hubo de contenerse ante la evidencia de que no podía hacerse.

Suspiró entregándose a la fatalidad:

—Déjenlo donde está. Llamaré al forense y trataremos de que no se sepa hasta que el cuerpo esté a punto de salir del balneario. Tú, Paco, ponte en la puerta y no dejes entrar a nadie. Por si acaso, que siempre haya dentro alguno de nosotros vigilando. Vete a saber dónde encuentro yo ahora al forense.

Ahora eran las siete y media de la mañana. Molinas despachaba muy de mañana con el mayor de los Faber, recién terminada el viejo atleta la tabla de gimnasia de todos los días.

—Lo que son las cosas. Uno se acostumbra a todo. Después de la muerte de mistress Simpson iba por esta casa temiendo encontrarme un cadáver o un asesino detrás de cualquier parte. Pero ahora ya estoy hecho a todo y cuando me he metido aquí y he visto al señor Faber en el suelo he sabido inmediatamente que estaba muerto, que le habían asesinado y lo he aceptado como la cosa más natural de este mundo.

—Mañana todo habrá acabado —insistía infantilmente Serrano, y para no irritarle Carvalho se calló su propia reflexión.

¿Qué acabaría mañana? Seguían cinco crímenes impunes, pero Serrano relevaba el caso, tapaba los muertos por el procedimiento empleado por algunos animales para tapar su propia mierda, dando patadas en la tierra para que los cubriese. Aún tenía que cumplir con un mínimo ritual investigador y preguntó sin convicción:

—¿Quién le vio por última vez?

—Yo. Creo que yo. Aunque estaba con su hermano.

—Hombre, el famoso superman del crimen. ¿Y a qué santo le vio usted anoche?

—Tenía que evacuar consultas, como suele decirse.

—¿Evacuar consultas? ¿Usted cree que suele decirse una majadería así? ¿Evacuar consultas?

—Si no le gusta, lo retiro. Pero, en fin, intercambiamos opiniones sobre todo lo sucedido y el señor Faber me contó la historia del origen científico del balneario. Las investigaciones de su padre, un eminente especialista en dietética, muy apreciado por el doctor Noorden de Viena.

—¿Quién es el doctor Noorden de Viena?

—El primer médico convencional que creyó en los procedimientos curativos del viejo Faber. Me habló con mucho entusiasmo de la trayectoria científica de su padre. También hablamos de los crímenes, claro. Luego entró aquí el hermano y la conversación se generalizó y se hizo un tanto festiva.

Dietrich Faber le agradeció el adjetivo con una sonrisa.

—¿Fue usted al encuentro del señor Faber o él solicitó hablar con usted?

—No es tan sencillo. Fue más complejo. En realidad yo descubrí al señor Faber en una vamos a llamarle complicada situación. Traté de aclararme a mí mismo si podía tratarse de una confusión. Charlé con él, me di cuenta de que mi primera impresión era buena y por si acaso luego la ratifiqué.

—¡Por los clavos de Cristo, Carvalho! ¿No podría ser más concreto?

—Ignoro si puedo serlo. Mi cliente ha muerto y mi deber profesional me obliga a reservar determinadas informaciones para hacérselas llegar ante todo a mi cliente.

—¡Pero su cliente está ahí, hecho un fiambre! No me saque de quicio, Carvalho.

—Ante todo pregunto: ¿quién se hace cargo de las responsabilidades contraídas por el señor Faber?

—Yo —exclamó Gastein, antes de que Dietrich se viera obligado a intervenir.

Los ojos risueños del hermano menor agradecieron silenciosamente el gesto de Gastein.

—En este caso mi informe he de presentárselo al doctor Gastein.

—Ni hablar, amigo. Usted me cuenta lo que vio como dos y dos son cuatro. ¿A qué se refiere cuando dice que vio al señor Faber en una complicada situación?

—Imagínese que le vi bailando por las azoteas o atravesando el río con los zapatos puestos.

—¿Quiere burlarse de mí?

—No.

—Permítame que intervenga, inspector Serrano, pero creo que una entrevista a solas entre el señor Carvalho y yo podría desbloquear la situación. Es muy lógico que él quiera salvar las formas deontológicas de su oficio y que usted quiera saber todo lo que necesite saber para proseguir sus investigaciones... Aunque, al fin y al cabo, usted mañana deja el caso.

—Lo dejo yo, Rafael Serrano Cosculluela, como individuo, como funcionario individuo. Pero no lo deja el Cuerpo. La policía no descansa hasta esclarecer todos los crímenes.

—No lo dudo. Además piense que llegará esa delegación americana y tal vez aporte las pruebas definitivas, las piezas que faltan. ¿Acaso usted, Carvalho, tiene todo el rompecabezas solucionado?

—En absoluto. Al contrario.

—¿Lo ve, inspector? Yo le prometo que le informaré de todo lo que me haya dicho el señor Carvalho que pueda contribuir a desliar este inmenso, trágico lío.

Serrano pegó un manotazo en el aire y les dio la espalda. Gastein salió de la habitación invitando a Carvalho a que le siguiera. Dietrich Faber ni siquiera hizo el ademán de ponerse a su estela. Si Gastein tenía ganas de recibir las revelaciones, lo ocultó suficientemente y precedió a Carvalho hasta su consultorio sin volver la cabeza en busca de un anticipo de la revelación. Producto ejemplar de sus propios criterios alimentarios, la estilizada y fuerte vejez de Gastein caminaba con la armonía estudiada de un adulto orgulloso de su plenitud.

Al llegar a la antesala del consultorio mantuvo una breve conversación disuasoria con la dama nacida en Madrid y criada en Toledo que acudía a Gastein con la consulta de un arrebato de taquicardia.

—Pasaré por su habitación, señora.

Dejó paso a Carvalho y cerró la puerta. Parsimoniosamente fue en busca de un sillón giratorio, se instaló en él con todas sus consecuencias, hasta encontrar el más perfecto gesto de abandono, y con la seriedad de un comerciante consciente de la importancia de la operación instó a Carvalho a que empezara a hablar:

—¿Y bien?

Pero Carvalho no habló. Dejó el centro de la habitación para ir hacia el biombo. Lo replegó sobre sí mismo y dejó al descubierto con toda su blanca inocencia la puerta por la que la noche anterior había llegado desde las entrañas secretas del balneario. Trató de abrirla pero no pudo.

—Está cerrada.

—Siempre está cerrada.

—Anoche no estaba cerrada. Anoche atravesamos esta puerta primero el señor Faber y después yo.

El silencio de Gastein era demasiado duradero para su demostrada capacidad de control.

—He de advertirle que he revelado cuanto descubrí anoche a mi socio en Barcelona.

—Las llamadas telefónicas estaban intervenidas.

—He entregado un mensaje escrito a un empleado del balneario que salía esta mañana hacia Bolinches.

—No sé qué quiere decirme explicándome todas esas precauciones.

—Simplemente, le informo de que he tomado precauciones.

—Hombre precavido vale por dos. Es un refrán muy español, pero luego resulta que ustedes no lo practican. ¿A dónde conduce esa puerta, señor Carvalho?

—Esperaba que usted acabara de explicármelo.

—¿Carece de sentido todo lo que vio?

—Siguen siendo imágenes rotas y además vistas a la difícil luz de mis cerillas o de ese ojo de buey insuficiente para tanto archivo. Porque el contenido de las cajas es un archivo secreto, ¿verdad, doctor Gastein?

Suspiró el médico.

—Sí, es un archivo. Forma parte de la historia de este balneario. De la historia de los Faber. En cierto sentido, de mi historia.

—¿Considera oportuno que informe al inspector Serrano que vi a Faber dentro del pabellón y luego descubrí la ruta que había seguido hasta llegar a este despacho?

—¿Por qué no? Tal vez le desilusione, pero yo mismo insinué al inspector Serrano que el interés demostrado por el Departamento de Estado en este asunto se debe a que conservamos, en lugar seguro, documentos históricos muy importantes.

—¿Y Serrano qué le dijo?

—Que consultaría a sus superiores, pero se desentendió cuando le advertí que los documentos no se referían a nada español, que estaban relacionados con la segunda guerra mundial, con Alemania, con la URSS. Serrano fue muy gracioso. Dijo: ¿La segunda guerra mundial? ¡Uf!, pues no ha pasado tiempo. Todo eso es historia, Gastein. Todo eso es historia.

Se estableció un silencio en la esperanza del uno de que lo rompiera el otro.

—¿Eso es todo?

—Eso es todo, Carvalho.

—Habrá que dar una explicación pública. Cinco muertos no quedarán así como así.

—Analice usted caso por caso. Le diría que muy poca gente en este mundo va a reclamar esos cadáveres. Son personajes residuales de lo que queda de un fragmento de historia, y Karl Frisch era un *killer* a sueldo. Los *killer* a sueldo no tienen quien les llore.

—¿Helen?

—Helen no va a abrir la boca. Se lo aseguro.

Lo sintomático no fue llegar tarde o temprano, sino en el momento justo en que las dos agujas de cualquier reloj con agujas se pusieron de acuerdo para señalar las nueve. Alguien maneja el cronómetro de los grandes acontecimientos y aquel día a esa hora, cuando las nueve fueron las nueve, la verja de la entrada principal de El Balneario se abrió de par en par y dejó paso a una caravana con aspecto de tener objetivos tan calculados como importantes. No todas las caravanas son iguales. Sobre todo cuando marca el ritmo un coche oficial negro con la bandera española y la matrícula del Parque Móvil Ministerial, seguido de un sedán bicolor con la bandera norteamericana, un camión blindado con aspecto de haber servido para los más distinguidos y sofisticados transportes y dos coches rotundos y repletos de hombres con miradas circulantes por los cuatro puntos cardinales y cierra la comitiva un jeep con policía militar española. Bastaba examinar la aportación española a la expedición para comprender su excepcionalidad. Por ejemplo, los cuatro indígenas de la policía militar sin duda habían sido seleccionados entre lo mejor de la especie. No sólo tenían una estatura a nivel europeo, es decir, de base de equipo de baloncesto, sino que además su estructura atlética y la indudable precisión y gravedad de sus gestos demostraban que eran fruto y tenían conciencia de embajada de la raza. Incluso se había procurado que, si bien no del todo rubios, algo lo fueran todos ellos. Bien cierto es que todas las policías militares del mundo, sean profesionales o no, están imbuidas en su función de escaparate de lo mejor del Ejército y de ser la salvaguardia de su imagen de respetabilidad. La policía militar suele dedicar sus mejores energías a vigilar que el contacto entre los militares y la población civil no suscite embarazosos interrogantes en la conciencia paisana; por ejemplo: ¿para qué sirven los militares? Lo lógico es que en tiempos de paz los militares sean un paisaje tan camuflado de sí mismo como los abetos en las zonas alpinas o los rododendros en los jardines del Hampstead londinense. Por eso la policía militar debía cuidar al máximo la estructura de su ser y estar en el mundo. Porque la simple nomenclatura de policía ya condicionaba una señal de alarma. Si hay policía es que hay que reprimir y si esa policía es militar o bien se dedica a reprimir los excesos militares en relación con los civiles o a los civiles en su exceso con los militares. Pero la palabra exceso, equidistante entre los dos razonamientos opuestos en el vértice, conllevaba una semántica escandalosa que a la fuerza debía suscitar recelo en la población civil. Pues bien, en el contexto de El Balneario la policía militar estaba más allá de este receloso planteamiento. Era la simple presencia de un poder que no quería dejar de estar, aun consciente de no ejercer. Aquellos cuatro aguerridos y autocontrolados soldados eran como los húsares de Alejandra en sus mejores tiempos sirviendo de escolta a lomos de sus caballos blancos a una división blindada de la Werhmacht, o como esos urbanos de gala que en las procesiones ponen su gallardía de jinetes y la gracia de sus penachos blancos al servicio de la Virgen María de turno, real protagonista de la fiesta. En relación con el poder más eficaz y funcional del universo, húsares y urbanos hubieran desentonado, y en cambio aquellos muchachos les sentaban a la comitiva yanqui como una ofrenda de musicales vírgenes de provincias a los deseos e intenciones del señor del Imperio.

Si la patrulla de la policía militar española invitaba a una reflexión sobre su exacto cometido, los restantes comportamientos eran primariamente evidentes. Del coche oficial español descendió el ex campeón de los semipesados de Asturias para abrir la portezuela a Fresnedo, veinticuatro horas más viejo y maduro para el poder. Intentó Fresnedo hacerse dueño de la situación, esperando al pie de los escalones que conducían a la recepción a que los americanos tomaran posiciones. Y las tomaron. Del coche oficial yanqui descendieron dos altos cuarentones con la cabeza bicolor, cana y rubia, y el traje en consonancia. Uno de ellos cumplimentó a Fresnedo y quedó a su vera, dando la cara al despliegue que ordenaba a su compañero de jefaturas. Pero aquél era un verdadero jefe. Sin hacer ni caso de Fresnedo, esperó a que los coches de escolta se desocuparan de sus ocho ocupantes, quietos al lado de la primera portezuela correspondiente a la salida, no firmes, no, pero sí dentro de una tensión controlada y detenida en el cuerpo, no así en los ojos, que seguían empeñados en localizar tribus indias hostiles en los cuatro puntos del horizonte. Detalle no despreciable ya había sido la manera de apearse de los coches, cerrar las portezuelas y provocar ese ruido de portezuela de coche al cerrarse que sólo consiguen los coches norteamericanos. No está demostrado si los departamentos de estudios de motivaciones y programación de las grandes empresas automovilistas norteamericanas investigan por separado el ruido a conseguir por una portezuela sólida al clausurar un coche no menos sólido. Pero ese ruido es uno de los puntos de referencia más determinante del sistema, porque ese ruido es en sí más polisémico que la más polisémica de las palabras. Ese ruido quiere decir: es mi ruido, cierra mi coche, mi coche soy yo, mi coche es el mejor de los coches, aquí me ha traído a mí y se irá sólo conmigo, y toda esta combinación de prodigiosas dependencias y singularidades se conseguía por la potencia de una industria capaz de conseguir un ruido tan sugerente y simbólico como un himno.

Cerradas las portezuelas y alineado el personal, el evidente jefe de la expedición captó con un par de miradas la disponibilidad y prestancia del grupo. Tenía ante sí ocho hombres decididos a todo y cada uno de ellos había recibido instrucciones sobre su cometido. Parecía un equipo de cualquier deporte musculado norteamericano, a la espera de que el árbitro les tirara la pelota, estímulo para descomponer el gesto. Y el árbitro dijo:

—*Come on!*

Come on!, es decir, ¡vamos! Pero que nadie se equivoque al tratar de establecer equivalencias entre la precisión de la acción que implica el *come on!* y el ¡vamos! Hay mucha más acción en el *come on!*, porque todo idioma asume en sus significaciones la potencialidad económica, política y social de las gentes que lo han hecho posible y que los instrumentalizan. Aquel *come on!* puso en movimiento a los implicados según el plan memorizado. Cuatro volvieron a subir al coche delantero y los otros cuatro desfilaron en dirección hacia la entrada del balneario, pero al llegar ante Fresnedo y el relaciones públicas de la expedición no hicieron caso de la sonrisa de recepción del subdirector general de Orden Público, ni de la sonrisa de comprensión de su compatriota, sino que se alinearon detrás del líder natural y buscaron el camino de descenso que adentraba en la zona de la piscina, en dirección hacia el pabellón de los fangos. Mientras el quinteto adelantado examinaba hoja de seto por hoja de seto y olía todas las gamas de aire capaces de producir el monte del Algarrobo en afortunada colaboración con el río Sangre, se ponía en movimiento el coche ocupado, abriendo marcha al camión blindado, en seguimiento del camino abierto por el quinteto delantero. La boca de Fresnedo se abría en busca de todas las posibles vocales con que empezar la palabra adecuada: un momento... a ver si... indudablemente yo creo que... una de dos, o...

Sin abandonar la sonrisa de relaciones públicas, el otro líder se despegó de su lado y tras emitir un tajante y sin embargo cariñoso *I'm sorry* siguió a sus compañeros en su inexorable ruta hacia el pabellón. Fresnedo se quedó junto al ex campeón de los semipesados de Asturias y sus dos guardaespaldas delgados y pálidos.

—Pero ¿habéis visto? Van como Pedro por su casa.

—¿Quiere que los caliente, jefe? Todo lo que tienen de altos lo tienen de huecos. Si quiere, jefe, les pego dos hostias.

—He recibido órdenes y debo cumplirlas.

Se dio la vuelta en el instante en que Gastein salía del zaguán de la recepción, esclavo de un ataque de indignación que le había transformado en un ser gesticulante y congestionado.

—Pero ¿qué hacen? ¿Cómo deja actuar a esa gente sin consultarme?

—Mi Gobierno me ha encargado...

—¿Y a mí qué me importa su Gobierno?

Corrió Gastein en pos de la comitiva acorazada y Fresnedo tras él, seguido de sus tres mosqueteros. Llegaron al tiempo en que los coches tomaban posiciones en torno al pabellón y el camión maniobraba para situar su trasero contra la puerta de acceso. Los dos líderes comprobaban algo en un papel, intercambiaban impresiones como dos médicos llamados a consulta y no se dieron por aludidos cuando Gastein se colocó entre ellos y el pabellón hablándoles en inglés en un tono de voz que quería ser mesurado. Sin duda, trataba de decir Gastein, cumplían órdenes y él mismo había pactado con las autoridades españolas la entrega de los archivos allí existentes, pero tal vez sería necesario que él les informara cómo llegar a ellos. La insistencia tenaz del doctor se metió entre los dos hombres como una cuña y acabaron por atenderle con falsa y sonriente dedicación uno, a punto de apartarlo de un empujón el otro. Soltó un suspiro de resignación el más condescendiente y tendió a Gastein los papeles que le entretenían. El uno era una autorización del Gobierno español para hacerse cargo de la custodia del archivo de la Brigada SS Belarus y del Gouvernement of Bileerussie, el otro era un plano trazado a mano, pero suficientemente detallado, de la estructura interior del pabellón, con la cámara cegada incluida y el tabique ocultador señalado con una línea de crucecitas. Mientras Gastein examinaba los dos papeles volvió a ser dueño de sus emociones y de su flema. Sonrió primero, luego rió brevemente y acabó guiñándoles un ojo, componiendo con sus dos dedos el círculo de la más plena de las satisfacciones y escupiendo un *OK!* con la voz más gangosa que jamás le habría salido al Pato Donald. Los otros se sintieron aceptados y contestaron con el mismo guiño, el mismo signo de la perfección compartida y un *OK!* festivo que fue una breve mueca hasta que volvió a apoderarse de ellos la obsesión por el trabajo a realizar. Gastein desandaba el camino de su agitada carrera, cabizbajo, sonriente, hablando consigo mismo.

—No basta con ser americano. Es preciso ser un caballero.

Se cruzó con Fresnedo y sus mosqueteros y apenas si

oyó la información o advertencia que le lanzara el subdirector general de Orden Público:

—Cuando se haya producido el traspaso de documentos, el inspector Serrano y yo quisiéramos hablar con usted.

Gastein tenía ganas de estar solo o al menos de perder de vista un escenario lleno de actores y espectadores, los agentes distribuidos según los puntos estratégicos que dominaban el pabellón de los fangos y la totalidad de la clientela del balneario paralizada en la zona de la piscina, asomada a las terrazas particulares de las habitaciones o en la gran terraza del salón destinado a la ceremonia expiatoria ayunante del caldo vegetal y el zumo de frutas. Eran figurillas en albornoz asistiendo a un desahucio histórico sin saberlo. Aún faltaban por aparecer cuatro comparsas que saltaron de la caja del camión blindado, vestidos con un mono de plástico negro. Las cabezas vestidas con escafandras acristaladas para asomar la mirada. Llevaban en las manos taladradoras eléctricas conectadas por un cordón umbilical a la batería del camión y se metieron en el pabellón siguiendo a los jefes. Dentro del viejo balneario se habían paralizado los gestos, incluso los primeros barros de la mañana parecían haberse secado de repente sobre los hombros, las caderas, las cervicales de la primera clientela, paralizada en sus camastros, mientras crecía el trajín de la brigada, llenando las naves de pisadas contundentes y voces de alerta. Rodearon los seis hombres la estatua de los leones con su niño meante y se fueron a por la pared. Uno de los cosmonautas golpeó la superficie encalada con un martillo de goma y aplicó un contador de vibraciones. Luego dibujó una alta y ancha puerta con un grueso rotulador, se lo guardó y se predispuso ante su dibujo con la taladradora en ristre. Un silbido de reptil eléctrico fue el aviso del estruendo chirriante con el que la taladradora empezó a picotear el contorno de la puerta dibujada hasta convertirla en una silueta ametrallada humeante y polvorienta. De la nube de polvo emergían los otros dos cosmonautas, que se aproximaron al objetivo y le dieron dos secas patadas con sus botas de pie ancho, y el sonido de los ladrillos al partirse y caer sonó como una queja prolongada en el silencio de las naves invadidas. A patadas apartaron los ladrillos amontonados para permitir el asalto a la habitación prohibida y dejar que sus otros dos peones retiraran sistemáticamente los cascotes con las palas desmontables que llevaban colgadas de la cintura. Alguien dio la luz y un viejo masajista se atrevió a llegarse hasta la fuente a ver de cerca lo que acontecía, y así pudo contar luego que más allá del agujero abierto se amontonaban cajas y cajas y casi sin decirse ni pío aquellos tíos, como robots, habían descargado del camión vagonetas ligeras con ruedas de aluminio y las habían utilizado para transportar las cajas desde su oculto sueño al camión blindado.

—Entre que llegaron, lo marcaron, lo derribaron y empezaron a terminar de cargar, media hora. ¡Cómo trabaja esa gente!

Terminado el trabajo, el jefe amable se acercó a Fresnedo y le tendió un certificado de recepción que el subdirector general firmó con una rúbrica historiada y lenta, envolviendo el nombre y los tres apellidos en una letra pequeña y bien hecha. Mientras tanto las enfermeras y uno de los médicos subalternos habían acondicionado el cadáver de Faber en una camilla dentro del autocar de paseo del balneario y el chófer se puso a la cola de la expedición norteamericana, ya compuesta para la partida. Un muro de cámaras de fotógrafos y periodistas saltarines, con las grabadoras impotentes ante la velocidad de la comitiva, tuvo que desmoronarse a sí mismo ante la implacable velocidad de la caravana. El relaciones públicas de la expedición asomó la cabeza por la ventanilla en el último segundo y sacó un brazo al final del cual la mano ofrecía el círculo del acuerdo en una voz interrogante:

—*OK?* —gritó a Fresnedo.

Éste se lo devolvió tres veces para asegurarse de que su mensaje llegaba a su destinatario:

—*OK! OK! OK!*

Pero para entonces el cristal automático de la ventanilla ya estaba elevándose y los americanos habían vuelto a su mutismo o a su conversación, mientras Fresnedo quedaba en la incómoda postura de quien en una estación despide con la aparatosidad del pañuelo blanco en la mano a alguien que no se da cuenta del detalle.

Gastein, Dietrich Faber, Fresnedo, el inspector Serrano y su ayudante, más la mecanógrafa, se encerraron en el despacho que el inspector de policía había ocupado desde el inicio de la investigación, y lo que quedaba del equipo dirigente de El Balneario se dedicó a propagar que a partir del día siguiente se levantaba la cuarentena. Los que quisieran podrían ultimar su cura, los que la hubieran acabado podrían marcharse; en fin, que cada cual volvía a ser dueño de su destino. La dirección quería compensar a los clientes por todos los sinsabores y ofrecía una fiesta aquella noche con buffet libre de agua mineral, con o sin gas, y deliciosos zumos de zanahoria, mezclado con naranja, o de sandía igualmente con naranja; también podrían dedicarse exclusivamente al zumo puro de manzana los no partidarios de las combinaciones. La fiesta estaba abierta al total de la comunidad y como preludio el personal subalterno, hacía unos días tan duramente enfrentado a los residentes, pasó por las habitaciones a su cuidado dejando ramos de flores y una reproducción de El Balneario en relieve, obra maestra de Helios Biermayer, pintor alemán radicado en Bolinches desde hacía varias décadas especializado en reproducir tridimensionalmente los rincones más singulares de la comarca. El asesinato de Hans Faber había sido un secreto bien guardado y bien trasladado a otro lugar y el hecho de que las circunstancias forzaran a un relevo casi total de la clientela castigada por los acontecimientos haría que los clientes llegados a partir de pasado mañana sólo recibieran las sombras de la historia real. Ni siquiera echaron en falta a Hans Faber ni a madame Fedorovna, se decía que prontamente sustituida por una austríaca profesora de danza que hablaba seis idiomas, había sido campeona olímpica de esgrima y era crudívora hasta sus últimas consecuencias. En cuanto al profesor de tenis, casi seguro que podría contarse con un joven tenista local, invencible en los torneos regionales, aunque inseguro en los torneos de alta competición, lo que le había impedido ser una figura de talla nacional e internacional, pero no un excelente profesor y sparring de los veraneantes y residentes más ilustres en toda la zona de la Costa del Fulgor, que empieza en Bolinches y se extiende hasta la almadraba abandonada de Los Califas. La sensación próxima de las puertas abiertas, los vacíos humanos rellenados y el anuncio de la fiesta no conmovieron tanto a Carvalho como el que, de regreso a su habitación, encontrara en la mesa, la de centro, un tazón lleno de compota de manzana. Era el primer alimento sólido que tomaba en dieciocho días y casi se echó a llorar cuando paladeó la primera cucharada de puré, con la emoción del descubrimiento del primer sabor a cargo de aquel primate que dejó de comer cocos y descubrió la cocina. El paladeo de la compota le ocupó un cuarto de hora y tuvo que imponerse a sí mismo salir del éxtasis para recuperar el interés por su propio estatus profesional y por lo que estaba ocurriendo en aquella habitación cerrada. Se relamió los labios, se bebió media botella de agua con una pastilla de Redoxón y se encaminó hacia la recepción para comprobar que la puerta seguía cerrada a cal y canto, extremo formal que la recepcionista llenó de contenido cuando le aseguró que «ellos» seguían dentro y que la cosa iba para largo porque habían solicitado el concurso de un abogado y de un notario, en camino desde Bolinches. A Carvalho le fue imposible una expectación serena ante lo que ocurría dentro del despacho. La clientela se había echado a los pasillos y los españoles se multiplicaban intercambiándose noticias, rumores, comentarios sobre lo visto aquella mañana y sobre las promesas de la libertad anunciada.

—¿Cuándo se marcha usted, Carvalho?

—En cuanto pongan el puente levadizo.

Sánchez Bolín tenía las pupilas llenas de letras y la cabeza de tableteo de máquina de escribir.

—Yo no sé qué hacer. He de probarme el traje que siempre me traigo, la prueba del nueve, le llamo yo. Si me entra, me marcho. Si no me entra, me quedaré otra semana.

—¿Sólo tiene un traje?

—No. Pero es el que me está mejor en las presentaciones. Me dejó muy traumatizado la primera presentación de un libro mío en público. Actuaba como maestro de ceremonias un poeta tan épico como lírico que tocaba la guitarra y recitaba versos a la orilla del oído de las muchachas en flor. Era alto y se creía más guapo de lo que era. La cuestión fue que en lugar de presentarme el libro se dedicó a describirme, como esos malos presentadores de televisión que explican de palabra lo que el espectador ya está viendo. Dijo: este hombre gordo, bajo, miope, desaliñado que ustedes están viendo... y luego, más o menos, dejó bien mi libro, pero a mí ya no me importaba eso. Estaba, como se dice ahora con tanto acierto, hecho una braga y me dije que nunca más me dejaría presentar un libro por un presentador más guapo que yo y que siempre iría a las presentaciones de acuerdo con mi propia piel y mi propio traje. Pero si me entra el traje, Carvalho, y no es molestia, usted tiene coche y me haría un gran favor si me dejara en el aeropuerto de Bolinches.

—A su disposición. Aunque no entiendo por qué no se prueba el traje de una vez y se despeja la incógnita.

—Estoy en la fase de estudio y recelo mutuo. El traje y yo nos observamos, y es como la relación entre un jinete inseguro y un caballo casi salvaje, a ver quién jode a quién. Suelo hacer la prueba del traje exactamente a los dieciocho días y se cumplen mañana. Mañana a las once será usted el primero en saberlo.

—¿Vendrá a la fiesta de esta noche?

—¿Qué fiesta?

—La empresa organiza una fiesta para recuperar la paz y la concordia.

—¡Cuán mediocre propósito! A propósito, ¿cómo vamos de cadáveres? Usted es el que me lleva las cuentas.

—Cinco.

—¿Cinco? Yo creía que eran cuatro. ¿No me dirá que se han cargado al hombre del chandal?

—No. A Hans Faber.

—Era un personaje irrelevante y me ponía nervioso cada vez que aparecía en el comedor con esa cantinela de ¡enhorabuena!, ¡ha realizado usted un ayuno perfecto! Y lo del diploma. Yo tengo seis. Pero no me importa el tema. Tanto muerto es inasimilable. Esto no es una situación criminal. Esto es la guerra del Vietnam. Y los de las mudanzas de esta mañana, ¿quiénes eran?

—Americanos. Venían a hacerse cargo de un archivo que El Balneario ha mantenido escondido desde hace cuarenta años.

—¿El tesoro del capitán Kid, las memorias de Franco, la momia de Hitler?

—De todo un poco.

—La gente era más feliz cuando creía en la literatura de aventuras. No tenía por qué vivirlas. ¿Y para qué querían los americanos ese archivo?

—Es el único que faltaba en la colección.

—Lo entiendo pero me asusta. Fíjese usted en la astucia norteamericana. Son los garantes de la contrarrevolución universal, es decir, para ellos pondríamos fin a la historia y se quedarían satisfechos. La controlan y es el momento de terminarla. Pues bien, esa gente antihistórica es la que se está quedando con la memoria cultural y política de la humanidad. Dentro de unas décadas seremos los colonizados perfectos. Pero ¿sabe lo que le digo? Que se jodan los que me sobrevivan. El que atrás venga que arree, como decía mi abuela.

Las señoras no sabían qué ponerse para la fiesta de aquella noche. Parecía increíble, pero la frase seguía en circulación, a pesar de su condición de moneda vieja de comedia de costumbres de don Jacinto Benavente.

—Es que no sé qué ponerme. Yo traía algo apañadito para el día de la salida o por si venía mi marido a verme y nos íbamos a dar una vuelta por Bolinches, ¡pero un baile de disfraces!

Nadie de la dirección había dicho o insinuado que se tratara de un baile de disfraces, pero a la hora justa de difundirse el comunicado la consigna de que se trataba de un baile de disfraces pasaba de boca en boca y los personajes más exóticos del balneario estaban recibiendo honestas proposiciones para prestar sus atuendos a la clientela con más reflejos en las leyes del trueque. Seis asistentas prestaron sus uniformes de trabajo a seis residentes, el jardinero hizo lo propio con su mono convencional, las enfermeras no se hicieron las remolonas y hasta la recepcionista prometió ceder sus auriculares a una de las hermanas alemanas dispuesta a disfrazarse de empleada de teléfonos. Las chicas italianas habían salido de pronto del letargo o de una más elemental sensación de destierro y conmovían la clínica con sus carreras en busca de los elementos que les ayudaran a convertirse en algo menos linfático.

—Oiga, Carvalho —le interpeló el coronel Villavicencio—, ¿es cierto que esos de esta mañana eran americanos y se han llevado todas las fórmulas secretas de Faber and Faber?

—Eran americanos, sí, pero lo que se han llevado es otra cosa. Un archivo histórico que conservaban los Faber...

—¿Masón?

El coronel había achicado los ojos y bajado la voz hasta el susurro.

—Ahora que usted lo dice...

—Masón. Masón. Seguro. Estas cosas vegetarianas y extranjeras huelen a masonería, porque la masonería se protege siempre detrás de los parapetos aparentemente más inocentes, y Norteamérica, esa gran nación, a cuya sombra nos cobijamos los pueblos libres, sólo tiene dos cánceres: los negros y la masonería.

—Es una tesis.

—Mi olfato no me falla.

Tomás quería vestirse de Sancho Panza, pero Amalia se lo había prohibido.

—Se ha adelgazado mucho estos días y tiene que asumirlo, ¿no es verdad, señor Carvalho?

—No voy a ir de Quijote, Amalia.

—Ni lo uno ni lo otro. Disfrázate de faraón egipcio; yo te hago el taparrabos y el sombrero. Te pones a caminar de perfil y ya está.

—Se me verá aún mucho estómago.

—¿Lo ves? Está acomplejado. Fíjese en lo mucho que se le ha rebajado el estómago.

—Que me lo noto, Amalia.

—Tú te lo notas porque eres obseso, pero cualquiera que te vea se da cuenta de que todo lo que tienes es macizo, fuerte, que tú eres algo percherón de nacimiento, pero eso se acepta. No te ha salido esa barriguita que les sale a los delgados cuando envejecen.

—No, eso no.

—¿Y usted de qué se disfrazará?

—De náufraga. Es un disfraz muy bonito que ya he ensayado en otras fiestas. Y muy sencillo. Te mojas el pelo que te cae así, como a los náufragos, y te cubres con un tonel o con un bidón vacío o con una caja de esas industriales de detergentes. ¿Y usted, Carvalho?

—Iré de detective privado.

La llegada del notario y del abogado aumentó el oculto peso de la estancia prohibida, como si el balneario fuera una balanza vertiginosamente decantada hacia aquella habitación, mientras el resto subía como una pompa de jabón etérea llena del aire ligero de la euforia. El vasco pedía a gritos un hacha y permiso para derribar un árbol, pues no se ha visto nunca un *aizkolari* sin hacha y sin tronco. La dirección del balneario le había suministrado un tronquito de acacia superviviente de antiguas talas y una hacha doméstica para hacer astillas, lo que había provocado la cólera del vasco, su indignada proclama de lo mucho que se desconoce en España todo lo vasco.

—¡Ni los niños en Euzkadi jugarían a cortar ramitas con hachuelas de enano canijo! ¡Qué se han creído! ¡Yo quiero una hacha de verdad y un tronco de verdad!

Colom era un experto en disfraces, optante cada año a uno de los tres primeros premios otorgados en el golf de Pals, pero no había traído consigo ninguno de los de seguro éxito, como el de mayordomo, medalla de plata 1974, o el de gaitero escocés, medalla de bronce de 1981, para no hablar del de gitano húngaro que le había reportado la medalla de oro del 83. Pero sí había traído consigo la imaginación, y encerrado en su habitación trabajaba un proyecto secreto que mantenía en ascuas a toda la comunidad española. En cuanto a los extranjeros, como siempre habían hecho rancho aparte y sólo se había filtrado que una señora suiza, la señora Stiller, se iba a disfrazar de mistress Simpson, con cadáver flotante en la piscina incluido, lo que despertó toda clase de comentarios, incluido el de la falta de tacto y delicadeza, aunque no fuera el más abundante. El que más abundó fue el que ponía en duda que la señora Stiller pudiera o supiera mantener la compostura de un cadáver flotante todo el tiempo requerido para dar verosimilitud a la circunstancia.

—Una cosa es hacerse el muerto por jugar o para tomar el sol fresquita y otra es hacerse el muerto muerto —opinaba la nacida en Madrid y criada en Toledo.

No consiguió entender por qué Carvalho le propuso que se disfrazara precisamente de sí misma, de señora que ha nacido en Madrid pero a la que han criado en Toledo.

—Ya me gustaría, ya, pero eso es muy difícil. Tendría que ser, no sé, muy simbólico y no sé cómo. Yo nací en Madrid, pero mis padres se marcharon del Madrid rojo y me criaron en Toledo. ¿Cómo se disfraza uno de eso? Ay, este hombre te pone el caramelo en la boca y luego resulta que el caramelo lleva el papel puesto.

Dietrich Faber fue el primero en salir. Parecía cansado pero despreocupado. Hubo un cruce de miradas con Carvalho que no sostuvo, aunque se llevó consigo una sonrisa de escepticismo o de suficiencia. Al rato salió Fresnedo, inmediatamente rodeado por sus tres mosqueteros, que le esperaban fuera recostados sobre el coche oficial. Fresnedo iba acompañado del notario y el abogado y en el umbral de la puerta estuvo cuchicheando últimas e inaudibles cosas con Serrano, que volvió a entrar en la habitación y cerró la puerta tras de sí. Ya estaba solo Gastein frente al policía, pensó Carvalho, al tiempo que salía al encuentro de Fresnedo.

—Mira, el detective. Muy complacido de haberle conocido y ya sabe dónde me tiene. Me ha de enseñar un día sus trucos, porque este oficio de político es el oficio menos seguro que existe y quién sabe.

—La operación de esta mañana ha sido de una coordinación perfecta.

—Cierto, estaba todo perfectamente estudiado. No se ha dejado nada a la improvisación. Es una prueba más de que España está llegando a la plena modernidad.

Tenía prisa el subdirector de Orden Público y sus protectores le flanquearon para que no se repitieran intromisiones como la de Carvalho. Se quedó solo el detective, a unos metros de la soledad de Gastein, a lo lejos el rumoroso hervor de los acontecimientos preparados para la gran fiesta, recién llegado Juanito de Utrera, *el Niño Camaleón*, y su guitarrista y la orquesta Tutti Frutti, que iba a melodiar la segunda parte de la velada con un repertorio de canción nostálgica y *salsa* bailarina. Fue entonces cuando se abrió la puerta y en el marco quedó la silueta de Gastein, que avanzó hacia Carvalho sin verlo, hasta que estuvo a medio metro de distancia y entonces recuperó la mirada exterior y la sonrisa.

—Usted... Como un buitre a la espera de la carroña.

—Termino lo que empiezo.

—Déjeme coordinar las pocas ideas que me quedan y dentro de media hora le espero en mi consultorio.

Se fue Gastein con su caminar exhibicionista de siempre y era ahora Serrano el que ocupaba la puerta con un cigarrillo cansado entre los dedos y los ojos tapiados por los párpados llenos de insomnio. Carvalho se le acercó y le siguió cuando el inspector le dio la espalda y regresó a la habitación con paso lento.

—Id recogiéndolo todo. Esto se ha acabado.

Mientras el segundo inspector y la mecanógrafa cumplían sus órdenes, Serrano se sentó sobre el tablero de la mesa y observó a Carvalho como midiéndole, midiendo sus méritos para concederle la que iba a ser su última audiencia.

—¿Ya se ha ganado la minuta, huelebraguetas?

—Creo que sí. Dentro de un orden. Dentro del ritmo moderado de actuación que impone el régimen alimentario que aquí llevamos.

—Labia no le falta. Los detectives privados de las películas y las novelas suelen ser poco locuaces. Usted es un orador.

Y siguió estudiándole con un ojo, mientras con el otro vigilaba los movimientos de sus subalternos.

—¿Ya está?

—Ya está.

Se puso en pie y se quedó mirando a Carvalho desde una íntima satisfacción.

—No le voy a contar nada. Para coger peces hay que mojarse el culo. Soy un funcionario público y no tengo por qué facilitar las cosas a un mercenario.

—No necesito que me las facilite.

—Entonces, ¿qué hace aquí?

—Venía a despedirme.

—Adiós muy buenas. Esto se ha terminado. Se sepa lo que se sepa, a mí ya no me interesa. Me destinan otra vez a lo mío y en Madrid. Más no se puede pedir.

—¿Es un premio a lo que ha sabido o a lo que se calla?

Pasó a su lado y ya en la puerta se llevó la mano a la posición teórica de los testículos y dijo a manera de mutis final:

—Es un premio a lo que me sale de los cojones.

—Mañana ya podremos salir de aquí.

—Lo sé. He cursado yo las instrucciones.

—¿Lo del baile ha sido idea suya?

—También. Lo he dispuesto todo esta mañana, a primera hora.

Apenas si hay luz en el consultorio. Apagada la central,

Gastein ha sofocado con su bata la luz de la lámpara de mesa y su busto cobra aspecto de pitonisa convocante de la luminosidad opaca de la bola de cristal.

—¿Se va a marchar usted mañana mismo?

—Sí. Ya he hecho el análisis de comprobación. Mañana tendré los resultados.

—No habrá hecho el período de readaptación. Puede ser peligroso. Debería quedarse en la clínica dos días más.

Carvalho abrió los brazos en un gesto de imposibilidad. Gastein se resignó, tiró de un cajón y sacó un papel que le tendió.

—Tenga, es un sistema de readaptación por su cuenta. Yoghourts. Quesos frescos. Verduras muy cocidas. El estómago tiene que reencontrar su función. Y siga bebiendo casi la misma cantidad de agua que bebía aquí.

La consulta ha terminado. Gastein se pasa la mano por la cara y la retira llena de sonrisa. En su rostro sólo hay ahora preocupación.

—Yo también me voy mañana. Hemos convenido con Fresnedo y Serrano que me someta a un interrogatorio convencional con un juez instructor. En el transcurso de ese interrogatorio seré detenido y retenido sin fianza. Al menos durante algunos días. Luego se me dará la libertad bajo fianza y ya está.

—Con el tiempo el expediente se acumulará y se sobreseirá por falta de pruebas.

—Ya podría sobreseírse ahora. No hay ninguna prueba. Pero hay, al parecer, obviedades.

—Usted sabe todo lo que ha sucedido.

—Todo no, pero casi todo. En cualquier caso el señor Faber le pagará sus honorarios a poco que demuestre habilidad para hacer un informe coherente.

—Hay una cadena lógica en los tres crímenes. Dentro de la lógica a la que yo puedo llegar sin saber todo lo necesario sobre el archivo secreto. Mistress Simpson vuelve a reclamar parte de ese archivo o algo complementario. Madame Fedorovna ha preparado un sicario, Karl Frisch, para que la elimine. El cadáver de Von Trotta sobra un poco, tal vez este hombre sobró un poco toda la vida. Pero quizá fue un desliz de Karl o una asignatura pendiente de madame Fedorovna. Hasta aquí todo cuadra. Pero luego matan a Frisch fuera del balneario y a

Faber dentro. Es entonces cuando todos se vuelven hacia usted.

—Y me miran las manos.

Gastein le tendió sus bonitas manos blancas, pulimentadas, transparentes, fuertes.

—Y las tengo sensatamente limpias. Le voy a contar toda la historia, todo lo que sé de esta historia, y le digo para empezar que yo asumo voluntariamente el papel de sospechoso para concluirla, no porque me guste o lo sea realmente. Con la sospecha de mi culpabilidad termina un embrollo ambiguo, que me ha dado muchas preocupaciones, pero también casi todas las satisfacciones que he recibido a lo largo de cuarenta años de mi vida.

Carvalho se sentó en la penumbra enfrentada a la de Gastein.

—Puede perderse la actuación del *Niño Camaleón*.

—Lo resistiré.

—Es una historia larga que comienza hace más de cuarenta años. A los pocos días de hundirse el frente alemán, tanto en el este como en el oeste y empezar la carrera de rusos y americanos para llegar los primeros a Berlín. Suiza era una isla. Casi siempre ha sido una isla. Nuestra historia moderna carece de interés, pero hemos estado en la platea de la historia de Europa y conocemos el precio que hay que pagar por vivir una historia interesante. No vale la pena. Yo era entonces un recién graduado en medicina, especialidad dietética, muy inclinado al naturismo y colaborador casi desinteresado del padre de los Faber. Creo que el otro día Hans le habló mucho de su padre. Era un tipo notable a casi todos los niveles menos a uno, y grave. No registraba realidad, no servía para vivir. Servía para investigar y elaborar teoría médica. Pero no para vivir. Era demasiado dogmático, rígido, moralista, y todo lo que tenía de admirable como profesor o médico, lo tenía de nefasto como padre y esposo. Sus hijos fueron sus víctimas predilectas. Hans vivió siempre acomplejado por no estar a la altura de su padre y Dietrich ya ni se lo planteó. Asumió su papel de necio simpático y algo irresponsable, del que nada podía esperarse. Yo en cambio era un ejemplo constante en boca del viejo. El joven investigador tenaz y brillante, frente a su apocado hijo que ni siquiera podía aprobar un curso completo de medicina. Hans y yo éramos amigos, teníamos ciertas afinidades adolescentes, pero era yo el llamado a ser sucesor de su padre. ¿Sucesor? ¿De qué? Él apenas si conseguía ganarse la vida y el tiempo para seguir investigando. Había tratado de montar consultorios privados, clínicas... inútilmente. No tenía sentido práctico. Teníamos Hans y yo veintipocos años. Dietrich unos cuantos menos; aún creo recordarle entonces, en 1945, con pantalones de golf, unos pantalones bombachos que los muchachos de mi tiempo llevaban hasta que terminaban la adolescencia. Hans y yo éramos unos hombres ya, compartíamos igualmente la relación con el viejo, ideas anarquistas, muy equívocas, y una voluntad de reafirmación individual, de que se nos reconociera, él frente a su padre, yo frente a todo y a todos. Al fin y al cabo Hans entonces ya era el hijo del doctor Faber, yo ni siquiera era Gastein. Terminaba la guerra y empezaba un nuevo mundo. Eso hasta en Suiza se olía. Habían terminado los años de aventura, años en los que fue posible cambiar el mundo mediante revoluciones de uno u otro signo. Empezaba la edad del hielo, de la hibernación de toda fiebre de cambio, del aplazamiento de todas las causas, de la guerra de trincheras, del empate, del empate histórico. Llegarían tiempos de real individualismo en el que la regla tanto tienes, tanto vales sería la dominante y yo no quería ser un pionero del naturismo, ridiculizado por los santones de la medicina tradicional y alimentado con las suculentas y sanas raíces de la tierra. Y llegaron ellos como caídos del cielo. Llegaron ellas como caídas del cielo.

—Las hermanas Ostrovsky.

—Sí, ellas, pero no se hacían llamar Ostrovsky. En teoría eran el señor Von Trotta y su esposa y una hermana. Eran polacas, decían, pero de la Prusia polaca, y habían conseguido traspasar la frontera desde Alemania huyendo de la suerte y de las miserias de la guerra. Eran mayores que nosotros, unos diez años. Y además tenían esa fuerza de los animales supervivientes que han pasado por las más terribles pruebas y llegan de pronto a una Suiza que sólo había ayudado a esquiar a los esquiadores capaces de evadirse de la guerra y a almacenar riquezas en sus bancos seguros. Eran hermosísimas, fuertes, generosas. Nos enamoramos de ellas y ni siquiera Von Trotta fue un obstáculo para que fueran nuestras amantes, no digamos ya Tatiana, que no era nada suyo, sino su propia mujer Catalina, algo espléndido, estimulante o quizá me lo parecía a mí entonces, un casi virgen joven médico al que le regalan el quehacer de un amante insaciable. Llegamos a ser inseparables los cinco, Von Trotta incluido, y supimos de nosotros mucho más que nosotros mismos y, desde luego, mucho más que de nosotros de ellas. Hans y yo queríamos convertir todo el saber científico de su padre y el mío propio en un negocio. Intuíamos que la gente volvería a preocuparse por sí misma después de veinte años de preocuparse por la historia, intuíamos esos tiempos de narcisismo que estallaron plenamente en los años sesenta. Ante todo, montar una gran instalación clínica en Suiza a la sombra del prestigio de Faber y sentar las bases de una multinacional de la salud naturista. Hans pone la gestión, yo el ascendiente sobre su padre y mis conocimientos científicos, pero ¿quién pone el dinero? Fue entonces cuando Tatiana, es decir, mistress Simpson, dio un paso al frente: nosotros.

»Nos conocían mucho y sabían que éramos vagamente anarquistas, tanto quizá como para no serlo y estar en condiciones de aceptar cualquier posibilidad de conducta y destino individuales. Así que se nos confesaron. En realidad eran bielorrusas anticomunistas que habían jugado un papel político en el Gobierno bielorruso que los alemanes crearon durante su ocupación. No sólo eso, sino que habían militado en las SS bielorrusas y en estrecho contacto con los Einsatzgruppen, formaciones móviles especiales organizadas por Himmler encargadas de la liquidación de oficiales comunistas, resistentes, saboteadores, judíos del frente oriental, por un procedimiento extralegal; eran, pues, columnas exterminadoras en las que las hermanas Ostrovsky desempeñaron un papel en los servicios de información. Gracias a ese papel habían conectado con la Abweher, el servicio de espionaje y contraespionaje alemán primero dirigido por Canaris hasta su eliminación. No soy un especialista en el tema, pero las narraciones complementarias de Tatiana y Catalina me quedaron grabadas como sólo quedan grabados los relatos más fascinantes de la infancia, y lo atribuyo precisamente a la naturaleza provinciana de mi imaginación y mi memoria. Y también nombres, nombres que luego nunca he necesitado recordar para nada, como el de Carlomagno y

Guillermo Tell. ¿Qué le dicen a usted apellidos como Gehlen o Wisner?

—¿Frank Wisner?

—Yo lo recuerdo por Wisner a secas.

—Si hablamos de espionaje, hablamos del mismo hombre. Frank Wisner fue el fundador de la Office of Policy and Coordination, OPC, una central de información y de guerra ideológica contra la Unión Soviética.

—Hablamos de la misma persona. Del mismo modo que la ciencia y la tecnología de las potencias vencedoras en la guerra, especialmente Estados Unidos y la URSS, utilizaron el talento y el nivel de investigación de los científicos y técnicos nazis, igual hicieron con sus más hábiles espías y agentes de información. Se estaba preparando la guerra fría y era fundamental contar con agentes provenientes de aquella feroz escuela de antisovietismo que habían sido las SS y también con agentes oriundos de más allá del Telón de Acero, buenos conocedores de los mecanismos económicos, políticos, sociales, psicológicos, culturales de la URSS y sus satélites. Reinhard Gehlen era el hombre que Wisner necesitaba para tejer una red disuasoria del espionaje, a su vez nutrido también por ex nazis.

»Ustedes los españoles tienen un refrán maravilloso: «a caballo regalado, no le mires el dentado». Rusos y norteamericanos utilizaron a ex nazis sin ni siquiera pasarlos por un proceso de depuración ideológica. Wisner no le miró el dentado a Gehlen y lo convirtió en su hombre clave para la construcción de un servicio de espionaje antisoviético, en el momento culminante del estallido de la guerra fría, es decir, hacia 1946 o 1948. Pero me estoy precipitando. Ni le he aclarado quién es Gehlen. Reinhard Gehlen había sido uno de los mejores espías alemanes durante la segunda guerra mundial, el jefe de la Fremde Heere Ost, la sección oriental de información militar, y cuando vio que las cosas iban mal dadas, procuró que le detuvieran las tropas americanas y negoció su rendición en compañía de su equipo de colaboradores y de los inmensos archivos que tenía. Ironías de la historia. Gehlen fue el único general de la Wehrmacht en activo después de la guerra y al frente de un equipo de operaciones... intacto... Luego fue jefe del contraespionaje de la RFA y murió en los años sesenta como un ciudadano respetable. Las guerras, señor Carvalho, sólo las pierden realmente los que mueren o los que no tienen nada que vender o cambiar. Y él tenía mucho que ofrecer a Wisner y entre otras cosas una red importante de bielorrusos colaboracionistas que dentro y fuera de la URSS continuarían pugnando contra el régimen soviético, sobre todo si eran bien pagados, aunque en este tipo de juegos siempre hay idealistas insensatos. Pero a estos acuerdos Gehlen llegaría en 1948, al menos a los acuerdos definitivos; mientras tanto había establecido sus redes propias de supervivencia, redes precarias dentro de la Europa ocupada por los aliados, pero importantes y con futuro en lo que quedaba de la Europa fascista, por ejemplo España y Portugal, para no hablar de los países latinoamericanos que simpatizaban con las potencias del Este por odio a la colonización yanqui. Pues bien, los Von Trotta pasaban por Suiza, camino de España o, mejor dicho, de momento de un puerto de embarque donde cargar una mercancía que mantenían oculta por encargo de Gehlen: la documentación sobre el colaboracionismo de las SS de los bielorrusos y documentación secreta del Gobierno títere. Y algo más que se habían callado: dinero. Mejor aún: oro y joyas. Lingotes de los bancos expoliados y joyas de las familias judías o simplemente nacionalistas que tanto en la URSS como en Polonia habían visto confiscadas sus propiedades. No nos informaron tan crudamente como yo a usted sobre el origen del dinero, pero, ¡en fin!, tanto Hans como yo teníamos suficientes elementos de juicio como para deducirlo, pero no quisimos hacerlo. La oferta era tentadora. Nos ofrecían parte de ese dinero para blanquearlo. Nosotros realizábamos nuestra multinacional, ellos quedaban como socios y la empresa cumpliría trabajos de tapadera de la red Gehlen. De momento ya les ayudábamos trasladando el botín a los sótanos de un viejo almacén que el padre de los Faber destinaba a laboratorio de alimentos dietéticos, y para ello tuvimos que meter en el ajo a Dietrich, encargado por su padre de la vigilancia del almacén para compensar su tendencia a la molicie. No se lo contamos todo, pero no nos dejó ni acabar. Pidió su parte, se la garantizamos y eso fue todo. Creo que desde entonces, es decir, desde 1946, no había vuelto a hablar con Dietrich de todo esto hasta esta tarde, en presencia de Fresnedo y Serrano.

—¿Qué ha comentado?

—Curiosamente estaba muy interesado. Demasiado

interesado. Por un momento he llegado a creer que había tenido un papel en la danza macabra de estos días. Pero tal vez, simplemente, sea que con la muerte de Hans haya terminado su larga adolescencia y se prepare para compartir conmigo la dirección de este imperio. Estamos a punto de exportar nuestros productos incluso a los Estados Unidos, señor Carvalho.

—Enhorabuena.

—¿Le interesa que continúe?

—Más que cualquier otra cosa en el mundo; además aún no hemos llegado a España.

—Es cierto. Estamos en 1946 y preparamos la marcha hacia España, donde Gehlen y las Ostrovsky tenían contactos con poderosos jerarcas del Gobierno franquista. Por razones muy complicadas ese viaje se demoró hasta fines del 48 o comienzos del 49. Blanqueamos una parte del botín en Suiza y comenzamos la construcción de la clínica. Fue delicioso y diabólico el trabajo de Hans convenciendo a su padre de que el dinero era una generosa aportación de pacientes alemanes que le debían curaciones milagrosas. Eso, entre otras cosas, aplazó la operación española, que luego, a su vez... pero, en fin. Sigamos un orden cronológico. Wisner acudió al encuentro con Gehlen en 1948, en la localidad de Pullach, a pocos kilómetros de Munich. Tatiana, que había estado allí, decía que Gehlen, al frente de su equipo, habitaba en una mansión fortificada en la que destacaban dos placas con leyendas sintomáticas: «Sociedad de Servicios de Industrias de la Alemania Meridional» y «Cuidado, perros feroces». Allí, Wisner y Gehlen acuerdan una más estrecha colaboración y fruto de ella es la orden que recibe Tatiana de trasladarse a Estados Unidos para ponerse a las órdenes directas de Wisner con el seudónimo de Ana Perschka. Paralelamente, Catalina ha de trasladar el archivo secreto, archivo que desconoce el propio Wisner, a España lo antes posible. Es entonces cuando se separan las dos hermanas previo acuerdo sobre el juego de compensaciones que Tatiana debía recibir desde los Estados Unidos.

—¿Se respetó ese acuerdo?

—Primero escrupulosamente. Luego no tanto. Finalmente casi nada.

—Por eso vino mistress Simpson a reclamar.

—No sólo venía a reclamar los atrasos de su parte, sino

a salvar su ciudadanía norteamericana. Los norteamericanos son muy especiales, Carvalho; mientras Wisner reclutaba ex nazis vía Gehlen para luchar contra los soviéticos, distintas comisiones del Senado investigaban contra la penetración de nazis en Estados Unidos. ¡Increíble! Dos partes de una misma Administración luchaban subterráneamente entre sí, la una dando visados y ciudadanías fraudulentas y la otra persiguiendo este fraude. Claro que el doble juego metía en cintura a los espías contratados, siempre en la cuerda floja, y uno de ellos era mistress Simpson, que veía cómo el expediente sobre el posible fraude en sus papeles de nacionalización crecía morosamente a lo largo de los años. Hasta que hace cuatro o cinco le hicieron el chantaje definitivo: o les ponía en camino del archivo privadísimo bielorruso o sería desprovista de su nacionalidad y expulsada de los Estados Unidos.

—Por eso vino a El Balneario.

—Por eso.

—Por fin llegamos a España.

—Nosotros habíamos llegado mucho antes, Carvalho. Ésa es otra historia. Esta historia quizá.

La penumbra y el bisbiseo de la confesión de Gastein contrastaban con el vocerío, las músicas y las luces del extremo opuesto del balneario, a manera de proa iluminada y gozosa en la noche del valle del Sangre, mientras en la popa dos hombres se ayudaban a reconstruir el pasado, como si fuera un juego de recortables de papel. Llegaban los quejíos hondos aunque derivantes, como una noche sin control, del *Niño Camaleón*, alternados con música de baile y el solo de algún vocalista.

> *Y al mar,*
> *espejo de mi corazón,*
> *pregúntale si yo alguna vez*
> *te he dejado de adorar.*

Gastein parecía ahora pendiente de las ráfagas de música que les llegaban.

—Las canciones tienen un don maravilloso. Se pegan a las situaciones y con los años las traen consigo, como arrastrándolas. Dentro de algunos años usted y yo recordaremos esta conversación cada vez que oigamos a lo lejos un tumulto tan agradable como éste. Nuestro encuentro con las hermanas Ostrovsky se produjo en lo que entonces se llamaba café cantante L'Atelier. Éste era el nombre. Tocaba un cuarteto de mujeres, muy gordas, con gafas, parecían repetidas... Tocaban, no sé, nunca recuerdo los títulos de las canciones, en cambio sí las músicas.

Gastein se puso a silbar un fox con la intención de matizarlo, de que la música llegara con todas sus calidades y referencias a la sensibilidad de Carvalho. Al detective se le había puesto la piel de gallina y estudiaba al médico por si se prestaba a la menor sospecha de estar ejerciendo el derecho a la ironía. Ni por asomo. Gastein recordaba, eso era todo, un momento decisivo de su vida.

—Catalina era la más decidida. Tatiana era la más prudente. Ya sé que es difícil de creer, porque usted ha conocido a una mistress Simpson senil y algo cascarrabias. Poco tenía que ver con aquella espléndida pelirroja llena de pecas que a Hans y a mí nos pareció una mujer de novela.

—Gastein, estábamos camino de España.

—¿Decía usted?

—Estábamos camino de España.

—Lo sé. Lo sé. Pero estaba un poco cansado de contar. Piense que hace unas horas se lo he relatado a Fresnedo y Serrano. Es como si representara dos veces la misma comedia en un solo día. Estoy cansado físicamente y además soy suizo, lo siento, demasiado lento. Es curioso. Cuando empezamos a alternar nuestra presencia entre Suiza y aquí había algunos problemas entre nosotros porque todos preferíamos Suiza. Allí estaban todos nuestros puntos de referencia. Pero poco a poco nos fuimos sintiendo a gusto aquí y yo apenas si voy dos veces al año al sanatorio de Gurling para supervisar los planes. Pura rutina. Pero Hans y Dietrich prefirieron quedarse allí como lugar de residencia más estable. A medida que se hacía mayor, Hans fue idealizando a su padre y cuidaba al máximo todos los detalles que aumentaran la estatura del viejo. Se sentía responsable de un linaje, el único responsable, porque Dietrich no contaba.

—Pero Dietrich tenía vida privada. Tiene iniciativa propia.

—Nunca le he visto la menor iniciativa. Sí, está casado y divorciado. Siempre nos ha dejado hacer, no sé si como demostrando una gran confianza en nosotros o demostrando que nada le importa nada. De hecho él vino aquí cuando ya todo estaba en marcha. Cuando ya empezábamos a construir, en los años sesenta.

—¿Por qué se establecieron precisamente aquí, junto a las ruinas del balneario?

—De la lista de posibles puntos de apoyo a obtener en España destacaba clarísimamente este viejo balneario. Parecía como esos náufragos que exigen ser vistos desde el aire haciendo toda clase de señales. Venid. Venid. Estoy aquí, nos gritaba. La seguridad de la zona estaba asegurada por el padrinaje de un jerarca franquista, don Anselmo Retamar, en paz descanse, al que también llamaban «el Tigre de Bolinches» por sus hazañas durante la guerra civil. Nos habían hablado de un valle paradisíaco en el que los árabes habían construido un balneario para aprovechar las aguas sulfurosas y las arcillas, decían que medicinales, del río Sangre. El balneario había dejado de funcionar durante la guerra y aunque era una concesión estatal al municipio durante siglos, al agotarse una de las prórrogas de la concesión, en 1942, pasó a propiedad de don Anselmo. Vinimos Hans, yo y Catalina para examinar el lugar y nos pareció a Hans y a mí idóneo para algún día levantar aquí una clínica vegetariana moderna, y a Catalina espléndido para guardar el archivo secreto hasta que Gehlen dispusiera de él.

»Parte de los valores convertibles, la más importante, la habíamos ya transformado en dinero en Suiza, pero pusimos otra parte importante que fue blanqueada aquí, previa compra de la finca, el depósito de un fondo para la futura construcción del Faber and Faber español e inversiones en algunos negocios de Retamar. Jamás quise enterarme de la dimensión política del asunto. A mí sólo me interesaba la dimensión médica y comercial y el acuerdo funcionó perfectamente durante cuarenta años, renovado de vez en cuando mediante las visitas de Tatiana, que había seguido una complicada evolución en Estados Unidos.

Casada dos o tres veces y divorciada, ya muy hecha a la vida americana y cada vez más despegada de su pasado. Cada visita de Tatiana era como la comprobación del paso del tiempo. No me daba cuenta del envejecimiento de Von Trotta, ni del de Catalina o Hans, y no digamos ya del mío, pero cuando veía a Tatiana, cada cuatro o cinco años, allí tenía, delante nuestro, la prueba de nuestra propia vejez.

—¿Seguían siendo amantes?

—Mi relación era con Catalina. Pero duró sólo unos años. Un buen día Von Trotta exigió que conserváramos las formas, y cuando empezamos a conservar las formas se presentó la crisis. Además vivíamos ese momento difícil en que yo tenía apenas treinta años y Catalina superaba los cuarenta. Pero el factor afectivo apenas si cuenta en esta historia. A mí mismo me resulta muy difícil seguir el hilo lógico de lo que ha ocurrido... Pero quizá arranque de la penúltima estancia de Tatiana en El Balneario. Venía decidida a negociar el traspaso del archivo a los servicios secretos americanos, aunque ella no sabía dónde estaba exactamente, pero sí que estaba más o menos en El Balneario o en los alrededores de él. Yo no me opuse, pero Hans y Catalina sí.

—¿Y Dietrich y Von Trotta?

—No contaban, insisto. Hans pensaba sacar dinero a cambio de un archivo que había quedado bajo nuestra tutela desde la muerte de Gehlen. Para Catalina, en cambio, era conservar un cierto poder sobre su propia historia y sobre la Historia. La irritó la insistencia de su hermana, sus presiones, que llegaban hasta la amenaza de denuncia, y ante el aviso de la venida de Tatiana, este año, le preparó un recibimiento «disuasorio», decía ella.

—Contrató a Frisch.

—Contrató a Frisch. Su función era vigilar a mistress Simpson, marcarla y, si se ponía pesada, darle un buen susto. No conocía lo suficiente a su verdugo. Era un psicópata infantil en el comienzo de su decadencia como matarife y no tuvo sentido del límite. Cogió manía personal a mistress Simpson y cuando Catalina le dijo que le diera un aviso serio, al comprobar que había estado huroneando por el interior del pabellón la noche en que ustedes cometieron el atraco del siglo, Karl Frisch llevó la sugerencia hasta el final. Tanto la avisó que la estranguló y tiró el cuerpo a la piscina. Pero tuvo, tuvimos mala suerte. Von

Trotta lo vio tirando el cuerpo y salió a pedir explicaciones. Von Trotta, un hombre tan discreto, con tanto sentido de su obligada prudencia...

—Tan elegante... De un tenis tan elegante. Apenas me ha hablado de Von Trotta.

—Su historia carece de interés. Un nazi *malgré lui* seducido por las hermanas Ostrovsky y a su estela en lo que le quedó de vida.

—Karl Frisch mata a Von Trotta.

—Y nos quedamos todos helados. El escándalo podía arruinar El Balneario para siempre. Ni siquiera la solución que se le ocurrió a Serrano de buscar un chivo expiatorio transitorio, el pobre Luguín, nos parecía suficiente. Además Karl Frisch nos parecía un peligro, era un peligro, había que eliminarle, pero fuera de El Balneario, para llevar el interés por el caso fuera de aquí.

—¿Quién hizo el trabajo?

—Catalina tenía contactos.

—¿Y el detalle del «Exterminador exterminado»?

—Catalina era una artista. Tenía sentido de lo trágico y lo dramático. Dijo que así se especularía y la prensa acabaría hablando, como siempre, de la Mafia y del tráfico de drogas.

—¿No contaba con Helen?

—No. Y tenía razón. Helen no contaba. Helen no cuenta.

—Ustedes intentan cerrar el caso matando al matador, exterminando al exterminador. Pero quedan dos cadáveres: la propia madame Fedorovna, o Catalina Ostrovsky, y Hans Faber.

—Esas muertes no las entiendo. Es cierto que todo lo ocurrido desencadenó un mal clima y que Hans acusó a Catalina de haberse precipitado en la contratación de Frisch. Hubo palabras altas, discusiones de esas tan ilógicas y molestas en las que se vuelve al origen de todo, al origen del mundo.

—¿Y Dietrich?

—Nada.

—Dietrich nada. Es como un príncipe heredero e inútil de sesenta años.

—Más o menos.

—¿Qué explicación acordada han convenido con Serrano y Fresnedo?

—No la hay, pero hay que crear la sombra de una explicación. La sospecha de una culpabilidad. Esa simple sospecha cierra el caso y no hay elementos objetivos ni subjetivos que puedan resucitarlo en el futuro. Yo soy el punto final.

—Aún no creo haber llegado a ese punto final. Para empezar, ¿qué pintan los americanos en esta historia?

—Cuando Serrano solicitó datos a la Interpol, esa simple demanda llegó a algún servicio de control norteamericano y relacionaron los datos con la misión encargada a mistress Simpson. Lo que había sido un problema nuestro se había convertido en un problema de Estado, porque la embajada hizo saber al Gobierno español la existencia de este stock y su deseo de que pasara a poder de los servicios secretos propios. Las negociaciones se hicieron a nuestras espaldas.

—Y, sin embargo, los funcionarios que dirigieron el traspaso del archivo traían un plano muy detallado de las instalaciones.

—Es cierto.

—¿Lo vio usted?

—¿Y usted?

—Desde lejos vi cómo consultaban un papel y cómo en media hora habían zanjado el expediente.

—Sí. Yo me acerqué a ellos porque me sorprendió y me irritó, infantilmente, lo reconozco, aquella seguridad con la que invadían El Balneario. Y tenían en la mano un plano hecho a mano del pabellón de los fangos.

—¿Quién les había facilitado ese plano?

—Tatiana, es decir, mistress Simpson, supongo.

—No. Imposible, a no ser que lo dibujara la noche en que fue asesinada y lo tirara dentro de una botella al mar. Mistress Simpson descubrió todo el misterio del viejo balneario la noche de nuestra juerga. Yo lo había deducido tarde al comprobar los detalles de sus zapatos mojados y los zapatos mojados de Faber. Ella no tuvo tiempo de enviar ese plano. Por otra parte, ¿qué hacía Faber aquella noche en el pabellón siguiendo la ruta secreta? No necesitaba hacerlo.

—Cierto.

—¿Qué explicación se le ocurre para lo del plano y el asesinato de Hans Faber?

—En privado le diré que la misma que a usted, pero no

me interesa, ni la necesito, ni la necesita el Gobierno, y si me apura mucho, ni la necesita nadie. Aquí se acaba una historia. ¿Oye, oye la música y las risas? Nuestros residentes son felices. Piensan lo mismo que Serrano. Todo lo que ha pasado son historias viejas que ya no tienen ningún sentido. No viven en el mejor de los mundos, pero lo prefieren a cualquier otro que hayan vivido en el pasado y, sobre todo, a cualquier otro posible en el futuro.

—Karl Frisch fue asesinado por encargo de todos ustedes.

—Por encargo de Catalina y con el silencio evidentemente aprobatorio de todos.

—Por ese crimen entra en la historia un personaje externo, seguramente otro mercenario.

—No exactamente. Algún superviviente de los grupos de choque que don Anselmo había organizado. Catalina mantenía contactos con ellos, en parte por afinidades ideológicas, pero también porque le había quedado el síndrome de apátrida que necesita algún punto de apoyo.

—¿Cuánto les costó el trabajo?

—Trescientas mil pesetas, creo. Catalina no fue muy explícita. Le gustaba responsabilizarse de lo que hacía.

—¿Y que Helen se callara?

—Helen no sabe nada.

—Gastein, sus explicaciones me han hecho recordar y de pronto he revivido aquella secuencia en la que usted y yo estamos sugiriendo a Serrano que deje salir a Karl, yo insisto en que Helen también vaya con él, pero usted desvía mi petición. Que se vaya él, pero que ella se quede. Usted sabía lo que iba a pasar en cuanto Karl abandonara El Balneario y no me extrañaría nada que pactara con Helen esa separación. Es más, la mujer se ha mostrado muy persuasiva luchando por conseguir salir de aquí, pero de pronto dejó de incordiar, casi desapareció de la circulación y sólo reapareció con las tocas de viuda. Desde entonces no se la ha vuelto a ver. ¿Dónde está Helen, Gastein?

—No soy un obseso del crimen, Carvalho. La chica está sana y salva, se lo aseguro.

—¿Y el asesino de Frisch?

—Muerta Catalina, nadie sabe cómo contactar con esa gente.

—Puede reaparecer, incluso tratar de extorsionar.

—Será bien recibido. Y ahora dejémoslo. La gente estará sorprendida de no verme aparecer por el baile. Antes de marcharme recibiré el análisis de sangre y quisiera comentárselo. Yo partiré hacia Bolinches, según lo acordado con Serrano, a las diez de la mañana. Le espero aquí a las nueve.

Le precedió en el camino hacia el salón y a medida que avanzaban se veían más y más envueltos en la propuesta de la fiesta, hasta el punto de que cuando traspasaron la puerta lateral y se abrieron paso entre los mirones, ya estaban aturdidos por el ruido y la luz que les limpiaba los ojos tenebrosos.

Juanito de Utrera, *el Niño Camaleón*, estaba sofocado pero rutilante como un anuncio luminoso.

—¡Es que hay ambiente! ¡Hoy hay ambiente! ¡Estoy alucinado! ¡Alucinado estoy!

Le tocaba ahora el turno y mientras ajustaba sus palmas al repicar del guitarrista con los nudillos contra la caja de la guitarra, Carvalho captó que, a diferencia de otras noches de fiesta, los residentes no conservaban aquella contención de convalecientes educados en manuales de urbanidad, que solía dar a los fastos de El Balneario un cierto aspecto de merienda de septuagenarios con dentadura postiza. En cambio esta noche los cuerpos se movían como si la fiesta fuera realmente una fiesta y no un punto del orden del día fijado en el tablón de anuncios con una chincheta.

El industrial de Essen se ha maquillado el rostro de blanco y lleva un embudo por sombrero, en homenaje introductor a Alicia por el país de las maravillas, y a la altura de su barata imaginación está el disfraz conseguido por Colom tras una tarde de tijera y tozudez en su celda de ayunante. Va de mamporrero del Ku-Klux-Klan, como aclara aquí y allá entre la colonia española, porque a todos les parece un nazareno de Semana Santa sevillana.

—El diseño del hábito es distinto. El del Kú-Klux-Klan es menos estilizado, no responde a un hábito estrictamente religioso, y en cambio el de los nazarenos sí.

Villavicencio se ha limitado a extenderse el bigote y las cejas con un rotulador negro y masticar un puro, en un desganado intento de parecerse a Groucho Marx, y doña Solita se ha pintado la cara de negro y envuelto los cabellos con un pañuelo de colores como la Mamie de *Lo que el viento se llevó*. El vasco ha conseguido su tronco y su hacha y entre canción y canción blande el hacha como un *aizkolari* profesional y la deja caer sobre el tronco, entre los aplausos de la concurrencia, sin distinción de sexos ni nacionalidades.

—Respetable público, antes de dar paso a la actuación de esta genial orquesta de baile, Tutti Frutti, para la que pido un estruendoso aplauso...

Estruendoso aplauso.

—Mi compañero Paco y yo terminamos nuestra actuación con una copla muy antigua, tan antigua como la raza española y la raza calé juntas. Cuenta las penas y las alegrías del amor, del amor, que es el sentimiento más, más grande que puede unir a los seres humanos. Cuando se ama se consiente todo. Se soporta todo...

Se le estranguló la voz al cantaor.

—...se perdona todo. La mujer que canta la copla dice que prefiere vivir creyendo en el amor de su marido, en el amor de la persona a la que más quiere, que conocer la verdad, que conocer su traición maldita. Más o menos la copla dice:

> *I don't want to know,*
> *don't tell to me, neiborough.*
> *I prefer to live dreaming*
> *that knowing the truth.*

Y cantarreó sutilmente mientras Paco acaba de tensar las cuerdas de la guitarra:

> *Que no me quiero enterar,*
> *no me lo cuentes, vesina.*
> *Prefiero vivir soñando*
> *que conoser la verdá.*

Fue su éxito más celebrado de aquella noche, la noche más triunfal que había conocido en sus quince años de

226

cantaor de nómina en la Faber and Faber, y resistió la tentación de continuar cantando porque tenía la voz rota y porque sin encomendarse a los dioses ni a los diablos oceánicos el general Delvaux, disfrazado de Nureyev, con unos *panties* de mujer que se le ceñían al sur del cuerpo como una tempestad de cálida sensualidad, de un salto ocupó el centro de la improvisada pista seguido a tartamuda distancia por el cuarteto que trataba de recordar, cada esquina por su cuenta, los compases más memorizables del *Espectro de la Rosa*. Delvaux llevaba en el rostro el hieratismo atribuido por los historiadores al gran Nijinski y en el cuerpo la voluptuosidad provocativa de los mejores tiempos del joven Nureyev; tampoco movía mal los brazos, aunque con excesiva gracilidad, más próxima a los alados impulsos contenidos de Margot Fonteyn que de la ingrávida pero fuerte musculatura de Godunov. Y era de su cosecha un tipo de salto corto pero con prolongada suspensión en el aire, forzado por la escasa pista que le dejaba la población residente, salto difícil que revelaba la bien trabajada musculatura de sus pantorrillas y que ponía en evidencia la lastimosa dejadez de aquella tripita flácida y saltarina que sobraba en un conjunto tan armonioso. Aunque bailaba con los ojos casi cerrados y cantándose él mismo la melodía para evitar las equivocaciones e insuficiencias del acompañamiento, era consciente de la sorpresa y admiración que había causado y se recreó en la suerte llevado por una borrachera saltarina que le hizo saltar una y otra vez, fingir abatimiento de espectro aniquilado y resurrecciones eufóricas de espectro entusiasmado consigo mismo. Y si bien los cinco primeros minutos de actuación levantaron un coro de admiradas loanzas en francés, idioma que parece inventado para las alabanzas corales, a los diez minutos empezó a cundir cierto hastío, todavía sonriente y condescendiente entre los extranjeros, pero ya agresivo y poco tolerante para los españoles.

—Le van a dar las doce a la Paulova —incordió Sullivan, aquella noche con el atuendo del chico limpia parabrisas de esquina víctima de una economía sumergida y tercermundista.

Iba descalzo, con una camisa sucia y apedazada a pesar de ser originalmente un diseño Armani, de lino, y costar treinta mil pesetas. De su cintura colgaba un mandil sarnoso y en su mano llevaba un limpiaparabrisas desmontado del coche del vasco. Fue Sullivan quien instó a la señora nacida en Madrid pero criada en Toledo, finalmente disfrazada de sevillana, para que saliera a dar la réplica al general de la OTAN.

—Échate por sevillanas, mi arma, que este tío nos duerme de pie.

Y así fue como junto a Nijinski apareció una peonza humana arrebatada por un frenesí bailaor perfectamente descriptible en aquel taconeo enérgico con el que puso a prueba la resistencia del embaldosado. Vaciló apenas un instante el general Delvaux, pero optó por adaptarse a la nueva circunstancia y casi sin transición cambió el gesto, caracoleó los dedos, se recompuso en palo de teléfonos con las mejillas chupadas y el culo algo salido y ya era otra cosa, ya era otro baile, ya era El Greco o Antonio Gades cimbreándose ante el torrente sensual de la policrómica hembra que le desafiaba con sus idas y venidas, esa mirada de lo verás y no lo catarás que han de poner las bailarinas españolas ante el macho cabrío que las ronda, como un falo con los tentáculos digitales anunciando el latido de los deseos más oscuros. Pero si ya ha habido tratadistas morales que han denunciado lo indecente del tú a tú del baile español cuando el hombre lleva demasiado ceñidos los pantalones camperos, los *panties* del general extremaban hasta los límites de lo intolerable visual la materialidad del sexo, al acecho del primer descuido de la hembra torera de tan descomunal bestia. Es decir, las damas no le quitaban ojo a los bultos inguinales del general. Y los hombres, los españoles principalmente, consideraban que aquélla era una exhibición impropia de un cincuentón sensato, sobre todo si tiene la responsabilidad de representar a la Alianza Atlántica.

—Esto es un escándalo —casi gritaron dos señoras catalanas.

Y de la misma opinión era Villavicencio, escándalo *in situ* y escándalo corporativo, en cuanto el general es general allí donde esté. Y tuvo, como suelen tenerlo siempre los españoles en los momentos más comprometidos, un ramalazo de inspiración para irse en busca de una de las hermanas alemanas y, dando un taconazo de oficial de los húsares de Alejandra o de Chernopol, pedirle este baile.

—¿Pero qué baile? —trataba de oponerle la alemana desconcertada.

Villavicencio la tomó por una mano y se la llevó al centro de la pista, metiéndose en el territorio copado por Delvaux y su sevillana, y sin hacer caso de las perplejidades de los bailarines en usufructo de la pista, de los músicos, de la mayor parte de la colonia extranjera y de los catalanes, que aunque indignados con la poca compostura de Delvaux hubieran preferido antes un diálogo que una violación de fronteras, Villavicencio enlazó a la alemana para un majestuoso vals que él solo oía. Confiaba el coronel en que la orquesta, avisada de su recta intención, le secundara cambiando la sevillana por el vals y que indirectamente advertidos Delvaux y la mujer de la cornisa cantábrica abandonaran la pista y se recuperara la calma. Pero nada de eso sucedió. Irritado Delvaux por lo que consideraba segunda intromisión de los españoles en su gran noche triunfal al frente del London Festival Ballet, retornó a sus cabriolas nureyevianas; molesta igualmente la señora nacida en Madrid pero criada en Toledo por lo que consideraba poco caballeroso despegue de su pareja e intromisión maleducada de Villavicencio y aquella vaca, se sintió más sevillana que nunca e hizo de su baile un hermético descenso a la pureza más íntima de la danza, mientras, ante uno y otro, Villavicencio y la hermana alemana, casi a la fuerza, continuaban su vals sin música; y los músicos, a su vez, optaron por iniciar un chachachá, por si las parejas invadían la pista y se acababa el contencioso. Era tensión e irracionalidad desconcertada lo que crecía por momentos, y peligrosas derivaciones hubiera tenido de no haber visto uno de los dos músicos que en el salón entraban dos Rafaelas Carrás casi idénticas, con buenas piernas desnudas moviéndose como látigos y sendas melenas lacias y rubias. Se apoderó el músico del micrófono y señalando hacia las dos italianas que llegaban tarde pero extrañamente dinámicas, las emplazó para que se apoderaran de la fiesta:

—Respetable público, ¡aquí llegan Rafaela y Pepita Carrá!

Y esta vez la música fue coherente con la atracción anunciada. Dejándose llevar por la memoria y el instinto, los músicos iniciaron los compases de *Para hacer bien el amor hay que ir al sur* y las chicas se sintieron forzadas a ser rafaelas carrás metiéndose en el espíritu de la danza. Devolvió ceremoniosamente Villavicencio la alemana a sus hermanas y regresó al rincón donde le esperaba la fracción activa de la colonia española.

—¡Olé tus cojones, coronel! —gritó Sullivan.

—Había que hacerlo.

Fue el único comentario que salió de los labios apretados del coronel, que seguía mirando a distancia, pero retador, a un Delvaux que volvía a sus cuarteles de invierno como un pato desplumado y derrengado. La que no estaba de acuerdo con la intromisión de Villavicencio fue la nacida en Madrid y criada en Toledo y bailada en Sevilla:

—¡Hay que ser más tolerante! ¡Esto no es un cuartel, coronel!

—Más tolerante que yo, ni Dios. Pero una cosa es la tolerancia y otra la indecencia. A mí no me recrea la vista un tío enseñándome lo que no tiene que enseñar.

Las italianas bailaban muy bien y sincronizadas, por lo que Carvalho preguntó a la recepcionista si sabía a qué se dedicaban aquellas muchachas.

—Son bailarinas —le contestó.

A Carvalho le parecía desconcertante que aquellos dos monstruos depresivos fueran bailarinas y que estando disfrazadas no estuvieran disfrazadas y estando bailando no lo hicieran como tales bailarinas. También era un despropósito que dos alemanes se hubieran disfrazado de camilleros y estuvieran presentes en la fiesta con la camilla ocupada por otro alemán disfrazado de moribundo. Si bien el vendadísimo moribundo asistió incorporado y gozoso al jolgorio, en una mano una botella de agua mineral sin gas y en la otra una de agua mineral con gas. Desde la perspectiva de Carvalho, el rostro de Sánchez Bolín parecía fiscalizar hermético cuanto ocurría en el salón, desde la deformación profesional de un mirón que nunca se cree mirado. Pero al acercársele, Carvalho comprobó que Sánchez Bolín no estaba en condiciones de ver nada. Dormía como se creía que dormían los troncos de los árboles, hasta que se descubrió la posibilidad de que las plantas tuvieran sentimientos. Sánchez Bolín dormía implacable, a pesar de que las italianas levantaran contoneos rubios y Villavicencio dignidades de paso honroso y Delvaux los bajos instintos de las miradas prohibidas. Si alguna vez tuviera que describir una fiesta como ésta, la imaginaría, no la viviría. Se hizo firme el propósito de Carvalho de no dejar vivo ni uno de los libros que le quedaban en su biblioteca de Vallvidrera, encuadernados como están todos los libros en piel humana mal curtida. Mas no había demasiado tiempo para la reflexión porque el fin de la fiesta estaba próximo y lo preparaba la colonia suiza en una habitación adlátere. Uno de los miembros del séquito de Julika Stiller anunció que todo estaba preparado y el salón se vació por sus tres puertas en breves y bulliciosos regueros humanos que fueron descendiendo hacia la piscina. El cuarteto cerraba la marcha tocando *Suspiros de España*, y cuando los espectadores hubieron rodeado la piscina iluminada, de la habitación camerino de Julika Stiller salieron cuatro mujeres disfrazadas de plañideras portuguesas, informaron, porque no había portugués alguno en El Balneario y así nadie pudo darse por ofendido. Y entre las plañideras avanzaba Julika enfundada en un albornoz convencional en Faber and Faber, pero calzando las mismas babuchas purpurina que solía llevar mistress Simpson y los cabellos contenidos por aquellos lazos de topos a lo Carmen Miranda que daban a la cabeza de mistress Simpson, en paz descansara, un festivo aire de fugitiva perpetua del carnaval de Río.

La llegada de la estrella principal y de su séquito fue acogida por una suficiente salva de aplausos, extremada cuando se quitó el albornoz y pudo comprobarse que llevaba un traje de baño de una pieza, escotado por detrás hasta el nacimiento de la ranura cular y por delante hasta el abismo interpectoral, en este caso poco tentador porque Julika Stiller estaba casi tan delgada como mistress Simpson. Es decir, el mismo traje de baño o en cualquier caso muy parecido al que llevaba la septuagenaria americana en el momento de emerger como cadáver pionero sobre las aguas de la piscina de El Balneario.

Se colocó una plañidera en cada esquina de la alberca y la señora Stiller se fue hacia el trampolín. Tanteó su flexibilidad, dio unos pasos hacia atrás y luego dos zancadas hacia adelante para tensarse en posición de firmes e iniciar el salto del ángel con los brazos abiertos y luego progresivamente cerrados hasta que el cuerpo tomó contacto con el agua como un cuchillo blando. Hubo algún que otro aplauso incontinente, según se dice surgido de entre las filas de las señoras españolas que catalogaban a la señora Stiller como una de las más elegantes de El Balneario. Entretuvo algo Julika Stiller la emergencia, pero al fin la realizó mereciendo un ¡oh! aliviado, pues más de uno y una pensó que donde cabían cuatro cadáveres cabían cinco, ignorantes la mayoría de que también el señor Faber había pasado a mejor vida. Y en éstas fue cuando Carvalho buscó con la mirada al hasta entonces inadvertido Dietrich Faber; no estaba entre el público. Ni en ninguna de las terrazas que dominaban el espectáculo. La inquietud por la no presencia del menor de los Faber le hizo acercarse a Gastein, que presenciaba la escena con un rostro impenetrable y los brazos protegiendo un secreto frío del cuerpo.

—¿Y el señor Faber?
—No lo he visto.
—No está aquí.
—¿Y qué?

No tuvo tiempo de juzgar si la pregunta de Gastein era de desafío o de hastiado cansancio, porque Julika Stiller estaba en la ultimación de su ejercicio. Había conseguido hacer el muerto horizontal, ayudándose con el continuado aleteo de sus manos, pero ahora se trataba de conseguir esa inclinada flotabilidad que sólo consiguen los mejores ahogados.

Horas y horas de entrenamiento dieron su fruto y Julika consiguió su propósito, al tiempo que la asamblea le dedicaba una prolongada ovación, y las plañideras lanzaban a las aguas de la piscina puñados de flores amarillas. Julika ofreció varias brazadas en distintos estilos y finalmente se dio un impulso para emerger medio cuerpo del agua con un brazo estirado y en la mano finalizada por dos dedos en señal de victoria. Más aplausos y una decisión colectiva de que la fiesta había terminado. Comentarios benévolos o entusiasmados y el común acuerdo de que lo que podía haber sido una intolerable parodia se había convertido en casi un homenaje.

—Yo me he emocionado —dijo doña Solita con lágrimas en los ojos.

—Es que esta señora suiza es profesora de expresión corporal y lo ha hecho muy fino, muy alegórico, muy elegante.

—Elegante, ésa es la palabra.

Ésa era la palabra que venía en ayuda de la capacidad de juzgar de la mujer del hombre del chandal, aquella noche vestido de smoking algo estrecho que siempre se metía en la maleta.

«Porque nunca se sabe.» Y también: «Porque cuando uno ha de ponerse elegante, pues se pone a tope. Ciento por ciento. A todas todas.»

Carvalho se ponía junto a Gastein a la espera de que él recordara la ausencia de Faber. Pero Gastein permanecía ausente y no quería darse por convocado para una búsqueda, por lo que Carvalho marchó solo hacia la recepción y le preguntó a una bostezante recepcionista por el paradero de Dietrich. No lo había visto. Abrió la puerta del despacho privado de la dirección y allí no estaba. Tampoco en el de la dirección general. Ni en su habitación. Carvalho se iba ya corriendo hacia el jardín a meter urgencia y prevención en el espíritu cansado de Gastein cuando tuvo la inspiración de ir al salón de video y abrir la puerta de par en par de un manotazo. En la pantalla circulaban las imágenes de una película de los hermanos Marx, *Sopa de ganso*, y en la sala sólo había un espectador, que movió la cabeza contrariado cuando un receptáculo de luz le rompió su armoniosa soledad. Era Dietrich Faber. Pero cuando reconoció a Carvalho se hechó a sonreír primero y luego a reír, para levantar un brazo y mostrar al intruso lo que tenía en una mano camuflado entre sus piernas de espectador solitario: un vaso lleno de whisky que tendió a Carvalho junto a la propuesta:

—¿Gusta?

La madre que te parió, pensó Carvalho en retirada. Si tu padre levantara la cabeza...

—Los triglicéridos casi equilibrados. La glucosa en su límite justo. El colesterol malo casi ha desaparecido. El bueno se porta bien. Lípidos a raya. Tensión correcta. ¡En fin! Sale usted como nuevo. Si pudiera mantenerse dentro de un régimen sensato, ni siquiera tendría que padecer por su hígado. Si no está visto para sentencia, el hígado se recupera. Es una víscera agradecida.

Es la naturalidad del médico. Una naturalidad fomentada a lo largo de casi cuarenta años de oficio, de interpretar el papel de brujo de una salud suprema, sólo al alcance de personas con capacidad de imaginar una medicina alternativa, una salud alternativa. Otra vida en ésta.

—Tendría que comer miserablemente hasta el fin de mis días.

—Viviría más días. Además no estoy de acuerdo en lo de comer miserablemente. Comen miserablemente los que no comen suficientemente y los que comen excesivamente. No olvide hacerse análisis de sangre con frecuencia y cotejarlos con estos resultados. Consulte no obstante con su médico de cabecera.

—No tengo.

—A su edad hay que tener médico de cabecera. Es el último consejo que le doy. Es posible que cuando pase todo lo que le anuncié ayer me traslade una temporada a Suiza. Me gusta más El Balneario, pero hay que dar tiempo al tiempo. Adiós, señor Carvalho. ¿Le ha pasado el informe a Faber?

—Sí.

—¿Qué le ha contestado?

—Nada. Me ha hecho llegar un talón y yo le he hecho llegar el mío. La diferencia es a su favor.

Gastein sólo levantó una mano, pero ni siquiera la vista de la ficha de su próximo cliente. Carvalho había amanecido impaciente. Tomó el último masaje subacuático y comentó con la masajista lo sucedido, recibiendo monosílabos y exclamaciones abstractas por toda respuesta. Para todos los pobladores de El Balneario, menos para cuatro o cinco, el señor Faber había vuelto a Suiza para un asunto urgente. La noche anterior ya había recibido una sopa sólida de patata y zanahoria y ahora, en el comedor de comensales normales, le ofrecían una infusión de achicoria, una rebanada de pan negro con queso fresco, dos ciruelas y una cucharada de centeno. Una comida de fugitivo del frente ruso en las novelas de Constantin Vigil Geoghiu. Pero era un desayuno lleno de cosas referentes a categorías alimentarias aceptadas por el paladar: queso, pan, fruta. Se acercaban pues de nuevo al estatuto de omnívoros y sentían en el cuerpo el vacío de los kilos perdidos y más allá el mundo, percibido como un objeto propicio.

Habitantes de una isla cultural cerrada aún más por los acontecimientos, se sentían compañeros de una experiencia inenarrable y se tuteaban y se intercambiaban tarjetas de visita con la ingenuidad de licenciados del servicio militar incapaces de imaginar la vida por delante por separado. El hombre del chandal seguía fiel a su atuendo.

—Es muy cómodo para conducir.

Y a sus prejuicios ideológicos convertidos en dubitativas miradas deslizantes sobre un ausente Sánchez Bolín que tomaba su desayuno humano con la tristeza que sólo podía sentir un gourmet ante aquel espectáculo. En cambio Villavicencio fue repartiendo apretones de manos y golpes sólidos en la espalda de los hombres, sin otra excepción que la de Sánchez Bolín, al que se limitó a darle la mano.

—Voy a recoger las cosas del cuarto de baño y estoy a su disposición —le avisó el escritor—. El traje me entra divinamente.

Carvalho sorbió lo que quedaba de la infusión de zanahoria y al retirar la taza de los labios vio cómo Gastein embarcaba un escaso equipaje en un coche deportivo biplaza, se despedía hacia las alturas de alguien que Carvalho no podía ver, se sentaba al volante, maniobraba con lentitud y partía en cambio acelerado, a juzgar por la estampida de los dos tubos de escape. Cerró los ojos Carvalho. Sin Gastein la historia había terminado y le urgía mucho más que antes dejar aquel convento de gordos, recorrer los mil kilómetros largos que le separaban de Barcelona, recuperar la vida detenida veinte días atrás, sus raíces o lo que fuera, su familia, *Biscuter*, Charo, *Bromuro*, Fuster, cada cual con su función dentro de una extraña camada de solitarios. Si se portaba bien y seguía los consejos dietéticos del libro Faber-Gastein, viviría más días y en mejores condiciones.

—He venido a despedirme.

El joven quesero era consciente de que estaba más cerca de parecerse a Robert Redford que veinte días atrás y a su lado Amalia estaba orgullosa de sus dotes de cazadora.

—¿Usted también se va?

—No. Yo me quedo unos días más para completar la recuperación.

—Ya están llegando nuevos clientes, pero aún no autorizan a pasar a los periodistas. Me han dicho en la recepción que se han triplicado las peticiones de habitaciones.

El vasco quería llegar a tiempo a Córdoba para comerse en El Caballo Rojo un cordero a la miel de eucalipto.

—Después del cordero a la chilindrón, es el cordero más sabroso que se puede encontrar. Durante estos veinte días he hecho méritos más que suficientes para comer como un rey durante los trescientos cuarenta restantes.

No era ésta la filosofía dominante. Junto a las tarjetas de visita había intercambios de recetas mágicas que aseguraban la conservación de la línea adquirida, o la dirección de un homeópata extraordinario, francés, claro, al que le bastaba verte en pelota viva a tres o cuatro metros de distancia para adivinarte el metabolismo como si tuviera rayos equis en los ojos.

—Y si no puedes ir, pues le envías tu historia por teléfono y te manda unas fórmulas fetén, que te sientan como hechas a la medida.

Había cuerpos adictos a las medicinas experimentales, especialmente entre los catalanes, sometidos algunos de ellos a periódicas sangrías con ventosas de cristal para desintoxicarse y a pequeñas transfusiones de sangre tratada con ozono para aumentar la cantidad de oxígeno y favorecer el proceso metabólico.

—A veces me da no sé qué, cuando me noto la espalda llena como de sanguijuelas. Me parece cosa de vampiros, pero, mira, me siento bien, o al menos me lo creo yo y con eso basta...

Volvió a su habitación por última vez, recogió la maleta y el *necesaire* y la raqueta insuficiente con la que no había conseguido llegar al modelo de tenis elegante que le había sugerido el capitán de las SS Sigfried Keller. Fue hasta el coche inmovilizado casi durante tres semanas y al abrir el maletero le pareció disponer por primera vez de algo suyo y se sentó ante el volante para sentir la sensación de que se sentaba en algo que se parecía a su casa. Pero Sánchez Bolín se retrasaba y volvió a salir del coche para asomarse a la perspectiva del parque interior, la piscina, el pabellón de los fangos, los carteles con las consignas sanitarias.

Tu cuerpo te lo agradecerá.
No te aborrezcas a ti mismo. Cuida tu imagen.
Dios pone la vida. Tú has de aportar la salud.
Come para vivir, no vivas para comer.
Mastica incluso el agua.
Cada bocado debes masticarlo treinta y tres veces.
Tu cuerpo es tu mejor amigo.
La dieta: una moda para alargar la vida.

236

Lo que para otros puede ser una comida sana, para ti puede ser un veneno.

No hay dietas mágicas, pero tampoco hay píldoras mágicas.

Piensa como si estuvieras delgado y actúa como tal.

Dentro del frigorífico está tu peor enemigo.

Cuando comer es un vicio, deja de ser un placer.

La comida excesiva es una droga dura.

Paseaba los ojos por las letras como si tuviera prisa para detenerlos en lo que más le interesaba de aquel paisaje que suponía ver por última vez. El pabellón lucía su esplendor de arqueología, desconocedor de que le habían arrancado su más preciado secreto o quizá liberado de un anticuerpo que había falsificado su sentido exacto: el ser un monumento a la memoria inocente. De perfil, en la terraza superior del salón de los ayunos, Dietrich Faber contemplaba los límites de su reino con un vaso de zumo de frutas en una mano y la otra metida en un bolsillo del pantalón. Dejó caer de pronto la mirada en picado, como si se sintiera observado, y la depositó en la cabeza de Carvalho vuelta hacia él. Le ofreció un vaso silenciosamente y luego inclinó medio cuerpo para gritarle con voz de ventrílocuo ayudándose con una mano junto a la boca a manera de difusor:

—¿Qué tal, señor Carvalho? ¡Qué magnífico aspecto! ¿Le ha sentado bien la cura? Pero no debería preguntárselo porque su cara lo dice todo. Le voy a encender una vela para celebrar el triunfo contra sí mismo.

Luego recuperó la verticalidad, se terminó el contenido del vaso de un trago y se retiró de la barandilla, como el castellano se retira de la almena de su castillo después de haber oteado los límites del mundo conocido. Pero la llegada de Sánchez Bolín sin suficientes manos para cargar con todos sus libros, máquina de escribir, consigo mismo, le obligó a olvidarse de la aparición del muñeco parlante y ayudar al escritor a tomar momentánea posesión de su maletero.

—Así me gustaría viajar a mí. Una maleta y una raqueta de tenis. Pero no puedo. Los libros van ligados a mi vida. Conozco el caso de un antiguo dirigente comunista, muy escéptico incluso cuando era dirigente. Se llamaba Rancaño y llegó a ser director general de algo durante la guerra civil. Pues bien, en una de sus idas y venidas del exilio, acompañado de miles de libros y de muchos hijos, en Pekín tuvo que elegir entre embarcar a sus libros o a sus hijos. Y eligió los libros. No se pueden abandonar ni los libros ni los perros. Los hijos, sí. Alguien cuidará de ellos, y además los niños hablan. Vaya si hablan.

Se sentó Sánchez Bolín en el coche y esperó a que Carvalho aspirara la última bocanada de El Balneario.

—No lo mire tanto. Volverá. Es como un vicio. Una delegación de la voluntad. Lo que uno no es capaz de hacer por sí mismo durante un año viene a que las circunstancias se lo impongan durante veinte días.

Iba al inicio del viaje silencioso, tras la advertencia del escritor de que lo dejara en el aeropuerto, a cinco kilómetros de Bolinches.

—Me gusta llegar a los aeropuertos con dos horas de anticipación; así les das a esos hijos de puta menos pretextos para que te dejen en tierra.

Pero antes tuvieron que atravesar la barrera de periodistas que seguían montando guardia más allá de la verja: o detenerse o pasar por encima de los cadáveres de chicos y chicas peleones por los primeros reportajes de sus vidas o periodistas viejos, de desguace, tratando de demostrar que aún podían pasar el micrófono por delante de los morros de aquellos barbilampiños pretenciosos. Por la ventanilla abierta se metieron ramilletes de brazos y micrófonos grabadores.

—¿Son clientes de El Balneario?

—¿Qué ha pasado exactamente?

—¿Es cierto que el señor Faber ha sufrido un infarto?

—¿Qué se llevó la expedición americana?

—¿Quién encontró el alijo de heroína?

—¿Estaba relacionada mistress Simpson con la Mafia italiana?

Alguien reconoció a Sánchez Bolín y los micrófonos y las grabadoras abandonaron la ventanilla de Carvalho como aves avisadas de que el grano estaba en otro granero. Sánchez Bolín escuchó todas las preguntas amontonadas y exigió un momento de silencio para poder contestar:

—A mi juicio, por lo que yo he podido entender, todo ha consistido en una falta de sentido de la medida. Llegará un momento en que ustedes comprenderán lo importante que es tener sentido de la medida.

Aprovechó la estupefacción causada para levantar el

cristal de la ventanilla e instar con un gesto a Carvalho para que arrancara.

—Estos chicos están perdiendo el tiempo. Deberían inventarse la historia y todos se lo agradecerían.

Carvalho había bajado hasta El Balneario en coche con la esperanza de entretener las tardes en recorridos por la zona, acercarse a la Costa del Fulgor y a la almadraba abandonada de los califas. Una almadraba que de pronto se quedó sin atunes, como Kelitea se había quedado en Rodas sin aguas termales y algún día El Balneario se quedaría sin su amarilla sangre de aguas azufradas. Pero los acontecimientos habían cambiado todos sus planes y aquel recorrido de regreso era la última oportunidad de aparecer el esplendor del oasis construido por las aguas tintas del río Sangre, en contraste con la brusca sequedad del terreno en cuanto la carretera daba la espalda a las aguas viajeras hacia su propia muerte.

—¿Ha visto usted a los nuevos clientes? —dijo Sánchez Bolín de pronto, cuando Carvalho le creía dormido.

—No.

—Son como los viejos. Estos balnearios son la reserva espiritual de lo más selecto de la vieja derecha española. Creo que necesito de vez en cuando sumergirme en ellos para tener sentido de la medida. Cuando uno vive todo el año entre editores, rojos y seleccionadores nacionales de literatura, corre el riesgo de perder el sentido de la realidad. De pronto me digo: vete al balneario a pasar una temporadita entre reaccionarios. Y me sienta muy bien.

—Esta vez ha sido interesante, pero no agradable.

—Una pasada. Ha sido una pasada. Y además estaba ese horroroso hombre del chandal, horroroso pero digno de estudio. A conservar en cualquier museo del hombre. Yo lo disecaría antes de que muera de mala muerte y no se puedan aprovechar los restos.

De nuevo el silencio y a lo lejos la promesa de Bolinches. No podía faltar mucho para el desvío hacia el aeropuerto y, en efecto, apareció el primer indicador de que estaban a dos kilómetros del cruce. Fue al prestar atención al indicador cuando vio el coche a medio despeñar, empotrado contra una encina volcada por el impacto. Inmediatamente lo reconoció y no halló las palabras adecuadas para despertar a Sánchez Bolín, definitivamente dormido, o avisarse a sí mismo de que sí, que era cierto lo que veía.

Frenó bruscamente y el cuerpo del escritor se precipitó hacia adelante, instintivamente con una mano adelantada para evitar el golpe contra el parabrisas.

—Pero ¿qué hace usted?

Ya Carvalho había saltado del coche y corría hacia la cuneta para dejarse llevar por su peso hacia el automóvil deportivo de Gastein, tétricamente arrugado y varado en el inicio de la ladera. No fue necesario examinar cuidadosamente el interior. Medio cuerpo de Gastein colgaba por la ventanilla, en el rostro el último sufrimiento eliminaba los trazos de equilibrio y nobleza que había labrado halagosamente durante una vida y la sangre le llenaba la frente con una sombra definitiva y silenciadora. Pero no estaba solo. Helen Frisch, la supuesta Helen Frisch, reaparecía para morir, con el cuello roto y la cabeza caída contra la otra ventanilla, como negándose a ver o aceptar la muerte de Gastein.

Carvalho no pudo evitar una mirada profesional para aquella tumba colgada sobre el precipicio, a la que bastaba darle un empujón para sepultarla en un abismo de distancia y olvido. Alguien había arremetido contra el lateral del coche y había dejado la carrocería arrugada como un papel crujiente, al tiempo que desestabilizaba la dirección y enviaba a Gastein y a Helen a sumarse a la cuenta de muerte y ajuste de cuentas que había vivido El Balneario.

—Ahora sí que está cerrada la historia, Gastein.

Y regresó al coche desde el que Sánchez Bolín examinaba la escena con ojos miopes pero sin duda algo interesados.

—¿Quiénes eran?

—Gastein y Helen, la suiza.

—La suiza. Espléndida mujer.

Tenía ganas de desembarazarse de Sánchez Bolín cuanto antes para pensar por su cuenta y tal vez hacer algo. O no. No hacer nada para pensar por su cuenta en la soledad propicia del coche. Por eso le sonó a ruido molesto el último comentario que haría Sánchez Bolín antes de ser desembarcado en el aeropuerto de Bolinches:

—Siete muertos. Inverosímil. Meto yo siete muertos en una novela y me la tira el editor por la cabeza.

Impreso en LITOGRAFÍA ROSÉS, S. A.
Progrés, 54-60. Polígono La Post
Gavá (Barcelona)